INTUITIONS

Rachel Ward

INTUITIONS

• TOME 2 •

CHAØS

Traduit de l'anglais
par Isabelle Saint-Martin

Michel LAFON POCHE

Déjà paru :
Intuitions, tome 1

À paraître :
Intuitions, tome 3 : *Infini*

Publication originale en langue anglaise en 2010
sous le titre *Numbers : The Chaos* par Chicken House,
2 Palmer Street, Frome, Somerset, BA11 1DS

7-13, boulevard Paul-Émile-Victor – Île de la Jatte
92521 Neuilly-sur-Seine Cedex
www.lire-en-serie.com

Pour Ozzy, mon âme sœur.

6

82064 210420

82032 220720

122

206

20720

420

720

12

122 23

4

2072

122

22 07 2

122

420

72 0

12 2

12

420

0720 2

12

20 6

7202 0

122

4 2

0 72 0

3420

2072

2 1 131

082032

01323122

Juin 2026

Adam

Le coup à la porte retentit tôt le matin, juste au lever du jour.

– Ouvrez ! Ouvrez ! Nous avons l'ordre de faire évacuer ces appartements. Vous avez cinq minutes pour dégager. Cinq minutes, tout le monde !

On les entend parcourir le couloir, taper sur les portes en répétant inlassablement les mêmes injonctions. Je ne dormais pas, mais mamie s'était assoupie sur sa chaise et, maintenant, elle tressaille et jure :

– Merde alors, Adam ! Quelle heure est-il ?

Elle m'oppose son vieux visage ridé, qui ne va pas du tout avec ses cheveux mauves.

– Six heures et demie, mamie. Ils sont là.

Elle me jette un regard fatigué, suspicieux.

– Alors ça y est, dit-elle. Tu devrais aller chercher tes affaires.

Si je ne réponds pas, je n'en pense pas moins *Je n'irai nulle part. Pas avec toi.*

On s'y attendait. Voilà quatre jours qu'on campe dans l'appartement à regarder les eaux monter dans la rue en contrebas. Ils nous avaient prévenus que la digue risquait de céder. Elle a été construite il y a des années, bien avant que le niveau de la mer ne commence à monter, on savait qu'elle ne résisterait pas à une nouvelle tempête, surtout avec les marées d'équinoxe.

On croyait que l'eau se retirerait, mais elle est restée.

– Ça doit être à ça que ressemblait Venise avant d'être complètement balayée, a alors observé mamie, lugubre.

Elle a jeté son mégot par la fenêtre, directement dans les vagues, où il a flotté un bon moment le long de la rue, pour disparaître là où il y avait avant le front de mer. Et elle a tout de suite allumé une autre clope.

D'abord c'est l'électricité qui a été coupée, et puis l'eau du robinet est devenue marron. Des gens parcouraient les rues en criant dans des haut-parleurs pour nous dire de ne pas la boire, qu'on allait nous en distribuer, et de la nourriture aussi. Sauf qu'ils n'ont rien fait. On a bien dû se débrouiller avec les moyens du bord mais, sans grille-pain ni micro-ondes, et le lait qui tournait dans le frigo tiède, on a eu faim au bout de douze heures. J'ai compris que ça allait mal lorsque mamie a ouvert la Cellophane de son dernier paquet de clopes.

– Quand je les aurai finies, il faudra qu'on file d'ici vite fait, a-t-elle dit.

– Je bouge pas.

C'était ma maison, tout ce qui me restait de maman.

– On ne peut pas traîner ici.

– Je bouge pas.

Point barre.

J'ai quand même fini par ajouter :

– Va à Londres si ça te chante. De toute façon, c'est ce que tu veux.

Elle n'aime pas vivre ici. Venue s'occuper de moi quand maman est tombée malade, elle a fini par rester mais sans jamais s'y plaire. L'air marin la fait tousser. Le grand ciel clair lui fait plisser les yeux, alors elle file se réfugier à l'intérieur comme un cafard.

– Surveille ton langage ! m'a-t-elle ordonné. Et prépare tes bagages.

– Tu peux pas me dire ce que j'ai à faire. T'es pas ma mère. Je prépare rien du tout.

Et je n'ai pas bougé.

Maintenant, on a cinq minutes pour se préparer. Mamie s'étire et ajoute des trucs dans son grand sac-poubelle. Elle disparaît dans sa chambre pour en revenir les bras chargés de vêtements et une boîte en bois lustré sous l'aisselle. Je n'aurais jamais cru qu'elle puisse se déplacer aussi vite. Une espèce de panique s'empare de moi. Je ne peux pas partir. Je ne suis pas prêt. C'est injuste.

J'empoigne une chaise dans la cuisine et en bloque la porte avec le dossier, mais elle n'est pas assez lourde pour la caler ; alors je m'empare de ce qui me tombe sous la main pour édifier une barricade, je tire le canapé, hisse la chaise dessus, puis la table basse. Je me retrouve vite en sueur et à bout de souffle.

– Adam, mais qu'est-ce que tu fiches ?

Mamie me tire par le bras pour essayer de m'arrêter ; ses longs ongles jaunes s'enfoncent dans ma peau. Je me dégage.

– Lâche-moi ! Je reste ici.

– Ne dis pas de bêtises. Prends quelques affaires. Tu vas en avoir besoin.

Je ne relève même pas.

– Adam, arrête tes conneries !

Elle m'attrape de nouveau quand on frappe à la porte.

– Ouvrez !

Je me fige, regarde mamie, mon arrière-grand-mère, quand même… Ses yeux me montrent son numéro : 02022054. Elle a encore une trentaine d'années à vivre. Incroyable. À voir comme ça, on ne lui en aurait pas donné une.

– Ouvrez !

– Adam, s'il te plaît…

– Non, mamie.

– Éloignez-vous de la porte ! Reculez !

– Adam…

D'un coup de marteau, ils font sauter la serrure. Apparaissent alors deux soldats dont l'un braque un fusil sur nous. Ils parcourent l'appartement des yeux.

– Bien, madame, lance celui qui est armé, je vais devoir vous demander de dégager ces obstacles et de quitter l'immeuble.

Mamie hoche la tête.

– Adam, écarte le canapé.

L'œil fixé sur le canon, je me dis qu'avec ça tout pourrait être fini en une seconde, ou moins. Et basta. Il suffirait que je fasse un faux mouvement dans sa direction. Si mon heure a sonné, c'est bon. Quel est mon numéro ? C'est pour aujourd'hui ?

Ce canon droit, propre, presque doux. Est-ce que je verrai la balle en sortir ? Est-ce que ça fera de la fumée ?

– Dégagez ! Emportez votre putain de fusil et foutez le camp !

C'est moi qui ai crié, et tout le reste arrive en même temps : le mec au marteau balance le canapé à travers la pièce tel un rugbyman dans la mêlée, l'autre le suit, son fusil braqué vers le plafond et mamie me gifle, aller-retour.

– Écoute, petit crétin ! me siffle-t-elle, j'ai promis à ta mère de veiller sur toi, alors tu dois faire ce que je te dis. Ça suffit, maintenant. On s'en va. Et je t'ai déjà prié de parler correctement.

Malgré mes joues brûlantes, je ne cède pas. Je suis ici chez moi. On ne peut pas vous virer comme ça de chez vous.

Si, on peut.

Les soldats m'attrapent chacun par un bras et m'emportent dehors. J'ai beau me débattre, je ne peux pas faire grand-chose contre deux types plus forts que moi. Si bien que je me retrouve à l'autre bout du couloir puis dans l'escalier de secours au pied duquel nous attend un bateau gonflable. Mamie y monte en même temps que moi, jette à côté d'elle l'énorme sac-poubelle et me prend par les épaules. Et nous voilà partis à travers les rues inondées.

– Ça va, Adam, dit-elle. Ne t'inquiète pas.

Autour de nous, des gens pleurent en silence. Mais la plupart des visages restent fermés, inexpressifs. Moi, je suis en colère, humilié, je ne comprends pas ce qui vient de m'arriver.

Je n'ai rien pris avec moi, même pas mon carnet. Ça m'affole, il faut que je sorte de là. Je ne peux pas m'en aller sans mon carnet. Où est-ce que je l'ai laissé ? Où est-ce que je l'ai ouvert la dernière fois ? Et là, je sens quelque chose contre ma hanche, dans ma poche. Ah oui, il est là !

Je ne pouvais pas l'avoir mis ailleurs. Je l'ai gardé avec moi, comme toujours.

Je me détends un peu, jusqu'au moment où je prends conscience qu'on est bel et bien en train de partir, que je pourrais ne jamais revoir l'appartement.

J'essaie d'avaler cette boule coincée dans ma gorge et je sens les larmes me monter aux yeux. Le soldat qui tient la barre me regarde, je ne vais pas pleurer, pas devant lui, ni devant mamie ou qui que ce soit. Je ne leur donnerai pas cette satisfaction. J'enfonce mes ongles sur le dos de ma main. Les larmes sont toujours là, et menacent de se répandre. J'enfonce plus fort, jusqu'à ce que la douleur domine tout le reste. Je ne vais pas pleurer. Non.

Au centre de transit, on fait la queue pour s'inscrire. Il y a une file pour ceux qui savent où aller et une autre pour ceux qui n'ont rien. Personne ne nous attend, mamie et moi, alors on doit montrer nos papiers d'identité et elle remplit des demandes pour qu'on ait tous les deux droit à un transport pour Londres. Ils nous accrochent sur la poitrine un morceau de papier avec un numéro, comme si on allait courir un marathon, puis ils nous envoient dans une salle d'attente.

Il y a distribution de repas chauds et de boissons, alors on fait de nouveau la queue. Je commence à saliver en sentant l'odeur des aliments. On est presque arrivés lorsqu'un autre soldat survient et se met à aboyer des numéros, dont le nôtre. Notre car est prêt. Il faut partir maintenant.

– Mamie… ?

J'ai tellement faim ! Je ne peux pas partir le ventre vide. Je voudrais juste manger quelque chose.

– Excusez-moi, dis-je à ceux qui me précèdent dans la file. Vous pourriez me laisser passer ?

Pas de réaction. Ils font semblant de n'avoir rien entendu. J'insiste alors que le soldat répète les numéros. Rien. En désespoir de cause, je fonce, plonge la main entre deux personnes debout devant le buffet, me sers à l'aveuglette… on dirait une tranche de pain. Une main me saisit le poignet avec une telle violence que j'étouffe un cri.

– Faites la queue comme tout le monde, dit l'homme.

– Pardon, mais c'est pour ma mamie. Elle a faim et on doit s'en aller.

Je lève les yeux vers l'homme. La cinquantaine, les cheveux blancs, l'air épuisé… mais ce n'est pas ça qui me choque. C'est son numéro. 01012027. Six mois à vivre. J'ai même un flash de sa mort, brutale, un coup sur la tête qui le fait saigner, lui éclate le cerveau…

J'en laisse retomber la tranche dans le plat et, comme je recule, il me lâche. Il croit qu'il a gagné ; pourtant il semble avoir vu quelque chose en moi lui aussi parce que son expression s'adoucit. Il reprend le pain, me le tend.

– Pour ta grand-mère. Vas-y, ne manque pas ton car.

– Merci, je murmure.

J'ai presque envie d'avaler tout rond ce bout de pain, mais il me regarde encore, et mamie aussi. Alors j'emporte mon trophée et, une fois qu'on se retrouve assis dans le car, je le tends à mamie. Elle le coupe en deux, m'en donne la moitié. On ne parle pas. J'avale mon morceau en deux bouchées et la regarde savourer le sien, le faire durer jusqu'à ce qu'on ait quitté la ville. On longe une route qui surplombe les champs inondés, et le soleil finit par apparaître, reflétant ses rayons éblouissants sur les eaux.

– Mamie, et si le monde entier était inondé ? Qu'est-ce qu'on deviendrait ?

Elle essuie une trace de beurre sur son menton, se lèche le doigt.

– Et si on construisait une arche ? propose-t-elle en riant. Comme ça on pourrait y faire monter tous les animaux.

En me prenant la main, elle remarque les profondes traces d'ongles qui en marquent le dos.

– Qu'est-ce qui t'est arrivé ?

– Rien.

L'air sombre, elle se contente pourtant de la serrer.

– Ne t'inquiète pas, mon garçon. On sera très bien à Londres. Ils ont construit des digues là-bas, et tout ce qu'il faut pour protéger la ville. Tout ira bien dans cette bonne vieille capitale.

Fermant les yeux, elle renverse la tête en arrière et pousse un grand soupir, contente de rentrer enfin chez elle. Mais moi, je ne peux pas me réjouir. Il faut que je note le numéro de l'homme de la file d'attente avant de l'oublier. À force d'en voir, on perçoit différentes choses autour de ces numéros ; celui de cet homme, par exemple, il n'avait pas l'air de lui convenir. Ça me crispe. Mais je me sentirai mieux quand je l'aurai enregistré.

Je sors mon carnet de ma poche et décris tous les détails qui me reviennent en mémoire : l'aspect du bonhomme (c'est mieux quand on connaît les noms), la date d'aujourd'hui, l'endroit, son numéro, comment il va mourir. Je m'applique et, lettre après lettre, mot après mot, je me calme. Tout est consigné maintenant, je me sens plus tranquille. Je me relirai plus tard.

Alors que je range mon carnet dans ma poche, mamie se met à ronfler doucement, bien tranquille. J'observe les autres passagers. Certains essaient de dormir, mais d'autres sont comme moi, anxieux, vigilants. De ma place, j'en vois six ou sept qui ne dorment pas. Nos regards se croisent, se détournent. On ne dit rien. On ne se connaît pas.

Pourtant, pendant le court instant où nous nous sommes fixés, j'ai capté leur numéro, l'un après l'autre… cette date qui marque la fin de leur vie.

Sauf que là, les numéros sont presque identiques. Cinq d'entre eux s'achèvent par 012027 et deux sont exactement les mêmes : 01012027.

Le cœur battant, le souffle court, je fouille dans ma poche pour ressortir mon carnet. J'en ai les mains qui tremblent mais j'arrive tout de même à l'ouvrir à la bonne page.

Ces gens sont comme l'homme qui faisait la queue pour manger… il ne leur reste que six mois à vivre.

Ils vont mourir en janvier prochain.

À Londres.

Septembre 2026

Sarah

– Tu sais pourquoi tu es là. Ce ne sera plus comme avant, mais nous n'avons pas le choix. Ils ne toléreront pas le moindre écart de ta part – tu ne pourras pas arriver en retard, ni faire l'école buissonnière ou même répondre. C'est une chance qui t'est donnée de revenir dans le droit chemin, de t'atteler au travail. S'il te plaît, Sarah, pense un peu à nous. Sois raisonnable.

Bla-bla-bla. Toujours la même chanson. Je laisse glisser, trop fatiguée pour écouter. J'ai mal dormi cette nuit : j'ai refait ce cauchemar qui me réveille chaque fois. Après, je suis restée les yeux ouverts, à écouter les bruits de la nuit, jusqu'à ce que le jour revienne.

Je ne lui réponds pas, même pas pour dire « au revoir » en descendant de la Mercedes. Je claque la portière et, dans ma tête, je le vois tressaillir, je l'entends me maudire et ça va tout de suite mieux. Enfin, une minute.

La Mercedes a fait tourner les têtes, comme toujours. Ce n'est pas tous les jours qu'on voit une voiture déposer des élèves, encore moins ce genre de gloutonne en essence comme les aime papa. Alors les gens me regardent. Génial, je vais être cataloguée dès le premier jour. Encore que, pour ce que j'en ai à faire…

On siffle à côté de moi, on ronronne :

– Cooooolllll !

Un groupe de six ou sept mecs s'est arrêté pour me dévisager en se léchant ostensiblement les babines, comme une horde de loups. Qu'est-ce que je suis censée ressentir ? Je dois jouer les intimidées ? Les flattées ? Qu'ils aillent se faire voir. Je leur fais un doigt d'honneur et je franchis le portail.

Pas trop mal pour une école publique, je suppose. Au moins c'est neuf, moins miteux que je ne le craignais. Mais ça, c'est grâce aux émeutes de 2022 lors desquelles des bâtiments ont été incendiés, et l'endroit garde sa réputation intacte : Forest Green, régime sévère, élèves rebelles. J'en étais malade quand papa et maman m'ont annoncé qu'ils m'y avaient inscrite, et puis je me suis dit : *Bof, tous les lycées se ressemblent. On s'y sent en prison, comme à la maison. Tout ça pour vous faire rentrer dans le rang.* De toute façon, où qu'on m'envoie, mon esprit m'appartiendra toujours et personne ne pourra le contrôler.

Et, comme d'habitude, je n'ai pas l'intention d'y rester longtemps. J'ai d'autres projets en tête, l'un énorme, l'autre plus petit, mais qui n'arrête pas de gonfler. Ça veut dire que je dois commencer à réfléchir par moi-même, à tout mettre au point, à tenir les rênes.

Je dois reprendre les commandes de ma vie.

Impossible d'attendre plus longtemps.

Il faut partir.

Adam

Ce n'est pas moi qui ai commencé.

Mamie m'avait dit de ne pas faire d'histoires et je n'en avais pas l'intention. Je comptais juste arriver, m'inscrire, faire ce que j'avais à faire et retourner chez elle.

Je sais qu'il y aura beaucoup de 27, là-bas, parce que j'en vois partout. J'en ai vu tout l'été. Les notes de mon carnet montrent toujours la même image, où que j'aie pu la capter.

Kilburn Grande Rue. 84.

Le caviste pour le Xérès de mamie. 12.

Il y en a tellement que je ne note même plus les détails. Je ne peux pas. J'enregistre seulement le nombre de fois où j'ai vu un 27 à cet endroit-là. Je n'apporte des précisions que pour les gens qui présentent un numéro différent, ou si je connais leur nom. Alors je me sens mieux, un peu mieux. Enfin, c'était le cas avant, mais c'est fini. Depuis que j'habite à Londres, je me rends compte que j'ai commis une erreur. On n'aurait jamais dû venir ici. C'est dangereux. Beaucoup de gens vont mourir.

Je me dis que, pour le moment, je vais faire semblant, profil bas, pour rassurer mamie, mais juste le temps de trouver comment me barrer d'ici et où aller. Il faut que je trouve un endroit sans 27. Si personne d'autre ne doit mourir en janvier 2027, ça voudra dire que j'aurai une chance d'y survivre, parce que je ne connais pas mon propre numéro. (Ma seule chance serait de trouver quelqu'un d'autre qui voit les numéros… mais je suis à peu près sûr qu'il n'y a que moi.)

Pour accéder à l'accueil du lycée, il faut braver la foule. Je n'aime pas ça… trop de gens, trop de morts… pourtant, je m'oblige à prendre place dans la file d'attente. En quelques instants, d'autres gens s'alignent derrière moi, me bousculent. Je panique. La sueur me coule sous les bras, au bord des lèvres. Je cherche une issue du regard. La plupart des numéros s'achèvent par 2027 et, d'un seul coup, ma tête est pleine de bruit, de chaos, de membres bloqués, d'os brisés, d'obscurité, de désespoir.

Il faut que je m'agrippe. Ma mère m'a dit quoi faire : « Respire lentement. Force-toi. Inspire par le nez, expire par la bouche. Ne regarde personne d'autre. Baisse les yeux. Inspire par le nez, deux, trois fois, expire par la bouche, deux, trois fois. »

Je m'oblige à baisser les yeux sur cette forêt de jambes, de pieds et de sacs. Si je ne vois plus leur numéro, cette impression s'en ira et je m'en porterai beaucoup mieux. J'ai la respiration lourde, irrégulière, pas assez d'air pour emplir mes poumons.

Inspirer par le nez, expirer par la bouche. Allez, ce n'est pas sorcier.

Ça ne marche pas. Je me sens de plus en plus mal. Je vais être malade… tourner de l'œil…

On est tellement serrés que je reçois des coups dans le dos. Je me plante sur les pieds pour amortir le choc.

Respire lentement. Pourquoi est-ce que ça ne marche pas ? On me presse, le garçon derrière moi empiète sur mon espace vital, comme s'il cherchait à me doubler. Il va y arriver. Je vais tomber, me faire piétiner. C'était peut-être écrit, mais je n'ai aucune envie de finir comme ça et je ne me laisserai pas faire sans me battre.

Voilà !

Je fais volte-face et lui plante un coude dans les côtes.

– Eh, fais gaffe ! crache-t-il.

Les cheveux en brosse, les dents de travers, il est un peu plus petit que moi. Je lui ai fait mal et ses yeux disent qu'il va me le rendre. Je ne connais que trop ce genre de regard. Il devrait m'inciter à me préparer à la baston, mais son numéro me brûle les idées : ça me fait trop bizarre, ce gars n'a plus que trois mois à vivre. 06122026. Je perçois dans un flash l'éclat de la lame, l'odeur métallique du sang et ça ne fait qu'augmenter ma nausée. Je ne peux pas bouger… son numéro, sa mort me paralysent. Je ferme les paupières pour essayer de me vider la tête, pour écarter le maléfice ; je les rouvre un quart de seconde avant de prendre son poing dans la figure.

On a dû le bousculer parce que le coup ne heurte finalement que mon oreille et pas très fort, juste ce qu'il faut pour me ramener à la réalité. Je réplique droit dans l'estomac et, là encore, ça fait mouche, parce qu'il revient à la charge, une fois, deux fois dans mes côtes. Autour de nous, ça crie, ça invective, mais je m'en fiche. Rien ne compte, que lui et moi.

Je réplique et, cette fois, je cherche à le blesser parce que je veux qu'il s'en aille, que tout ça disparaisse, lui, les autres élèves, ce lycée, mamie, Londres.

– Ça suffit, les gars, arrêtez ça !

C'est un vigile, imposant comme une montagne, qui a fendu la foule avant de nous attraper l'un et l'autre par la peau du cou.

Dents de travers tente de protester :

– J'ai rien fait ! C'est lui qui a commencé ! J'allais pas le laisser me taper…

– Vos gueules ! rétorque l'autre en le secouant davantage.

La foule s'écarte sur notre passage et on se retrouve dans l'entrée, à repasser sous le détecteur de métaux, l'un après l'autre, puis à se faire fouiller. Après quoi, on est expédiés dans un bureau où nous attend le proviseur.

– Étant donné vos exploits d'aujourd'hui, nous ne devrions même pas vous laisser entrer dans cette école.

C'est le type genre complet-cravate, qui nous parle comme à des gosses, nous sermonne sévèrement, mais je ne l'écoute pas. Je ne vois que les pellicules sur ses épaules et les poignets usés de sa veste.

– C'est une honte de se battre comme ça le premier jour, une honte ! Qu'avez-vous à dire pour votre défense ?

J'ai l'impression que Dents de travers, qu'apparemment tout le monde appelle Junior, a l'habitude de fréquenter le bureau du proviseur. Il connaît les règles. On reste là en silence, sauf pour murmurer au bout de dix secondes :

– Rien, monsieur, pardon, monsieur.

– Quelle que soit la raison de votre dispute, vous allez la laisser ici, derrière vous, et vous serrer la main.

On se regarde et, de nouveau, son numéro efface tout le reste à mes yeux ; je suis là, devant lui, alors que le couteau s'enfonce. Je sens sa surprise, son incrédulité, la fulgurante douleur.

– Grouille-toi, abruti ! me siffle-t-il.

Je reviens à moi, dans cette pièce, entre le proviseur et Junior, la paume ouverte vers moi. Je la prends et on se serre la main, lui avec une telle force que mes os s'écrasent sous ses doigts. Je ne montre rien, lui rends juste sa poignée.

– Retournez vous inscrire et je ne veux plus entendre parler de vous, les enfants. C'est compris ?

– Oui, monsieur.

On nous raccompagne jusqu'à la file d'attente. Junior se penche pour me murmurer à l'oreille :

– Tu viens de commettre la plus grosse connerie de ta vie, enfoiré.

Je fais un pas pour m'éloigner de lui, heurte la fille devant moi, m'excuse :

– Pardon.

Elle se retourne à moitié. D'une tête de moins que moi, elle a des cheveux blonds striés de mèches ; elle commence par me jeter un regard mauvais mais soudain écarquille les yeux, ouvre la bouche :

– Oh, mon Dieu !

Je sais que les gens me trouvent bizarre quand je les fixe un peu trop, mais j'ai beau faire, je ne peux pas m'empêcher d'insister, figé par leur numéro, comme avec Junior. Sauf que la fille, je ne la dévisageais pas, je ne faisais que la suivre dans la file d'attente.

– Quoi ? dis-je. Qu'est-ce qu'il y a ?

Elle me fait complètement face maintenant, les yeux toujours posés sur les miens. Elle a les prunelles bleues, les plus bleues que j'aie jamais vues, mais elle a aussi des cernes et le teint pâle, les traits tirés.

– Toi, dit-elle faiblement. C'est toi.

Elle blêmit encore, essaie de reculer, de quitter la queue sans cesser de me fixer ; et tout d'un coup, c'est comme si le reste du monde s'effondrait autour de nous.

Son numéro, sa mort m'éclatent à l'esprit.

Dans plus de cinquante ans, elle s'éclipse sans peine de cette vie, baignée d'amour et de lumière. Ils m'inondent, m'envahissent, me remplissent la tête. Et elle n'est pas seule, je suis avec elle… elle est moi et je suis elle… Comment ?

Brusquement, elle me lâche du regard et file le long du couloir. Un vigile l'aperçoit et se met à crier mais elle ne s'arrête pas.

– Wouah ! s'esclaffe Junior derrière moi. Elle ira pas loin, la coureuse, si elle s'inscrit pas avant.

Il a raison. Aucune porte ne s'ouvre sur son passage. Je la vois passer désespérément les mains sur les panneaux, les uns après les autres. Les caméras au plafond suivent chacun de ses mouvements et elle s'affole, se met à envoyer coups de poing et coups de pied. Jusqu'à ce que deux vigiles la saisissent par le bras pour la faire entrer dans un bureau. Elle se débat en criant, le visage tordu de fureur, mais, alors que nos regards se croisent encore, j'y vois autre chose d'aussi clair que son numéro.

Elle est terrifiée.

À cause de moi.

Sarah

Ils veulent savoir ce qui ne va pas chez moi, pourquoi j'ai tenté de m'enfuir. Que dire ? Que raconter sans passer pour une folle ? Que je rêve sans cesse du même garçon ? Que, nuit après nuit, on se retrouve ensemble piégés dans une sorte d'enfer et qu'il me prend ma petite fille, mon enfant, pour l'emporter dans les flammes ?

Et voilà que je le rencontre tout d'un coup dans mon nouveau lycée. Ce démon. Cet être qui n'existait que dans ma tête… il est là !

Je sais que cette fois ce n'est pas un cauchemar. C'est réel.

Oui, ça tombe parfaitement. Papa leur a tout raconté sur moi, mon record d'exclusions temporaires puis définitives. Maintenant, on va me trouver aussi nulle que rebelle. Alors je ne dis rien. Pas d'explication. Je me fais engueuler comme il faut. Ils connaissent mes exploits passés, le nom des écoles qui m'ont virée, pour quelles raisons. Il semblerait que je sois privilégiée de me voir encore accorder une place ici. Je devrais considérer cette occasion comme une chance et en profiter pour prendre un nouveau départ, tourner une nouvelle page.

Sans répondre, je reste là à penser : *Tu sais que dalle de moi,* et je sens l'étoffe épaisse de ma jupe contre la peau de mon ventre. *Personne n'en sait rien. Personne ne connaît la vérité.*

Et puis on me ramène vers la file d'inscription, on me confie aux bons soins d'un étudiant à l'air sérieux qui devra s'assurer que je me rends bien dans ma salle de classe au lieu de filer encore une fois. J'inspecte le couloir à la recherche de ce garçon, celui de mes cauchemars, je m'arrête sur le seuil de la salle pour observer le visage de mes futurs camarades. S'il se trouve parmi eux, je me taille. Mais il n'est pas là. Sur le coup, ça me convient et je m'assieds à un bureau, les yeux dans le vague, tandis que mon professeur débite ses âneries. Je n'entends pas un mot de ce qu'il dit et je ne fais que penser : *Je l'ai vraiment vu, ce garçon ? Il existe pour de bon ? Qui est-ce ? Qu'est-ce qu'il fait là ?* Au bout d'un certain temps, je suis convaincue de n'avoir fait que l'imaginer, d'être folle au point de mélanger mes cauchemars et la réalité.

Et voilà qu'au moment de la pause, je le revois.

Il est assis tout seul sur un muret près du bâtiment des sciences, il n'a pas remarqué que je l'observais de loin. J'essaie de chasser toute cette folie de ma tête, de le considérer comme un simple être humain. Je l'étudie.

Il est de ces gens qui ne peuvent pas rester immobiles un quart de seconde. Il n'arrête pas de remuer la jambe. De temps en temps, il secoue la tête, comme s'il entendait de la musique, mais il ne semble pas avoir d'écouteurs aux oreilles.

Pas étonnant qu'il soit seul. Il dégage quelque chose d'un peu spécial, il n'est pas comme les autres, ni dans son attitude, ni dans sa manière de bouger. Ce qui me fait peur en lui ? Que ce soit juste un malade, un excentrique, un rien du tout.

Tout d'un coup, il sort un carnet de sa poche et se met à écrire, penché en avant, le bras recourbé pour ne pas qu'on puisse lire par-dessus son épaule. Ainsi, il a ses secrets, ce garçon. J'aime bien qu'il prenne des notes à la main parce que moi, je dessine, avec un vrai crayon, ce que peu de gens font encore… ils ne jurent que par les claviers, les écrans, les commandes vocales. Lui, il utilise un crayon. Ça me plaît. Et puis j'aimerais bien savoir ce qu'il inscrit dans son carnet.

Comme il se tourne un peu vers la lumière, je distingue la moitié de son visage. Pas mal ; non, mieux que ça, beau mec avec cette mâchoire carrée, ces yeux plutôt enfoncés dans leur orbite, cette bouche bien tracée. Et sa peau café au lait, ce teint de miel si délicat, si clair… Ce n'est pas vrai ! Le garçon de mes cauchemars, qui me fait tellement peur, a le visage cicatrisé, les traits si durs qu'on devine sa cruauté.

Ce n'est pas lui.

Impossible.

J'en grince d'incrédulité. Je me suis couverte de ridicule, sans raison, dès mon premier jour. Bravo, Sarah !

Il a dû deviner ma présence parce qu'il se retourne et m'aperçoit. Il claque son carnet et le fourre dans sa poche sans me quitter des yeux, l'air aussi coupable que moi de l'avoir ainsi épié. Pourtant, je soutiens son regard et j'en ai la gorge serrée. Une sorte de lien vient de se nouer entre nous.

Je ne suis pas folle.

Je le connais et il me connaît.

Alors là… qu'est-ce qui nous arrive ?

Adam

– Ça se passe bien ?

Comme prévu, en rentrant à la maison, je vois mamie assise sur son tabouret dans la cuisine. Où qu'elle se trouve – ici comme à Weston –, elle a toujours un endroit où se percher, qui lui appartient, auquel elle s'accroche pour boire son thé et fumer cigarette sur cigarette.

Je hausse les épaules.

– Pas mal.

Même si elle paraît ne jamais bouger de sa place, elle ne laisse rien passer, mamie. Pourtant je n'ai pas l'intention de lui raconter quoi que ce soit sur ce lycée. Pas encore. Elle n'a pas besoin de savoir que je me suis fait un ennemi et que j'ai rencontré une fille.

Junior ne me dérange pas, il peut me menacer tant qu'il veut, des sales gosses comme lui, j'en ai rencontré toute ma vie. S'il tient à se prendre une autre pâtée, j'ai tout ce qu'il faut. Il ne me fait pas peur. En revanche, son numéro, c'est autre chose. Je l'ai enregistré pendant la pause, mais je n'arrive de toute façon pas à le chasser de mon esprit. C'est une sale mort qui l'attend, et bientôt. Les sensations me paraissent si fortes qu'elles évoquent des trucs auxquels je préférerais ne pas penser. Par exemple, que je me trouverais là au moment où ça se passerait. Que ce serait moi qui tiendrais le couteau…

Même en ce moment, dans la cuisine, appuyé contre le banc, le dos en sueur, j'ai l'impression que je vais tourner de l'œil. Et si mon numéro était le même que le sien ? Et si ce n'était pas sa mort que je pressentais, mais la mienne ? Ça m'embête plus que jamais de ne pas connaître mon propre numéro. J'ai bien essayé de le voir. Je me suis regardé dans la glace, dans les fenêtres, même dans l'eau. Mais ça ne marche qu'avec un échange de regards : il faut que la personne soutienne le vôtre, et la seule personne qui ne peut pas répondre à mon regard… c'est moi.

Ce doit être ça qui m'embête le plus à propos de 2027. Il y aura tellement de victimes, quoi d'étonnant à ce que j'en fasse partie ? J'en ai vu des centaines au lycée et treize rien que dans ma classe.

– Réveille-toi, Adam, je t'ai posé une question.

La voix de mamie se glisse entre mes pensées, et ma bouche s'ouvre avant que mon cerveau ait le temps de l'arrêter.

– Treize.

Grave ! J'ai vraiment dit ça tout fort ?

– Treize quoi, chéri ? demande mamie.

– Rien. Je réfléchissais à quelque chose… pour les maths.

Fronçant les sourcils, elle laisse échapper une volute de fumée. Il faut que je la distraie, alors je fouille dans mon sac et brandis le Palm-net qu'on nous a donné une fois inscrits. J'ai essayé de m'en servir pendant les cours mais c'est la première fois que j'ai un ordinateur à moi ; maman ne voulait pas en entendre parler, alors je suis un peu plus lent que les autres. J'ai vu les élèves qui me surveillaient du coin de l'œil en ricanant. Le pur plouc.

Mamie y jette un regard mais ça ne l'intéresse pas ; il lui faudra davantage qu'un gadget électronique pour la détourner de son idée.

– Tu aimes les maths, non ? Les chiffres, les numéros…

Si j'aime les chiffres ? Les numéros ? Tout d'un coup, je ne comprends pas trop où elle veut en venir. Je n'en ai jamais parlé à personne d'autre qu'à ma mère et à un prof quand j'étais petit, avant de savoir ce qu'ils représentaient. Maman a toujours dit que c'était notre secret à tous les deux et je le considérais ainsi. Quand elle est morte, j'ai cru que je restais le seul au monde à savoir. Maintenant, je ne sais plus trop. Je me risque à une réponse prudente :

– Je suis pas sûr d'aimer les chiffres, mais je crois que c'est important.

– Oui, dit mamie. C'est très important.

On se mesure un instant du regard sans rien ajouter. À la radio, ils annoncent que les cibles de Kyoto ont été manquées de plusieurs kilomètres, et le chien de la voisine glapit sans cesse, mais entre nous le silence devient palpable.

– Je sais que tu n'es pas comme tout le monde, Adam, finit-elle par laisser tomber. Je l'ai vu en toi, dès le jour de ta naissance.

– Quoi ?

– J'ai vu, je vois un beau garçon. Ton père et ta mère me réapparaissent à travers toi. Mon Dieu, il y a tellement de mon Terry en toi ! Parfois, je jurerais qu'il est revenu… comme s'il n'était jamais…

Elle n'achève pas sa phrase, ses yeux brillent, rougissent un peu.

– Ton aura, je n'ai jamais rien vu de semblable. Rouge et or. Mon Dieu, tu n'es pas quelqu'un d'ordinaire ! Tu es un meneur. Un survivant. Tu transpires le courage. Tu possèdes une véritable force spirituelle. Ce n'est pas pour rien que tu es ici-bas, je le jurerais.

Je cours le risque. Il faut que j'en aie le cœur net.

– Et mon numéro ?

Elle semble interloquée.

– Je ne vois pas les numéros, mon garçon. Je ne suis pas comme toi ni ta mère.

Ainsi, elle sait.

– C'est ta maman qui me l'a dit. J'étais au courant depuis des années pour elle et, quand elle s'en est aperçue pour toi, elle m'a téléphoné.

D'un seul coup, il faut que je lui avoue, que je lui confie ce que j'ai refoulé tout l'été.

– Mamie… la moitié des habitants de Londres va mourir l'année prochaine. Je n'invente rien. J'ai vu leur numéro.

Elle hoche la tête.

– Je sais.

– Tu sais ?

– Oui, Jem m'a parlé de 2027. Elle m'a prévenue.

J'en porte les mains à mon front. Mamie savait ! Maman savait ! J'en tremble, mais je n'ai pas peur, je suis furieux. Comment ont-elles pu me le cacher ? Pourquoi m'avoir laissé me débattre tout seul avec ça ?

– Pourquoi tu ne m'as rien dit ? Et elle ?

La colère me fait vibrer, j'en balance un coup de pied dans le placard.

– Ne fais pas ça !

Il faut que je casse quelque chose. Je recommence et, cette fois, j'envoie une planche par terre.

– Adam ! Arrête !

Mamie s'est levée et m'attrape les bras. J'essaie de me dégager mais elle est forte, beaucoup plus qu'on ne le croirait à la regarder. On se débat une minute, jusqu'à ce que, rapide comme l'éclair, elle me lâche pour me gifler.

– Pas de ça ici ! s'écrie-t-elle. Pas dans ma maison. Je ne le tolérerai pas.

Là, je me reprends, je vois la scène de l'extérieur : un ado en train de se battre avec une vieille dame dans sa cuisine, et j'en rougis de honte.

– Pardon, mamie, dis-je en me frottant la joue.

Je ne sais plus où me mettre.

– Tu peux demander pardon, marmonne-t-elle en se tournant vers la bouilloire. Si tu te calmes, si tu veux bien m'écouter, on va en discuter.

– D'accord.

– Tu n'as qu'à faire du thé. Moi, j'ai besoin d'une clope.

Elle se rassied, sort son paquet d'une main tremblante, en tire une cigarette qu'elle allume.

Quand le thé est prêt, je m'assieds en face d'elle.

– Raconte-moi, mamie. Dis-moi tout ce que tu sais. Sur moi, sur maman et papa. J'ai le droit…

Elle fait semblant de ne s'intéresser qu'à la table, repousse un peu de cendre du dos de la main, puis elle relève enfin les yeux sur moi et rejette un nuage de fumée du coin de la bouche.

– Ouais, conclut-elle, tu as le droit, le moment est venu.

Alors elle me raconte tout.

Sarah

Il essaie la porte.

Je retiens mon souffle.

Dans l'obscurité, j'entends la poignée se tourner, le crissement du métal sur le bois alors que le panneau s'oppose à la résistance de la chaise que j'ai coincée dessus. Il pousse la porte d'arrière en avant, d'abord doucement puis avec plus de force. J'imagine son visage, son désarroi qui vire à la fureur, et je me redresse davantage sur mon lit, toute droite, les genoux relevés jusqu'au menton, les doigts joints dessus.

Un court silence s'établit et le revoilà. Il n'y croit pas. Il veut vérifier.

Et puis des pas, et le silence.

Ça a marché !

Je serre davantage mes genoux, me balance sur les côtés. J'ai envie de crier, de danser, mais je ne dois pas rompre le silence, ni réveiller les autres ; Marty et Luke, dans la chambre voisine, ma mère, au rez-de-chaussée.

Je devrais dormir maintenant. Je suis en sécurité. Je déplie mes jambes, les glisse sous la couette. Je suis fatiguée mais je n'ai pas sommeil et je reste un temps fou allongée, les yeux ouverts, à la fois victorieuse et angoissée. J'ai gagné une bataille mais la guerre n'est pas encore finie. La pluie se met à battre les carreaux.

Si je pouvais m'endormir, m'enfoncer dans huit bonnes heures de vide… Mais quand j'arrive à me détendre, le repos ne vient pas. Je me retrouve au cœur du cauchemar qui me guette chaque nuit.

Les flammes orange.

Et moi, brûlée vive. Prise au piège, enfermée dans les décombres.

Les flammes jaunes.

Le bébé pleure. Nous allons mourir ici, elle et moi. Le garçon au visage brûlé est là, lui aussi, lui-même feu et flammes, sombre silhouette carbonisée dans le tonnerre de l'incendie.

Les flammes blanches.

Et il attrape mon bébé, ma petite, puis il disparaît dans le feu.

La pièce est encore sombre quand je me force à me réveiller. Le dos de mon tee-shirt et mes draps sont trempés. Il y a une date dans ma tête, comme éclairée au néon, qui m'éblouit de l'intérieur. Le 1er janvier 2027. Je ne l'avais jamais vue dans mes précédents rêves. C'est nouveau. C'est lui qui me l'a transmise. Le garçon.

Le garçon du lycée est bien celui de mes cauchemars. Je le sais. Il s'est échappé de ma tête pour entrer dans ma vie. Comment ? Comment a-t-il fait ? N'importe quoi ! Ce n'est pas vrai. Ça n'arrive jamais, ce genre de chose.

J'allume la lampe de ma table de nuit, me frotte les yeux le temps qu'ils s'adaptent à la lumière, et alors je vois la chaise coincée contre la poignée de la porte.

Bien sûr que si, ça arrive. Et cette pensée lugubre me trotte dans la cervelle. Ça arrive tout le temps, ce genre de chose.

Adam

Ils étaient célèbres ! Ma mère et mon père. Pendant une quinzaine de jours en 2010, tout le monde dans le pays n'a plus parlé que d'eux, tout le monde les cherchait. Toutes les polices lancées après eux ! Pour un crime qu'ils n'avaient pas commis – ils étaient juste mal tombés. Tous ça parce que maman voyait les numéros, comme moi.

Mamie a conservé les articles – et ça me donne la chair de poule de les voir. Ma mère et mon père, si jeunes, plus que moi aujourd'hui, qui me regardent sur la feuille de journal. Ce n'étaient que des enfants quand je suis né. Enfin, papa n'a jamais su pour moi. Il est mort avant que maman apprenne qu'elle était enceinte.

Si seulement j'avais été au courant ! J'aurais pu interroger maman, on aurait pu en parler… Tout ce qu'elle m'a dit au sujet des numéros, c'est qu'ils étaient secrets. Que je ne devrais jamais révéler le sien à personne. La seule à qui je l'ai révélé, c'était elle, à travers le dessin que j'avais fait à l'école.

Qu'est-ce que ça a bien pu lui faire ? À quoi ont pu ressembler ses dernières années une fois qu'elle a su ? J'ai une partie de la réponse, maintenant. À côté de mon carnet, il y a une enveloppe, pliée en deux. Quand elle a terminé de me raconter l'histoire de papa et maman, mamie me la donne.

– Elle voulait que ça te revienne. Le moment venu. J'ai l'impression que c'est le cas.

Mon nom est dessus, je reconnais l'écriture de maman… Je jure que mon cœur s'est arrêté de battre une seconde quand je l'ai aperçue. Je n'arrive pas à y croire. Un message de maman. Pour moi.

Et mamie qui le gardait. De quel droit… ? La colère me prend de nouveau.

– Depuis combien de temps tu l'as ?

– Elle me l'a remise quelques semaines avant sa mort.

– Pourquoi tu me l'as pas donnée ? C'est à moi. Il y a mon nom dessus.

– Je viens de te le dire, énonce-t-elle lentement comme si elle s'adressait à un crétin. Elle m'a demandé de la mettre de côté pour toi. Pour quand tu serais prêt.

– Et ce serait à toi de juger, c'est ça ?

Elle soutient mon regard, elle sait très bien ce que je ressens mais ne fléchit pas.

– Oui, du moins c'était ce qu'elle pensait. Elle me faisait confiance.

– J'ai presque seize ans. J'ai pas besoin de toi pour prendre des décisions à ma place. Tu sais rien sur moi.

– J'en sais plus que tu ne l'imagines, mon garçon. Maintenant, calme-toi un peu et ouvre donc cette enveloppe.

L'enveloppe. J'avais presque oublié que c'était pour ça qu'on se disputait.

– Je vais lire ça tout seul, dis-je en la plaquant contre mon cœur.

C'est pour moi, pas pour elle. Elle est déçue, ça se voit. Elle voudrait bien savoir ce qu'il y a dedans, cette vieille fouineuse. En reniflant, elle sort une autre clope.

– Vas-y, me dit-elle. Tu me raconteras. Je reste ici.

Je monte dans ma chambre, m'assieds sur le lit. Mon coin perso, une chambre à moi, sauf qu'elle n'est pas à moi. Je n'ai pour ainsi dire rien pu apporter de ce qui m'appartient. Tout ici provient de mon père, un garçon que je n'ai jamais connu et qui n'a jamais su que j'existais. Je suis dans un sanctuaire, entouré de ses affaires. Mamie n'a strictement touché à rien depuis sa mort et on dirait que ça lui a fait mal de m'installer là, mais elle n'avait pas le choix.

Je pose l'enveloppe sur mes genoux, la regarde. L'écriture de maman. Sa main a tenu ce bout de papier, mais qu'est-ce qu'il reste d'elle dessus ? Je l'effleure du bout des doigts. J'ai envie de lire ce qui s'y trouve mais je sais qu'ensuite ce sera fini. Il ne me restera rien d'autre d'elle. Comme si elle me disait de nouveau au revoir.

Et je n'ai pas envie que ça s'arrête. Pourtant je sais que c'est déjà fait, qu'elle est partie, même si elle me revient un peu en ce moment.

– Maman…

Mon timbre résonne drôlement, à croire qu'il appartient à quelqu'un d'autre.

J'ai envie qu'elle soit ici, avec moi. J'en ai tellement envie…

J'ouvre l'enveloppe.

Dès que je commence à lire, c'est comme si j'entendais sa voix, comme si je la voyais installée sur le lit, en train d'écrire. Elle a perdu ses cheveux et elle n'a plus que la peau sur les os, tellement maigre qu'on reconnaît à peine son visage. Mais c'est toujours elle. C'est toujours maman.

« Cher Adam,

Je t'écris ce mot mais je sais que tu le liras quand je ne serai plus là. J'ai tant à te dire, même si ça revient toujours à la même chose. Je t'aime. Je t'ai toujours aimé et t'aimerai toujours.

J'espère que tu te souviens de moi, mais si tu as un peu oublié mon visage ou ma voix, ou n'importe quoi d'autre, ne t'inquiète pas. Souviens-toi juste de mon amour. C'est tout ce qui compte.

J'aurais tellement aimé être là pour te voir grandir, seulement ce n'est pas possible, alors j'ai demandé à mamie de s'occuper de toi. C'est un trésor, ta mamie, sois gentil avec elle, ne sois pas insolent ni rien.

Adam, tu dois me promettre une chose. Je ne serai pas toujours là pour te protéger, donc je te le dis maintenant. Reste à Weston, ou dans un endroit de ce genre. Ne va pas à Londres, Adam. Je voyais les numéros moi aussi. Nous sommes pareils toi et moi – nous voyons des choses que personne d'autre ne doit jamais savoir. Je l'ai dit à des gens, j'ai trahi mon propre secret et ça ne m'a rapporté que des ennuis. Tu ne dois rien dire. À personne. Jamais. C'est dangereux, Adam, crois-moi. Je le sais.

Tu ne seras pas en sécurité à Londres. 01012027. Je l'ai vu sur des milliers de gens. Trouve-toi un endroit où les gens portent de bons numéros, Adam, et restes-y. Ne va pas à Londres. Ne laisse pas mamie t'y emmener et empêche-la d'y aller elle aussi. Protège-la.

Je vais vous quitter. J'ai du mal à m'arrêter d'écrire, à dire au revoir. Il n'existe pas assez de mots au monde pour te dire combien je t'aime. Tu es le plus beau cadeau que la vie m'a fait. Le plus beau. N'oublie pas que je t'aimerai toujours.

Bisous

Maman »

Une larme me coule sur le menton avant d'aller s'écraser sur le message. L'encre s'étale comme un feu d'artifice sur ses bisous, les rend tout flous.

– Non !

J'essuie le papier d'un doigt, mais ça ne fait qu'empirer. Je trouve un vieux mouchoir dans ma poche pour l'en tamponner, et maintenant j'ai les joues trempées. Alors je dépose la lettre au bout du lit pour la mettre à l'abri et je me laisse aller.

Voilà longtemps que je n'avais plus pleuré, en fait depuis la mort de maman. Et là, je ne peux plus me calmer. Ça éclate – c'est plus fort que moi, ça me balaie complètement. Je sanglote de tout mon corps sans pouvoir m'arrêter. Je crie, je renifle, je me roule sur moi-même, en avant, en arrière, je ne sais pas combien de temps, jusqu'à ce que je n'en puisse plus. Jusqu'à ce qu'il ne me reste plus une larme.

Alors je regarde autour de moi comme si je voyais cette pièce pour la première fois, et la colère me reprend, me pique le bout des doigts, me traverse.

Ne va pas à Londres. Ne laisse pas mamie t'y emmener.

Je savais bien que c'était un endroit pourri, qu'on n'aurait jamais dû y venir.

Je sors en trombe de la chambre, dévale l'escalier. Mamie est toujours à la cuisine. Une tasse de thé devant elle, une clope allumée.

– Elle voulait pas qu'on vienne à Londres ! Elle voulait qu'on reste à Weston ! Tu le savais ? Hein ? Hein ?

J'agrippe le bord de la table des deux mains, si fort que j'en ai les jointures toutes blanches.

Mamie se passe une paume sur le front, ferme les yeux un instant mais, quand elle les rouvre, c'est pour me défier du regard.

– Oui, elle a dit quelque chose de ce genre.

– Et tu nous as quand même amenés ici ?

– Oui, mais…

Si elle croit pouvoir me tenir tête, se justifier, elle a tout faux. Rien de ce qu'elle pourra dire n'arrangera la situation. De toute façon, c'est une sale menteuse.

– Alors que je ne voulais pas y aller ? Alors que maman avait dit de ne pas y aller ?

– Adam…

– Elle avait confiance en toi !

– Je sais, mais…

Elle écrase son mégot d'une main tremblante dans le cendrier plein à ras bord – sale, répugnant, comme elle. Je le saisis et l'envoie exploser contre le mur, se répandre par terre en mille morceaux de verre et de cendre mélangés.

– Adam ! crie-t-elle. Ça suffit !

Mais ça ne suffit pas. Loin de là.

Je m'en prends maintenant à la table que je retourne en direction de l'évier, où s'écrase la tasse de porcelaine tandis que le thé va mouiller les cendres sur le carrelage.

– Nom de Dieu ! Arrête, Adam !

– Ferme-la !

– N'essaie pas…

Le cendrier, la table ne me suffisent pas. En plus, ils n'y sont pour rien, c'est elle, la responsable.

Là, il vaut mieux que je me casse, sinon c'est elle que je vais casser. Et si je commence… je ne pourrai plus m'arrêter.

– Je te déteste ! Je te déteste !

Je quitte la cuisine puis l'entrée, ouvre la porte avant de risquer de changer d'avis. L'air frais me fouette le visage et je m'arrête un instant pour respirer un bon coup. Seulement, ça ne me suffit pas. J'ai encore trop de violence à exprimer, je suis trop atteint, alors je commence à marcher puis à courir. Et c'est là qu'il se met à pleuvoir, des gouttes glacées.

Ce n'est pas elle que je fuis mais ce que j'aurais pu lui faire. Ça vaut mieux comme ça. Pour nous deux, il vaut mieux que je file sans me retourner.

Sarah

Je ne vais pas pouvoir emporter grand-chose. Il m'emmène toujours à l'école, il verrait tout de suite si j'étais surchargée. Alors je devrai me contenter de ce que je pourrai glisser dans mon sac de cours et prendre de l'argent. Ça me permettra d'acheter tout ce qui pourrait ensuite me manquer.

Ils vont vérifier mon compte quand je serai partie, demander à la police ou à je ne sais qui de relever mes dépenses pour savoir où j'aurais pu me rendre. Donc il faut ne prendre que du liquide. Tout ce que je pourrai.

Voilà des semaines que je fauche des billets de dix dans le portefeuille de ma mère. Un par un pour qu'elle ne s'en aperçoive pas. Je sais que papa garde des espèces dans son bureau mais je n'ai pas trouvé le courage d'y aller – son antre, où règne son odeur. Même si je sais qu'il n'est pas là et ne rentrera pas avant des heures, je n'arrive pas à franchir le pas.

Maintenant c'est différent. Je m'en vais demain. Je sors tous les livres de mon sac – je me débrouillerai sans eux – que je remplace par quelques sous-vêtements, mes tee-shirts préférés, des pantalons de jogging. Je regarde mes jeans dans le tiroir. J'aimerais bien en prendre un – je ne porte que ça en temps normal –, mais même mes préférés, ceux que j'ai tant mis et lavés qu'ils en sont devenus tout mous, effilochés, ne me serviront à rien. Inutile de s'encombrer de trucs inutiles.

Je compte toute la monnaie que j'ai pu accumuler : soixante-dix livres, ça ne suffira pas. Je sais que Marty et Luke ont un peu d'argent. Je peux voler mes frères ? Certainement – s'ils n'étaient pas dans leur chambre en ce moment. J'ai besoin d'argent. Il va bien falloir aller me servir chez papa.

Il est parti pour la soirée, il a invité des clients à dîner. Maman regarde la télé au salon. Je passe devant la porte, j'hésite. Et s'il existait un autre moyen ? Je ne suis pas obligée de partir. Je pourrais entrer m'asseoir à côté d'elle et tout lui raconter. Il faudrait bien qu'elle fasse quelque chose à ce moment-là. Appeler la police ? Le jeter dehors ? Ou réunir nos affaires pour nous emmener ailleurs, moi et les garçons ?

À moins qu'elle ne me dise de la boucler ? Qu'elle ne m'envoie dans ma chambre pour me punir de raconter ces sales mensonges ? Ou qu'elle ne hausse les épaules en disant que c'est ainsi, qu'on ne le changerait pas ?

Au fond, je sais qu'elle est au courant depuis longtemps. Comment ne serait-elle pas au courant ? Mais elle ne sait pas pour le bébé. Personne ne sait. Et c'est pour ça que je m'en vais. Ce bébé est à moi. Il ne le verra jamais. Il ne posera jamais ses sales pattes dessus. Ce bébé grandit en moi et je le protégerai.

Je ne sais même pas à combien de semaines j'en suis. Voilà belle lurette que mes règles font n'importe quoi, alors je n'ai pas vraiment remarqué quand elles se sont arrêtées pour de bon. Mais tous mes vêtements deviennent si serrés que je ne vais pas pouvoir cacher encore longtemps mon état. Il est temps de partir.

Je m'attends à trouver la porte de son bureau fermée à clé mais ce n'est pas le cas. La poignée tourne et j'entre lentement, au bord de la nausée. Tout dans cette pièce ne parle que de lui : ces images de golf sur le mur, cette table et ce fauteuil d'acajou. Je manque de m'enfuir mais je m'oblige à continuer, à essayer d'ouvrir les tiroirs. Tous fermés. La vache ! Il doit avoir la clé sur lui. Raté. Si j'essayais de forcer les serrures, il s'en apercevrait et tout s'arrêterait là.

Il y a une cheminée avec un chambranle où il a disposé toutes sortes de photos de la famille, des visages souriants, heureux. L'objectif ne ment jamais, pas vrai ? En voici une de moi toute seule prise pendant je ne sais plus quelles vacances, sur une plage de Cornouailles. Je suis en maillot de bain rayé, mes cheveux blonds sur les épaules et je plisse les yeux à cause du soleil. Je l'aimais bien, mon papa, mon héros – cet homme vigoureux, fort et drôle. Il savait tout, il pouvait tout. Et j'étais sa princesse. J'avais sept ans, sur cette photo, et j'en avais douze quand il a commencé à me rendre visite la nuit.

Que s'était-il passé ? Pourquoi a-t-il fait ça ? Il y a bien longtemps que je ne ressemble plus à la gamine de ce portrait : on pourrait être deux personnes différentes. Je la regarde dans les yeux pendant quelques secondes puis la serre contre ma poitrine. J'ai envie de la materner, de la protéger. C'est trop tard pour moi, mais pas pour l'enfant que je porte. On va pouvoir recommencer autre chose – vivre une vie normale.

Devant moi, à hauteur d'yeux, j'aperçois une clé qu'il gardait derrière mon portrait. Je la prends, remets le cadre à sa place malgré mon désir de l'emporter avec moi – s'il s'aperçoit de son absence, il posera des questions. Je ne peux pas courir ce risque. Je dois rester prudente.

La clé ouvre le premier tiroir où se trouve l'argent. Trois rouleaux de billets retenus par des élastiques. Est-ce que je les prends tous, en espérant qu'il ne s'en apercevra pas avant demain matin ? Ma main flotte au-dessus. Finalement, je ne saisis que celui du fond, comme ça, la différence ne lui sautera pas aux yeux. Je glisse le rouleau dans ma poche, referme le tiroir et replace la clé derrière mon cadre.

– Au revoir, dis-je à la fille de la photo.

Je referme la porte derrière moi et remonte ranger l'argent dans la poche zippée de mon sac puis vérifie le contenu.

Tout est là. Je suis prête.

Adam

– Trouvez un binôme, asseyez-vous face à face à un bureau. Nous faisons des portraits en soixante minutes. Allez, tout le monde en place.

Je suis retourné au lycée, bien sûr. Quand elle a constaté que je ne rentrais pas à la maison, mamie a appelé la police pour signaler ma disparition. Je ne l'en aurais jamais crue capable, pourtant elle l'a fait. On m'a retrouvé le lendemain matin, au poste, où on a relevé mes empreintes digitales, pris ma photo, prélevé mon ADN, puis injecté une puce dans le cou. Sans me demander mon avis. En deux temps trois mouvements, c'était réglé.

Trop tard pour râler. Maintenant je porte cette marque en moi, qui permettra à n'importe qui de me localiser à tout moment.

– Vous avez pas le droit ! J'ai rien fait !

– Vous avez été porté disparu, vous avez moins de dix-huit ans. Maintenant, vous ne pourrez plus vous enfuir comme ça. Nous vous retrouverons toujours.

Lorsque mamie est venue me chercher, je ne lui ai pas adressé la parole ; je n'ai même pas pu la regarder. Dans le bus qui nous ramenait à la maison, elle a essayé de faire la paix.

– On a tous les deux piqué notre crise, m'a-t-elle expliqué, et dit des choses exagérées, mais ce n'est pas une raison pour s'en aller. Je m'inquiétais pour toi. Je ne savais pas où tu étais. Il faut nous serrer les coudes, Adam. Nous n'avons personne d'autre sur qui compter…

Personne d'autre… C'est pourtant vrai, mais je ne veux pas d'elle. Ce n'est pas ma mère.

– Tu veux savoir ce qu'ils m'ont fait ?

– Qui ?

– La police. Ça t'intéresse ? Ils ont pris mon ADN, mamie. Et ils m'ont injecté une puce, tout ça parce qu'ils m'ont retrouvé après que tu as signalé ma disparition.

– C'est vrai ? Désolée, Adam. Je ne savais pas qu'ils feraient ça. Mais ça ne changera rien tant que tu te tiendras tranquille, n'est-ce pas ?

– Ils m'ont pucé comme un chien.

– Ils pucent tout le monde, maintenant. Tu le sais. Ton tour devait arriver un jour ou l'autre, tu as juste un peu devancé l'appel.

Là, j'ai serré les dents pour ne pas répondre et j'ai détourné la tête vers la fenêtre. À quoi bon essayer de la convaincre ? Elle ne comprenait pas.

Alors je suis revenu à l'école parce que je m'y trouvais tout de même mieux qu'à la maison en tête à tête avec elle.

On entend des grincements de chaises alors que chacun s'installe. Je me lève, prêt à y aller, mais personne ne cherche à capter mon regard. Personne ne veut faire équipe avec moi. À l'autre bout de la pièce, une fille reste seule : c'est elle – la fille aux cheveux blondasses. Sarah.

– Bon, vous deux, trouvez-vous un bureau.

Sarah me darde un regard furieux, marqué de haine et de ce que j'avais déjà remarqué : de peur. Je ne sais pas ce qu'elle pense de moi, mais ça m'a l'air plutôt mauvais.

– Pas lui, mademoiselle, implore-t-elle. Je ne veux pas travailler avec lui.

Quelques élèves se retournent, curieux de voir la suite.

La prof pousse un soupir.

– On n'a pas le temps ! Sauf si quelqu'un veut échanger. On a un volontaire ?

Ils secouent tous la tête et s'installent à leur place.

– Alors, asseyez-vous.

– Je ne veux pas m'asseoir avec lui.

– Soit vous vous asseyez, soit je vous envoie chez le proviseur.

Ce qui veut dire un coup de téléphone chez elle et une colle. Sarah réfléchit un instant puis s'assied devant un bureau vide, l'air folle de rage. Je ramasse mon sac et vais prendre place en face d'elle. *On se calme, on ne dit rien qui fâche, on ne fait rien de bizarre. On reste tranquille et normal.*

– Salut, je m'appelle Adam.

– Je sais qui tu es.

Elle a répondu sans me regarder mais, soudain, elle relève les yeux et je capte de nouveau son numéro.

De nouveau, ça me coupe dans mon élan.

En un instant, le monde a disparu et je me retrouve seul face à sa mort.

Je la ressens de tous mes nerfs, dans mon esprit autant que dans mon corps – cette écrasante sensation de chaleur, un paisible voyage de cette vie vers une autre. Je suis avec elle, je le sais. Mes bras sont autour d'elle, l'odeur de ses cheveux dans mes narines. Je gis là, je suis là – avec elle, pour elle. Soudain, je ne sais pas si c'est Sarah ou ma mère, je ne sais pas si elle s'en va ou si elle me rejoint. J'ignore de quel côté je me trouve.

– Arrête ! Arrête de me regarder.

Dans un sursaut, je me retrouve au lycée de Forest Green.

– Il faut bien que je te regarde pour te dessiner, dis-je.

– Je ne vois aucun dessin.

Je m'aperçois qu'elle a déjà tracé un ovale et esquissé la forme de mes yeux, mon nez, ma bouche.

– D'accord, c'est bon.

Je récupère ma trousse dans mon sac, glisse une feuille de papier sur le bureau et entreprends de dessiner son visage. Elle a les cheveux mi-longs, légèrement ondulés, des yeux pas très grands mais perçants, superbes, bordés de cils épais. Son nez est droit, un peu fort, pas une petite chose en trompette comme chez certaines filles, mais ça ne gâche en rien son visage. Plus je le regarde, moins j'ai l'impression que quoi que ce soit puisse le gâcher.

Je fais de mon mieux pour dessiner ce que je vois. Je voudrais que ça lui plaise. Mais ça ne lui rend pas justice – on saisit que c'est une fille, sauf que ce n'est pas elle. Alors j'efface un peu, je rectifie mais ça ne marche pas. Et quand je regarde ce qu'elle a fait, j'arrête tout. C'est une artiste, elle a tracé des ombres et des contours précis. Apparemment, elle a réussi à ravaler son hostilité, elle me considère comme si je n'étais qu'un objet.

Le visage qu'elle a dessiné appartient à un jeune homme, pas à un ado, avec une mâchoire forte, des pommettes saillantes et une bouche arrondie. Mais ce sont les yeux qui me frappent ; ils ont l'air de regarder dans ma direction et en même temps ailleurs, la lumière s'y reflète pour leur donner l'éclat de la vie. Il y a quelqu'un dans ce dessin, qui rit, qui souffre, qui espère. Plus qu'un portrait, elle a représenté mon être profond. Je ne peux pas m'empêcher d'exprimer mon admiration :

– Waouh ! C'est génial !

Elle s'arrête mais pas pour me regarder, juste pour vérifier mon dessin. Je pose une main sur le papier pour le cacher.

– C'est immonde. J'aimerais savoir dessiner pour bien rendre ton visage, comme il le mérite.

Cette fois, elle se redresse ; là encore, elle ne sourit pas, ne rougit pas, m'offre juste une mine renfrognée. Je cherche mes mots.

– Je voulais dire… C'est juste que tu as un joli visage…

J'aurais mieux fait de la fermer. On dirait presque que je l'ai insultée. Elle se détourne, les lèvres serrées, comme si elle s'empêchait de répondre ce qu'elle pensait.

– Et tu as magnifiquement réussi avec moi. Tu m'as donné l'air… l'air d'un…

– … d'un beau mec, conclut-elle.

Là encore elle me fixe et je ne vois plus que son numéro, je suis de nouveau submergé par la douceur et la paix. C'est entre elle et moi, rien que nous deux.

À ce moment, elle fait quelque chose d'extraordinaire.

– Je ne comprends pas, dit-elle à voix basse, comme si elle parlait toute seule.

Et puis elle pose la main sur ma joue. J'en reste bouche bée, au point de laisser tomber une goutte de salive sur son pouce.

– Sarah…

Elle s'apprête à me répondre… et c'est alors que derrière nous s'élève un hurlement de loup. Elle tressaille, retire sa main. Je me retourne pour constater que toute la classe nous observe.

Je reviens vers Sarah en l'interrogeant du regard mais elle s'est repliée sur elle-même, range ses crayons, récupère son sac, toute rouge. La sonnerie retentit et tout le monde se lève.

– Vous finirez vos portraits chez vous pour la semaine prochaine ! crie la prof.

Je range mes affaires, repousse ma chaise.

– Sarah…

Je m'aperçois alors que sa place est vide. Laissant derrière elle papier et crayons, elle est déjà partie.

Sarah

Il y a vingt mille caméras de surveillance à Londres, des objectifs qui surveillent les rues vingt-quatre heures sur vingt-quatre, qui vous suivent, vous photographient, repèrent votre puce, vous situent : qui, où, quand. Moi qui croyais que ce serait facile de disparaître, qu'il me suffirait de sortir du lycée pour me mêler à la foule, je m'aperçois maintenant que c'est presque impossible. Presque.

Je me sens assez confiante en quittant l'école à la fin de la journée. J'ai des vêtements, de l'argent. J'ai dit à papa et maman que j'allais au club de photo après les cours. Ça leur a plu – la preuve que je me rangeais. Une heure de gagnée.

Je file directement vers le centre de documentation et d'information, gagne les toilettes, m'enferme dans une cabine, ôte mon uniforme pour revêtir mes propres habits. J'ai failli le laisser sur place – je n'en aurai plus jamais besoin – mais, à la dernière minute, je le fourre dans mon sac. J'ai emporté si peu de choses que je serai peut-être contente de le trouver pour me tenir chaud. Deux minutes plus tard, je regagne la rue. Un bus arrive. Je cours vers l'arrêt, saute dedans, trouve une place au fond, près de la fenêtre, et m'y installe.

Je me fiche un peu de sa direction, tout ce que je lui demande, c'est de m'emmener d'ici au plus vite. Le cœur battant, je ferme les yeux une minute en essayant de me calmer. J'ai réussi ! Je suis partie ! Nous sommes partis. Nous ne sommes pas encore à l'abri pour autant, mais chaque minute, chaque seconde nous éloigne davantage de la maison, du lycée, de lui, d'Adam.

Adam.

Assise si près de lui, à le dessiner, à le regarder pour de bon, j'étais plus certaine que jamais que c'était lui, le garçon de mes cauchemars. Pourtant, plus on l'approche, moins il paraît effrayant. Il est bizarre, d'accord, agité, incapable de tenir en place, et puis il a cette façon de vous regarder, comme s'il sondait le fond de votre âme. Mais au lieu de me faire peur, ça me donnait envie de soutenir son regard.

Dans mon cauchemar, je suis terrifiée. Il est là avec moi, au milieu des flammes, et il prend ce que j'ai de plus précieux au monde, mon bébé, il me l'arrache des bras pour l'entraîner dans le feu. Seulement l'Adam du cauchemar porte une énorme cicatrice sur un côté du visage, qui le défigure et le rend repoussant. Tandis que l'Adam du lycée possède la plus belle des peaux – souple, tiède, café au lait. Quand je l'ai touchée, elle m'a paru parfaite. Il a un si beau visage que, dans un instant de folie, je l'ai imaginé près du mien, ses yeux dans mes yeux, ses lèvres effleurant les miennes…

Le bus rebondit et je rouvre les paupières, directement sur une caméra au plafond. Merde ! J'aurais pourtant dû y penser, il y en a partout. Je dois descendre. J'appuie sur le bouton, vais me placer devant la sortie. *Allez, vite !* L'arrêt suivant semble éloigné de plusieurs kilomètres. Enfin, les portières s'ouvrent et je file aussi rapidement que possible, en essayant quand même de ne pas courir – sinon les gens risqueraient de s'en apercevoir et de s'en souvenir. Le long de cette avenue, il y a des caméras tous les cent mètres ou presque et, au coin, un énorme écran d'information où apparaissent les photos des personnes disparues. J'en ai déjà vu souvent. Je n'aurais jamais cru que je pourrais en faire partie. Est-ce que mon visage y sera diffusé demain ? À la première occasion, je plonge dans une rue latérale.

En même temps, je me demande : *Comment faire, maintenant ?* Si je prends un hôtel ou une chambre d'hôte, on exigera une pièce d'identité. Il m'en faut une fausse, ou alors je dois me rendre quelque part où je n'en aurai pas besoin. Il faut que j'échappe aux radars, que je disparaisse.

Ce n'est pas le genre de chose qu'on fait seul, sans aucun contact.

Je prends alors conscience de ma situation : une fille de seize ans, issue d'un quartier favorisé, enceinte, seule dans un coin de Londres inconnu, avec mille sept cents livres en espèces sur elle. Qu'est-ce qui a pu me passer par la tête ? Comment est-ce que je croyais m'en sortir ?

Ma montre indique 16 h 40. Dans une dizaine de minutes, ma mère va commencer à se demander où je suis. Je n'ai plus le temps ! Au bout de la rue, un train passe dans un bruit de ferraille. C'est ça, un train pourrait m'emmener loin d'ici, du moins si j'arrivais à m'y glisser en douce. Ça me permettrait de filer à deux ou trois cents kilomètres dès ce soir, n'importe où au Royaume-Uni. J'ai de l'argent. Je pourrais le faire.

Je n'ai qu'à rejoindre la gare de Paddington.

L'ennui, c'est que je ne sais pas trop où je me trouve. Il va falloir prendre le risque de regagner l'avenue et d'emprunter un autre bus. Je pense que maman n'appellera pas la police avant dix-huit heures. D'ici là, je pourrais être loin.

Oui, c'est ça, Paddington.

Sur l'avenue, je n'ai pas besoin d'attendre longtemps le bus suivant. Je relève mon col, même si ça ne change pas grand-chose, je garde la tête baissée. Arrivée à la gare, je m'achète une bouteille de Coca, vérifie où sont situées les caméras, trouve un endroit d'où je peux consulter tranquillement le tableau des départs, choisir ma destination. Pourtant, on me voit, je finis par m'en rendre compte.

Un type arrive dans ma direction.

– Vous n'êtes pas du coin ? Vous cherchez un toit ?

– Non, merci, ça va. J'attends un ami.

Il me dévisage et sourit.

– Je peux être votre ami.

Il se tient trop près de moi, son visage collé au mien.

– Non, merci, ça va.

– Allez ! insiste-t-il. Ce n'est pas un endroit pour une personne toute seule comme vous.

Je sens l'odeur de son after-shave bon marché mélangée à son haleine qui pue l'alcool.

Je lance avec une assurance exagérée :

– Dégage et fous-moi la paix !

Sans plus penser aux caméras, je traverse le hall ; j'ai juste envie de m'éloigner de lui.

Il faut que j'achète un billet, que je grimpe dans un train et que je file d'ici. Le seul ennui, c'est que je ne sais pas trop où. Il y a une fille devant le guichet, pas vraiment plus âgée que moi. Veste en cuir, l'oreille piquée de clous. Elle m'a vue arriver, me débarrasser du vieux gars qui m'importunait.

Je m'arrête, avale une gorgée de Coca.

– Tous des malades, lance-t-elle.

– Qui ?

– Les types, ici, qui embêtent les nanas qui sont seules. Tas de branleurs !

– Ouais, dis-je en lui tendant ma bouteille.

– Merci.

Elle avale une gorgée.

– Tu vas quelque part ?

– Je quitte Londres.

– Tu sais où tu vas ?

– N'importe où.

– On te demandera une pièce d'identité pour acheter ton billet, tu sais.

– Ah ?

Je ne savais pas.

– Si tu cherches où aller, j'ai un appart. Tu pourrais t'y installer quelques jours, le temps de trouver autre chose. Il y a un canapé.

– C'est vrai ?

Elle hoche la tête.

– Ouais, je suis passée par là. Je sais ce que c'est. Il faut commencer quelque part. Dans un coin tranquille.

Je ne la connais pas. Je ne sais pas où est son appartement. Mais j'aime son attitude. Elle est comme moi, elle l'a dit elle-même.

– Enfin, juste pour quelques jours…

– Juste pour quelques jours.

Elle me rend ma bouteille de Coca.

– Au fait, je m'appelle Meg.
– Sarah.

Et je la suis dans la gare. On est avalées par la foule, par des centaines, des milliers de gens, mais ce n'est pas grave parce que je ne suis plus seule.

J'ai un contact, quelqu'un qui connaît les ficelles. Je sais où aller.

Adam

Elle a disparu.

Je suis parti au lycée gonflé à bloc, bien décidé à la retrouver et à lui parler. J'avais trop hâte. Mais elle n'est pas venue, ni hier ni aujourd'hui. Je commence à interroger les gens – les autres élèves –, mais personne ne sait où elle est. Personne ne sait rien à son sujet.

Ça me prend la tête. L'électricité qu'il y a entre nous, je n'arrive plus à penser à rien d'autre. La nuit, je sens sa main sur mon visage et je me prends une suée. Je n'ai pas rêvé. C'était vrai, autant que mon désir quand je pense à elle, quand je m'imagine en train de la serrer dans mes bras, de la toucher…

C'est trop injuste ! C'était la seule personne dans cette école capable de me comprendre, de me voir tel que je suis, et voilà qu'elle est partie.

– Où est passée ta copine ?

– Elle t'a vu une fois et ça l'a fait fuir !

– Il est tout seul maintenant !

Je n'aime pas ce qu'ils disent, leurs commentaires stupides

et ignorants, mais je n'y fais pas attention. Ça n'a pas d'importance. Rien n'a d'importance ici.

J'assiste aux cours avec l'impression de perdre mon temps. Les profs n'ont rien pigé ; ils passent leur temps à bavasser sur l'histoire et la géo, la littérature et les sciences alors que tout va s'écrouler dans quelques mois. Des mots, des mots : plaques tectoniques, réchauffement planétaire, limites des réserves d'essence et d'eau – je ne vois pas le rapport avec ce qui se passe à Londres en ce moment. Quelque chose est déjà en route, qui va tout changer, tuer la moitié des occupants de cette salle. L'enseignement n'a rien à voir là-dedans.

Il faut que je discute avec Sarah. Elle sait quelque chose, j'en suis sûr. Et ce n'est pas en restant assis là que je la trouverai. La prof nous montre une mappemonde sur l'écran principal en nous demandant de copier les formes des plaques tectoniques sur la carte qu'elle a envoyée sur nos Palm-net.

En voulant sortir le mien de mon sac, je tombe sur la trousse de Sarah que j'ai prise, l'autre soir, quand elle a tout laissé après le cours de dessin, dans l'intention de la lui rendre le lendemain. Je l'ouvre, regarde les crayons, les stylos, les gommes avec l'impression de violer un secret. Alors que je vais la refermer, un détail attire mon attention : une inscription à l'intérieur de la trousse, son nom et son adresse. Je passe le pouce dessus, ainsi que je l'ai fait avec la lettre de ma mère, comme si ça pouvait me permettre de communiquer avec elle. Je les relis à plusieurs reprises au point de les apprendre par cœur et, tout au long du cours, je les relis encore, jusqu'à ce que la cloche sonne. Maintenant, je sais ce que je vais faire.

Au lieu de rentrer à la maison, j'enregistre son adresse dans mon Palm-net et il me guide jusque chez elle. C'est à plus de six kilomètres de Hampstead, il me faut donc une bonne heure pour y arriver, mais je ne déteste pas marcher. Je suis certain d'avoir pris la bonne décision.

Arrivé à proximité de chez elle, cependant, je me sens nettement moins sûr de moi. Ce ne sont pas des immeubles, ni des maisons accolées les unes aux autres, mais des propriétés indépendantes, avec jardins, grilles électrifiées et tout. C'est vraiment là qu'elle habite ? Je sais qu'elle arrive le matin dans une voiture qui en jette, mais là c'est autre chose. Je commence à comprendre pourquoi elle préférerait rester là plutôt que de venir au lycée. Si j'habitais un endroit pareil, je ne voudrais plus en bouger.

Le numéro six est caché derrière un haut mur de brique équipé de deux caméras. Le portail métallique bouche complètement la vue sur l'intérieur du jardin. Il y a une sonnette et un Interphone. Je ne vois pas d'autre moyen d'entrer, alors j'appuie sur le bouton. Une voix de femme répond presque aussitôt.

– Oui ?

Je m'éclaircis la voix.

– Je viens voir Sarah. Je suis un ami du lycée.

– Quel lycée ?

– Forest Green.

Une longue pause s'ensuit puis le portail s'entrouvre. Je le prends pour une invitation à entrer, pose les pieds sur l'allée de gravillons. Le manoir me coupe le souffle. Peint en blanc avec de hautes colonnes formant un porche d'entrée. Une Mercedes noire est garée devant, à côté d'une Porsche rouge. La vache ! Sa famille n'est pas seulement friquée, elle est hyper riche !

Tandis que je m'approche, la porte d'entrée s'ouvre mais pas sur la femme qui a répondu à l'Interphone ; c'est un homme qui se tient là. Une silhouette imposante qui paraît encore plus grande dans l'encadrement alors que je m'arrête au pied des marches du perron. Je remarque aussitôt ses chaussures vernies et sûrement très chères. Il porte un pantalon noir et une chemise blanche aux manches roulées sur les coudes ; sa cravate est dénouée. Il me toise comme un trophée que viendrait de lui rapporter son chat et moi je découvre son numéro. 01012027. Encore un. Le père de Sarah.

Il ne me propose pas d'entrer.

– Vous avez quelque chose sur ma fille ? Vous savez où elle est ?

Elle n'est donc pas là. Elle s'est barrée.

– Non. Ça fait des jours que je l'ai pas vue. Je croyais qu'elle était chez elle. Je voulais lui parler.

– Lui parler ?

– Ouais. On... on est amis.

Tout de suite, ça sonne faux.

– Elle est amie avec vous ?

Il n'en croit pas ses oreilles ou il ne veut pas le savoir. En tout cas, je le trouve trop désagréable.

– Ouais, on fait du dessin ensemble.

– Et elle vous plaît ?

Où est-ce qu'il veut en venir ?

– Je l'ai dit, on est amis.

Il s'avance un peu, descend quelques marches vers moi.

– Elle n'a passé que quelques jours là-bas, insiste-t-il. Et maintenant elle a disparu. Que lui avez-vous fait ? Que disiez-vous ?

– Rien. J'ai rien dit. On était juste amis. C'est tout.

À le voir ainsi s'agiter, je comprends que je ferais bien de me casser vite fait. Je me mets à reculer, mais pas assez vite. Une main me saisit au cou et me plaque contre une colonne. Il se penche à quelques centimètres de mon visage, appuie de toutes ses forces et je me mets à trembler.

– Tu l'as touchée, hein ? Tu as posé tes sales mains sur elle, sur ma fille !

Je ne fais que balbutier :

– Non… Non, jamais…

– Tu n'as pas pu t'empêcher de la toucher, hein ? Tu n'es qu'un dégueulasse, qu'un dégueulasse !

Son numéro s'est maintenant collé sur mon nez. C'est un 27, mais pas comme les autres, sa mort a quelque chose de différent – elle vient du plus profond de lui, la douleur irradie tout son corps, lui anéantit le bras, l'écrase.

– Gary ? Qu'est-ce qu'il y a ?

Par-dessus son épaule, j'aperçois une femme sur le seuil. Ce doit être la mère de Sarah. Elle est en robe de chambre, pieds nus.

– Qu'est-ce qu'il y a ? Ils ont trouvé quelque chose ?

Il desserre son étreinte.

– Non ! crie-t-il. Ce n'est rien.

Je me dégage en portant les mains à mon cou. J'essaie de reprendre ma respiration.

– Rien, répète-t-il.

Sous son regard, je m'éloigne en titubant puis me mets à courir. Le portail est toujours ouvert, Dieu merci, et je me

6
6
4
retrouve bientôt en train de galoper au milieu de la route. Je 6 7
ne m'arrête pas tant que je reste en vue de cette immonde
propriété, tant que je ne me retrouve pas dans une rue bor- 4
dée de boutiques, de cafés et de maisons. 6

J'entre chez le premier marchand de journaux que je 4
trouve, m'achète un Coca et l'ouvre dès que je l'ai payé.

– Hé ! Pas dans le magasin, lance le type derrière sa
caisse. Emportez ça dehors. 20

Je ne relève pas. Le sucre me revigore, je tremble moins. 24
Bon sang, j'en avais bien besoin. J'ai cru qu'il allait me 7
tuer. Quel enfoiré ! D'accord, il s'inquiète pour sa fille, mais
ce n'est pas normal de s'affoler comme ça. Il m'a presque 2 4
étranglé ! 6

Je vide la canette et la rends au vendeur. D'un geste de 6
la tête, il m'indique la boîte de recyclage et me tend quatre 4
pence avec dégoût. 5

– Merci, mon pote, dis-je en sortant.

Je reprends le chemin de la maison. Cette fois, je marche 5
lentement, mes jambes me font mal, mais mon esprit avance 24
encore à toute vitesse. Elle n'est pas chez elle, pas au lycée. 2067
Où est-ce qu'elle est passée ?

7
6
4
6
24
82 1

Sarah

C'est un trois pièces, occupé par six filles dont moi. Mais ça va. Elles sont sympas, m'indiquent un coin où poser mon sac.

Meg me présente aux autres puis m'entraîne dans la cuisine où elle nous prépare des œufs et des frites au four. Je meurs de faim. Autant je n'arrive à rien avaler pendant la journée, autant le soir, je dévore.

– Un bon repas par jour, dit-elle. Sinon, c'est le régime rockeuse – clopes, vodka et… tu sais.

Cette idée me retourne l'estomac. Je n'ai jamais bu d'alcool, jamais fumé et je ne suis pas près de m'y mettre.

J'ai dû faire la grimace parce que Meg ajoute :

– Il va falloir que tu boives quelque chose. On fait toutes ça ici. C'est le seul moyen de survivre. Enfin, pas aujourd'hui, c'est ta première nuit.

– Survivre ? Ça n'a pas l'air si terrible…

Son visage n'exprime rien, pourtant il y a quelque chose, une lueur au fond de son regard. Qu'est-ce qui se passe ici ? La porte d'entrée s'ouvre sur un homme qui file vers la cuisine. Il n'est pas grand, quelques centimètres de plus que moi, mais très costaud, aux bras gonflés de muscles impressionnants sous sa veste de jean. Il tient une cigarette dans une main, un trousseau de clés dans l'autre.

– Ça va ? lance-t-il à Meg.

Il se penche, lui dépose un baiser sur les lèvres mais elle se détourne et lui tend la joue.

– Pas comme ça, salope !

Il a dit ça d'un ton tellement glacial que j'en ai froid dans le dos. Alors il m'aperçoit et change complètement d'attitude.

– Qui est-ce ?

– C'est Sarah. Elle n'a nulle part où aller.

– Fort bien.

Il me dévisage des pieds à la tête.

– Shayne. Bienvenue dans notre humble demeure.

Comme il me tend la main, je me sens bien obligée de la serrer – je ne suis pas encore assez sûre de moi pour me montrer mal élevée. Il insiste juste trop, de quoi me mettre mal à l'aise.

– Je parie que vous êtes recherchée.

Je frissonne.

– Ne vous inquiétez pas, vous êtes en sécurité, ici. Personne ne caftera. En revanche, il va falloir apporter votre petite contribution pour le loyer. Pas ce soir. Ce soir, c'est gratuit. Demain.

– Euh… bon.

J'ai mon argent. Il n'a pas dit combien, mais je ne vais pas rester plus d'un ou deux jours, ça devrait s'élever à une quarantaine de livres… ou peut-être cent ?

Les filles se préparent pour sortir, se coiffent, se maquillent alors que Shayne circule entre les deux chambres. À leur place, je l'enverrais promener, mais elles ne disent rien. Meg s'assied sur le canapé du salon, tapote la place voisine pour que je l'y rejoigne. Étonnée, je lui demande :

– Tu ne sors pas ?

– Non, pas ce soir. Je vais rester avec toi.

– Merci.

Elle sort une boîte d'herbe et du papier, se roule un joint. On regarde la télé et, lorsque Shayne revient dans la pièce, elle lui passe le pétard ; il s'installe à côté d'elle et se met à fumer. C'est nous qu'il regarde, pas l'écran. Puis il jette un coup d'œil à sa montre, un gros machin doré, tape-à-l'œil.

– Allez, les filles, crie-t-il, c'est l'heure !

Les autres commencent à sortir en ligne. Shayne est le dernier à se lever.

– Vinny sera bientôt là. Pas de problème pour qu'elle le voie, non ?

Il a posé la question à Meg qui assure que non, pas de problème. Alors il lui tend une liasse de billets qu'elle fourre dans son soutien-gorge.

– Allez, à plus, les filles.

Dans un clin d'œil, il lève le pouce, tout content. Et puis la porte se ferme sur lui.

– Il a l'air… cool, dis-je. D'emmener tout le monde comme ça.

Dans un murmure sceptique, Meg se penche pour prendre une bouteille de vodka posée à même le sol, en avale une rasade.

– C'est un con, marmonne-t-elle. Mais plutôt moins que les autres. Tiens…

Elle me tend la bouteille.

– Non merci.

– Allez !

– Non, c'est bon. Je ne bois pas.

– Et ça, alors ? C'est de la bonne.

Elle me passe le joint sous le nez.

– Non, merci.

Meg me contemple d'un air soudain tout doux, m'effleure doucement les cheveux.

– Quel âge tu as ?

– Dix-huit ans.

Elle sourit.

– Non, en vrai ?

– Seize.

– Rentre chez toi, Sarah. Avant qu'il ne soit trop tard.

– Si je suis partie, c'est que j'avais de bonnes raisons.

– Ouais, comme nous toutes. Mais ailleurs ce n'est pas mieux, crois-moi. Je vais t'aider. Je vais te donner du fric pour un taxi ou ce que tu voudras.

– Ça va, j'en ai, du fric…

Elle écarquille un peu les yeux, porte l'index à ses lèvres.

– Ne le dis à personne, même pas à moi. J'espère qu'il est bien caché, parce que ça ne manque pas de voleuses par ici.

– Il est dans mon… je vais vérifier.

J'ai laissé mon sac dans une des deux chambres. Je me précipite. La fermeture Éclair est béante. Une fouille a eu lieu et l'argent a disparu, bien sûr. Tous les billets.

– J'hallucine ! On l'a pris. Tu pourrais m'aider à le retrouver ?

– C'est fichu, ma pauvre. Tu ne le reverras jamais. Si tu as de l'argent, tu dois toujours le garder sur toi.

Elle tapote sa poitrine, à l'endroit où elle a glissé les billets que lui a donnés Shayne. Et moi je me lamente :

– Mais c'est forcément une de ces filles-là ! Ou Shayne lui-même. Il n'a pas arrêté d'aller et venir d'une pièce à l'autre. On ne peut pas prendre comme ça les affaires des autres. C'est à moi !

– Plus maintenant. Que ça te serve de leçon, même si elle est un peu dure. Espérons seulement que ce n'était pas Shayne, parce que, à ce moment-là, il aura aussi vu ça.

Elle sort ma chemise et ma cravate d'uniforme.

– Et alors ?

– Alors il te les ferait revêtir dès demain. Une écolière, ça rapporte deux fois plus.

Demain. Shayne voudra son loyer mais on m'a volé mon argent. Comment faire, maintenant ? Comment… C'est alors que je digère les paroles de Meg.

Une écolière ça rapporte. Demain. Je me mets à balbutier :

– Les filles… elles ne sont pas juste sorties en boîte ?

Elle boit une autre gorgée à la bouteille.

– Non. Elles sont parties travailler. Moi aussi je devrais y être mais Shayne m'a donné ma nuit. Il veut que je te surveille.

Me surveiller. S'assurer que je ne m'enfuie pas. Me garder là jusqu'à demain. Demain. Ce n'est pas vrai !

– Meg, je ne peux pas… faire ce que font les autres filles.

Cette seule idée me donne des haut-le-cœur. Je retombe droit dans le piège que je cherchais à fuir. Jamais je ne laisserai quiconque me refaire ça. Je ne suis pas…

Elle m'effleure de nouveau les cheveux, comme pour me rassurer.

– Mais si ! On a toujours le trac la première fois, et puis ça se passe bien. Prends de la vodka, de l'herbe ou ce que tu veux, et ça ira.

– Non, je veux dire, je ne peux pas… je suis enceinte.

Elle se redresse, l'air perplexe, avant d'éclater de rire.

– Oh, grave ! Je perds la main, là ! Je ne m'en étais même pas aperçue. Tu en es à combien ?

– Sais pas.

Mal à l'aise, je tire mon pull sur mon ventre gonflé.

– Oh là là ! s'exclame-t-elle. Au moins cinq ou six mois. Bon, OK, je vais t'aider.

– Ça ne va pas te causer des ennuis ?

– Si, mais je m'en fiche. Même moi, je n'enverrais pas un agneau comme toi à l'abattoir.

– De toute façon, personne ne voudrait… avec moi… quand même ?

Cette fois, elle se lève d'un mouvement décidé.

– Oh si ! Il y en a qui sont toujours d'accord. De vrais malades. Shayne les connaît tous. Tu es sûre de ne pas pouvoir rentrer chez toi ?

– Non. Quoi qu'il arrive, je ne remettrai pas les pieds là-bas.

Elle se rapproche, me prend dans ses bras.

– On va te trouver un endroit où tu seras en sécurité, me murmure-t-elle à l'oreille.

La sonnette retentit. Meg se détache de moi et je constate que le maquillage de ses yeux a coulé. Elle se passe les doigts dessus, renifle.

– Ce doit être Vinny. Reste là.

Elle va ouvrir. J'entends deux voix qui discutent, la sienne et celle d'un homme, assez longtemps, mais je ne comprends pas ce qu'elles disent. Et puis Meg revient.

– Vinny dit que tu peux venir avec lui.

Derrière elle, un homme entre à son tour dans le salon, grand, dégingandé aux yeux saillants.

Je ne sais ni que dire ni que faire, à qui me fier. J'avais cru en Meg et il s'avère qu'elle recrutait pour un mac. Alors que dire de celui-là ?

– Ça va, insiste-t-elle. Il ne te fera pas de mal. Je lui confierais ma vie. D'ailleurs c'est ce que je fais, tous les jours.

Ils échangent un sourire rapide et puis elle se serre contre lui, appuie la tête sur son épaule.

– Sarah, tu ne risques rien avec lui. Je ne te ferais quand même pas ça.

Quand même pas ?

Vinny lui caresse le visage, la détache de lui.

– Tu n'as qu'à venir dans notre squat, me propose-t-il. Pas de loyer, pas de questions, pas de Shayne, pas de police.

– Pourquoi ? Pourquoi feriez-vous ça ?

Il regarde ses pieds, bouge un peu.

– Meg m'a dit. Pour le bébé. Il te faut un coin où te réfugier… J'en ai un. C'est aussi bête que ça.

Je suis certaine que non, mais je sais également ce qui va m'arriver si je reste ici. En clair, je n'ai pas trop le choix. Autant tenter ma chance.

– Bon, d'accord.

– Tu bois quelque chose, Vinny ? offre Meg. Reste prendre un verre avec moi.

Il consulte sa montre, fait non de la tête.

– Vaut mieux partir, chérie. Si on veut y aller, c'est le moment.

Il se tourne vers moi :

– Prête ?

– Prête.

Meg me serre une dernière fois dans ses bras.

– Occupe-toi bien de lui, dit-elle en me tapotant le ventre.

C'est la première fois que quelqu'un, à part moi, caresse le bébé et ça lui donne encore plus de réalité. Il y a bien quelqu'un qui grandit en moi. Cette certitude me donne un peu le tournis.

– C'est bon ? me demande Vinny.

– Oui, dis-je en soupirant. Oui, c'est bon. On y va.

Adam

Parfois je me demande si je ne l'ai pas inventée. Sarah. Elle est tellement parfaite – son visage, ses yeux. En fermant les paupières, j'ai l'impression de sentir encore ses doigts sur ma joue. C'est comme un rêve, pourtant c'est réel. Je le sais, parce que je l'ai noté dès que je suis rentré à la maison, ce jour-là.

Tout est là, dans mon carnet, son numéro et chaque détail dont je me souviens. Elle a une page entière pour elle seule et je la regarde jour après jour. Mais ça ne sert à rien. Ça ne la fera pas revenir.

Voilà des semaines qu'elle a disparu. Presque un mois.

Je parcours les rues à sa recherche. Elle doit bien être quelque part. Si seulement j'avais une photo à montrer aux gens pour leur demander s'ils l'ont vue… Mais tout ce qu'il me reste d'elle, ce sont des souvenirs.

D'habitude, je n'aime pas vraiment me trouver là où ça bouge trop ; je préfère m'écarter des gens, garder la tête basse, éviter de croiser les regards, mais là, c'est différent. Je passe mon temps à me mêler aux foules, ou alors je reste planté quelque part à examiner un par un tous les visages que je croise. Partout, on me regarde, moi aussi. La police me repère assez vite et me fait circuler.

Mais tout ça ne me rapproche pas de Sarah. Ça ne fait que me fournir de nouveaux numéros.

Tout le monde a un numéro. Tout le monde va mourir un jour.

Cris, gémissements, chaos, douleur ; douleur dans mes jambes et dans mes bras ; douleur à travers ma tête ; douleur dans mon corps. Métal qui me découpe ; poids sur ma poitrine, si lourd que je ne peux pas m'en débarrasser ; rigoles de sang qui dégoulinent ; mes poumons qui ne fonctionnent plus, cherchant de l'air qui ne vient pas. Je ressens leur mort. Elles me parcourent par flashs, laissant des traces, me secouent, m'affaiblissent.

Je les note puis m'efforce de les oublier. Au début ça fonctionnait, mais plus maintenant ; je ne supporte plus cette épreuve qu'une heure ou deux d'affilée. Après, j'ai la tête comme une citrouille et il faut que je me libère de ces gens, de leurs histoires, de leur mort.

– Bon sang, Adam, tu as vu ta mine ? Où est-ce que tu étais encore passé ?

Dès que j'entre, mamie m'enguirlande.

– Où est-ce que tu étais ? Où est-ce que tu vas tout le temps ? Avec qui ?

Si seulement je pouvais habiter ailleurs ! Mais je n'ai pas le choix, c'est ici, chez moi. Ou ce qui passe pour être chez moi. Ce petit cube avec deux personnes dedans, deux personnes qui n'auraient jamais dû être réunies. Je file devant elle sans répondre, grimpe l'escalier, m'enferme dans ma chambre. Voilà ce que je veux, ce qu'il me faut – une porte fermée, plus aucun visage, plus d'yeux, plus de morts.

Alors je m'étends sur mon lit ou je m'assieds par terre, l'esprit grouillant d'idées, et je fredonne un air en m'accompagnant du bout des doigts, des pieds, des jambes. Impossible de rester immobile à attendre. Il faut que j'agisse.

Je sors mon carnet, le feuillette. Des endroits, des numéros, des morts. Je les lis, les relis. 2027 partout. Que va-t-il se passer ? Que va-t-il arriver à Londres pour que tant de gens en meurent ? À certains endroits, c'est une personne sur quatre qui meurt en 2027, dans d'autres, une sur trois. Combien y a-t-il de gens à Londres ? Huit millions ? Alors près de trois millions de Londoniens n'auraient plus que dix semaines à vivre ? Est-ce que j'en fais partie ?

Ce sont des morts violentes, des os brisés, des têtes broyées. Le genre de mort qui arrive quand un immeuble s'écroule, explose ou est heurté par quelque chose d'énorme.

Il doit s'agir d'un truc comme ça, parce que, si c'était une épidémie – de grippe, de peste ou de je ne sais quoi – ces morts seraient plus éparpillées, non ?

Au fond, je suis certain qu'il existe une trame précise, le seul ennui, c'est que je n'arrive pas à la voir. Une trame dans les numéros. Ils tentent de me révéler quelque chose. Je commence à me dire que mon carnet n'en est que le début – que je pourrais tirer certaines conclusions de ces informations. J'ai des lieux, des dates, des types de morts. Je pourrais peut-être les reporter sur une carte. Je vais chercher l'atlas de mamie dans le salon. Elle passe la tête par la porte de la cuisine quand elle m'entend, commence à marmonner des phrases que je ne cherche même pas à comprendre, mais je prends le livre et remonte.

Ce n'est qu'un tout petit atlas relié dont on voit mal les détails. Je commence par les cartes routières de la région que j'arrache, pas très proprement, si bien que, quand je les étale sur mon bureau, il en manque un peu au milieu. Je sors ma trousse et me mets au travail avec mon carnet en marquant un point pour chaque personne, mais la carte est si petite qu'arrivé à dix je me retrouve devant un infâme gribouillis. Pourtant, je continue un peu avant de me redresser pour examiner l'ensemble ; finalement, j'attrape les cartes que je chiffonne et envoie à travers la pièce. Ça ne sert à rien.

Mon Palm-net est sur le bureau. Là aussi, l'écran est tout petit, mais je m'en suis déjà servi pour les cours et pour mes devoirs. Et puis Internet offre des tonnes d'applications. Si seulement maman m'avait laissé utiliser un ordinateur… Elle ne voulait pas d'Internet dans l'appartement. Elle disait toujours que c'était « bourré de mensonges ». Maintenant, je me rends compte qu'elle voulait sans doute me tenir en dehors des réalités. Si j'avais été au courant pour elle et papa, j'aurais posé tellement de questions. Quoi, qui… impossible d'y répondre maintenant.

J'allume le Palm-net et vais m'asseoir sur le lit, m'adosse aux coussins. La première page s'affiche : « Bienvenue, Adam, sur le réseau Forest Green. Il vous reste quatre devoirs à faire – pour obtenir les dates et plus de détails, cliquez ici. » Sans tenir compte de ce message, j'entreprends d'explorer les applications. Il y a des quantités de fonctions, dont plusieurs bases de données. Je suis sûr que c'est ce qu'il me faut. Et le seul moyen de le savoir est d'essayer.

À bien y réfléchir, c'est assez facile. D'abord, il faut dresser une liste générale, avec diverses catégories. Après quoi, on peut les faire apparaître dans des ordres différents. Je commence à saisir le contenu de mon carnet mais je m'arrête assez vite.

Bienvenue sur le réseau Forest Green, Adam.

Si je suis sur le réseau du lycée, est-ce que ça signifie que tout ce que je fais ici peut être vu par d'autres ? J'entends encore la voix de ma mère :

Tu ne dois rien dire. À personne. Jamais.

Et merde !

Tout effacer. Entrée.

« Êtes-vous sûr de vouloir effacer ces données ? »

Oui. Entrée.

Parti.

J'éteins le Palm-net et le jette au bout du lit. Saleté de truc. Juste un moyen de surveiller les élèves. Maman avait sans doute raison : mieux vaut fuir l'informatique. N'empêche que cette idée de base de données n'était pas mauvaise.

Il y a un vieil ordinateur portable sur le bureau, qui a dû appartenir à mon père. Est-ce qu'il marche encore au bout de seize ans ? Je me relève pour aller le chercher, passe une manche dessus pour en ôter la poussière, l'ouvre, appuie sur le bouton.

La dernière personne qui s'en soit servie était bien papa. Mamie l'appelait Terry ; maman, Spider. Il avait quinze ans alors. Est-ce qu'il connaissait déjà maman ? Peut-être même qu'elle était ici, avec lui, dans cette chambre.

L'écran s'illumine et une musique se met à hurler des haut-parleurs de chaque côté du bureau.

« You are not alone / I am here with you[1]*… »* Une voix haut perchée, très pure, qui me donne des frissons. Michael

---

1. Tu n'es pas seul. Je suis là, avec toi.

Jackson. Il est mort quelques mois avant papa. C'était cet air qu'il écoutait la dernière fois ? Je croyais que c'était un dur, mon père. Alors que cette chanson fait plutôt sentimental. Je ferme les yeux, l'écoute jusqu'au bout. À quoi aurait ressemblé ma vie s'il était toujours vivant ? Et maman ?

Si au moins je n'étais pas si seul sur cette affaire…

Sarah

Il y a un homme dans ma chambre. Il est agenouillé à côté de mon matelas – il a posé la main sur mon épaule. C'est lui. Il est là. Je ne veux plus…

Je me débats et mon poing lui heurte le menton.

– Eh, arrête ! Qu'est-ce que tu fais ?

Ce n'est pas la voix à laquelle je m'attendais. Elle est plus jeune, plus aiguë. Je la connais bien.

– Sarah, c'est moi. C'est Vinny !

Je ne suis certainement pas à la maison puisque le lit se trouve à même le sol, puisque la fenêtre a changé de place. Tout d'un coup, je me rappelle Vinny qui m'emmène par les ruelles jusque chez lui, son squat, en haut d'une maison. Il m'a indiqué cette chambre avec pour tout ameublement ce matelas par terre.

– Tu peux la prendre, si tu veux, m'a-t-il dit.

J'ai regardé ce plancher, les draps qui servaient de rideaux et, malgré tout, j'en ai eu le cœur soulevé de joie. Ma chambre, mon espace à moi.

C'est aussi pour ça que je m'exclame :

– Vinny ! Qu'est-ce que tu fais ici ?

– Tu criais. J'ai cru qu'on était en train de te tuer dans ton lit !

Mes yeux commencent à s'habituer à la lumière jaune des réverbères qui passe par les interstices des draps devant les vitres. Je m'assieds et Vinny en fait autant, contre le mur.

– Alors, ça va ? demande-t-il.

– J'ai dû faire un cauchemar. Pardon pour le bruit.

– C'est rien. Je ne dormais pas. Mais tes voisins, si. Qu'est-ce que c'est que ce cauchemar ?

– Le feu.

– Celui de l'apocalypse ?

– Je n'en sais rien, pourquoi ?

– Quelque chose comme l'enfer, non ?

– Un peu, mais ce n'est pas en enfer. C'est ici.

– Ici ?

– À Londres. La ville brûle et je suis en plein dedans, et le bébé…

– Relou.

– Oui. Et il y a quelqu'un d'autre aussi. Il me prend mon bébé et l'emmène dans les flammes.

– Ouf !

Le silence retombe un moment sur la pièce. J'erre encore dans cette zone – à moitié endormie, à moitié réveillée – où les rêves paraissent si réels. Jusqu'à ce que je précise :

– Je l'ai rencontré. Le démon de mon cauchemar. Il existe vraiment.

– Tu rigoles !

Vinny se rapproche, me passe un bras sur l'épaule. Aussitôt, je me raidis. *Voilà où il voulait en venir. Comme s'il n'allait rien me demander en échange…* Il a dû sentir ma réticence parce qu'il recule aussitôt.

– T'inquiète, dit-il. Je ne te demande rien.

– Alors pourquoi m'as-tu laissée venir ici ? Je n'ai pas les moyens de te payer.

Le long soupir qu'il pousse me donne l'impression qu'il cherche juste à gagner du temps, à se trouver une bonne excuse. Mais sa réponse ne correspond pas du tout à ce que je craignais. Les yeux dans le vague, il murmure :

– J'avais une sœur. Il y a quelques années, elle est tombée enceinte, comme toi. Elle a quitté la maison. Elle a voulu se faire avorter mais les médecins l'ont envoyée promener. Plus personne ne veut se charger de ce genre de chose, sauf si le bébé ne va pas bien. Mais on s'en fiche si la fille n'en peut plus, si elle a perdu tout espoir, comme Shelley. Elle a échoué dans un bouge clandestin où elle est morte quelques jours plus tard. On ne l'a su que quand l'hôpital nous a appelés.

Ses paroles flottent à travers la pièce comme un lourd secret. Je me demande s'il en a jamais parlé à personne d'autre.

– Vinny, je suis désolée…

– Tu n'y es pour rien.

– Non, mais…

– Tu n'y es pour rien et moi non plus. Mais elle me manque. C'est pour ça que tu vas pouvoir rester ici aussi longtemps que tu voudras. Quand on aura de quoi manger, tu auras de quoi manger, et quand j'aurai un peu de sous, je t'en donnerai. Pour l'enfant.

Je suis contente qu'il fasse si sombre ici. Comme ça, Vinny ne voit pas mes larmes.

– Merci, ce serait… super.

– Je pourrai peut-être me procurer des trucs pour le bébé. Si tu n'es pas trop regardante…

– Pourquoi ?

– Ne me pose pas la question. Mais là, je sais faire. Je te fournirai des trucs.

Et moi, je sens la petite qui se réveille, qui bouge les bras et les jambes, cherche à s'étirer.

– Tu voudrais le sentir ? Le bébé ? Là…

Je prends la main de Vinny, la pose sur mon ventre. Il ne se passe d'abord rien et puis elle donne un coup de pied.

– Oh là là… c'est extraordinaire !

– Je sais. Au début, je le sentais à peine, mais ça devient de plus en plus fort.

– C'est un garçon ou une fille ? Dans ton cauchemar, tu as dit « elle ».

– C'est vrai ? Peut-être bien que je l'ai dit.

– Alors c'est une fille ?

– Je n'ai jamais passé d'échographie mais oui, j'en suis sûre. Je le sais. C'est une petite fille.

Je tiens mon ventre entre mes bras comme si c'était déjà elle.

– Bon, alors je vais te chercher des trucs roses.

– Vinny, ça fait ringard, bleu pour un garçon, rose pour une fille !

– Ah…

Il a l'air déçu, froissé.

– C'est bon, dis-je encore. Tu peux prendre du rose. Ça ira.

Adam

Les numéros n'apportent aucune réponse. Ils existent, un point c'est tout. Tout ce qu'ils me disent, c'est qu'un tas de gens va mourir à Londres en janvier prochain. Un événement se produit le 1er, et qui entraîne une multitude de décès les jours suivants.

Je rentre tout le contenu de mon carnet dans l'ordinateur de mon père, du moins tant qu'il y a de l'électricité. Les Londoniens ont l'air de trouver normales les nombreuses coupures de courant qui les laissent dans le froid et l'obscurité parfois deux heures d'affilée… Je finis par dresser une liste complète. Il faudrait quelqu'un de beaucoup plus intelligent que moi pour y trouver une suite logique, un professeur d'université, un enseignant. Et si j'essayais au lycée ? Par exemple auprès d'un élève doué en maths ? Il y en a bien qui aiment les chiffres, les schémas, les statistiques…

Au cours des jours suivants, je cherche autour de moi si quelqu'un pourrait m'aider. Mais pour ça, il faudrait d'abord que j'explique ce que je veux. Ce qui m'obligerait à enfreindre la règle : « Ne rien dire. À personne. Jamais. »

J'imprime ma base de données, juste les colonnes des lieux et des dates, rien d'autre.

Je décide de commencer par le lieu de rendez-vous préféré des dingues d'informatique. Il paraît qu'ils se réunissent pour faire des maths à l'heure du déjeuner. Lorsque j'entre dans la salle, j'ai l'impression de pénétrer dans un saloon de western. Tout le monde s'immobilise et lève la tête, y compris la prof, toute jeune, en chemise et longue jupe qui évoquent les années hippies.

Je me lance :

– Salut !

– Vous vous joignez à nous ?

– Euh… Faut croire.

– Aujourd'hui, on fait du calcul différentiel.

Du calcul… quoi ?

– Ah bon. Euh… j'ai dû me tromper. Excusez.

Je sors comme je suis entré. Ce n'est pas vrai ! Il y avait là-dedans assez de matière grise pour alimenter le pays entier en électricité.

Le lendemain, je reviens à la charge.

– Oui ? dit la prof.

– J'ai besoin d'aide pour résoudre un problème de maths.

Ça ricane quelque peu dans mon dos, surtout quand elle répond :

– Adressez-vous plutôt à votre chargé de cours. Qui est-ce ?

– C'est pas un problème au programme de l'année, c'est autre chose.

Je pose la feuille imprimée sur un bureau.

– J'ai des tas de dates et de lieux et je voudrais savoir à quoi ça correspond.

Là, ils se sont tous levés pour venir voir.

– D'où viennent ces dates ?

J'ai longtemps cherché un mensonge plausible.

– Des anniversaires. Je note les dates de naissance des gens.

– Pourquoi ? À quoi ça sert ? me demande un élève aux lunettes cerclées d'acier.

Je me sens de plus en plus sur la défensive, prêt à contre-attaquer ces types qui ont l'air de me considérer comme un fou. Mais aucun ne porte l'index à sa tempe.

– Ça m'intéresse, voilà tout.

Ils paraissent accepter l'explication, et je comprends qu'ici on a l'habitude de recueillir toutes sortes de faits et de nombres. Ils doivent tous en faire autant. Alors je tends la feuille au garçon à lunettes.

– Tu as les codes postaux ? me demande-t-il.

Il a un tic nerveux qui lui imprime un éternel demi-sourire au coin de la bouche.

– Non, constate-t-il aussitôt. Juste des noms de rues et de villes. Dans l'absolu, on aurait besoin des codes postaux. Je peux les rechercher sur le Web si tu me donnes les numéros de rue. Ce sera plus facile pour dresser une carte. Je propose qu'on utilise différentes couleurs en fonction des dates, au lieu de chiffres. Comme ça, on aura un schéma plus clair.

Les autres commencent à se désintéresser de la question, mais mon binoclard se prend au jeu.

– C'est là que ces gens habitent ? Leur adresse ?

– Non, c'est là… que je les ai vus.

– Dans la rue ? Tu les as interrogés ?

– Oui… quelque chose comme ça.

– Mouais… dommage que tu ne leur aies pas demandé leur code postal…

Il commence à me taper sur les nerfs. D'accord, je n'ai pas tout fait dans l'ordre, je ne suis pas un chercheur patenté. Seulement je vois déjà une ouverture, grâce à ce type.

– Alors, tu vas m'aider ?

– Oui, mais il me faudrait davantage de données.

J'ai un haut-le-cœur à la seule idée de ressortir examiner les gens dans la rue. Je ne sais pas si je pourrais continuer longtemps à faire ça.

– Bon, je pourrai déjà faire quelque chose avec ça, dit-il en brandissant le papier, si je peux l'emporter chez moi.

– Pas de souci. Merci… euh… tu t'appelles ?

– Nelson.

– Merci, Nelson. Moi, c'est Adam.

– Super, je m'en occupe.

Je ne peux pas m'empêcher de le regarder dans les yeux et mon cœur se serre. Son numéro. 01012027. Il va établir une projection de sa propre mort.

J'ai envie de lui arracher le papier des mains, de disparaître.

Forcément, on ne se trouve pas loin de chez lui ; pourtant, je m'entends lui demander :

– Où est-ce que tu habites ?

– Churchill House.

Là, je sens le sol se dérober sous mes pieds et je dégringole à la renverse dans l'obscurité ; je ne trouve rien à quoi me raccrocher tandis que me tombent dessus des briques, des morceaux de plafond et des pans de murs entiers.

– Adam ?

– Ouais.

– Ça va ? Tu me… regardais…

– Ouais. Excuse, ça m'arrive quelquefois. J'y peux rien.

Son demi-sourire s'étire, revient. Tic, tic, tic. Il porte la main à son visage.

– Alors à demain, reprend-il. Sauf si tu restes. On continue le calcul différentiel.

– Non, là, ça ira. À demain.

Je balance mon sac sur mon épaule et sors de la classe mais, quelque part, je regrette de ne pas pouvoir rester. Si j'étais plus doué, ça irait, je ne me laisserais pas complètement larguer par leurs discussions ; ça ferait du bien de se sentir différent et content de l'être.

Dehors, les élèves sont rassemblés en groupes et en bandes. Deux par-ci, trois par-là qui bavardent, qui jouent au ballon. Ici, ça ne le fait pas de se sentir différent.

Je trouve un coin à peu près calme, là où personne ne me regarde, et je sors mon carnet. Je note tout ce que je viens d'apprendre sur Nelson. Si seulement ça pouvait me calmer ! Mais j'ai un mal fou à maîtriser mon affolement. Ce garçon si cool, qui ne ferait pas de mal à une mouche… pourquoi doit-il mourir si jeune ? Ce n'est pas juste. Même pas trois mois à vivre, c'est tout. Et moi aussi, peut-être.

En fait, ce carnet, c'est le répertoire de milliers de morts qui me crient à la figure, qui demandent à être reconnues. L'avenir de cette ville est entre mes mains… un avenir terrible, violent, atroce. Toutes ces sensations, toutes ces voix, tous ces cris de douleur en moi, dans mes oreilles, sous mes paupières, dans ma poitrine. C'est trop. Je vais éclater. Toujours accroché à mon carnet, je porte les mains à ma tête, ferme les paupières pour essayer cet exercice de respiration – *inspire par le nez, expire par la bouche* – mais j'ai la gorge tellement sèche, il y a tellement de bruits dans ma tête que je n'arrive pas à réfléchir.

– Qu'est-ce que tu fous, abruti ?

Je connais cette voix. J'entrouvre les yeux pour découvrir quatre paires de pieds devant moi, quatre personnes qui m'entourent. Pas besoin de regarder davantage pour savoir de qui il s'agit. Pas besoin non plus de voir son numéro pour percevoir la violence, sentir le sang. Junior et ses potes.

– Qu'est-ce que tu fous ici, abruti ? C'est quoi, ce carnet ?

Sarah

Là, je vis dans le passé. Ce devait être comme ça autrefois, durant les années 1970, avant l'époque des téléphones portables et des MP5. J'ai toujours mon portable et ce Palm-net débile qu'on nous a donné au lycée, mais je ne peux pas m'en servir parce que je ne tiens pas à me faire repérer.

Vinny et ses potes ne s'intéressent pas à la technologie et n'ont qu'une télé préhistorique. De toute façon, les programmes ne me plaisent pas. On n'y passe que des films d'horreur ou des rediffusions de séries en principe pas destinées du tout à faire rire, ou alors les infos. Qui a envie de regarder les infos ? Des guerres à travers le monde entier, la moitié de la planète inondée, l'autre moitié qui meurt de soif. Je n'y peux rien, alors à quoi bon ? La dernière fois que j'ai regardé, on annonçait que le tunnel sous la Manche venait d'être fermé pour empêcher l'afflux des immigrants d'Afrique. Qu'est-ce qu'ils pourraient faire ici, de toute façon ? On a déjà tellement de problèmes, inondations, coupures de courant, émeutes… à mon avis, s'ils veulent venir, qu'ils viennent. Ils s'apercevront vite que la situation n'a rien d'un rêve.

Il faudrait peut-être que davantage de gens vivent comme nous. Et qu'on n'aille pas croire que je regrette ma situation privilégiée. Maison cossue, cinéma et salle de gym à domicile. La seule chose qui me manque, c'est la piscine, parce que mon ventre s'arrondit sérieusement maintenant, il commence à peser lourd et le seul endroit où je me sente encore à peu près humaine, c'est la baignoire. Ce serait tellement bien de pouvoir nager un peu ! Sinon, tout va bien.

À part Vinny, il y a deux autres types : Tom et Frank, des camés. Normalement, ça devrait faire peur de vivre là, parmi eux. Mais non. Personne ne s'occupe de moi, en tout cas, ils n'ont pas envie de me sauter. Tout ce qui les intéresse, c'est leur prochaine dose. Quant à Vinny, il se finance en dealant. Il a ses habitués, comme Meg et sa bande de voleuses, qu'il livre sur place. Personne ne vient jamais ici. Il les tient à l'écart. En bas, dans la cuisine, il garde à tout hasard deux battes de base-ball, mais je n'en ai pas vu l'utilité depuis plusieurs semaines que je vis ici.

Je paie ma pension en leur faisant la cuisine. Je ne m'en serais jamais crue capable, je n'aurais même pas pensé en avoir besoin. Le premier jour, quand je suis descendue préparer le repas, j'ai trouvé un chaos abominable et je me suis mise à tout ranger. Je n'avais pas grand-chose d'autre à faire, de toute façon. Le soir, je leur ai servi un gratin de pâtes au fromage. Il n'y avait rien d'autre dans le réfrigérateur.

Le lendemain, Vinny est rentré les bras chargés de provisions.

– Il faut que tu manges des légumes et des fruits, m'a-t-il dit.

– Parce que tu es expert en la matière ?

– J'en sais rien, mais c'est pas ton avis ? Qu'il faut manger de ces trucs quand on est enceinte ?

– Si, je suppose. Mais je ne saurai pas les préparer.

– Tu les cuis et tu fais de la soupe. Ou alors tu les coupes et tu les fais revenir à la poêle.

Et c'est ce que j'ai fait. Tout le monde y a droit maintenant. Ils ne mangent pas beaucoup, mes colocs. Parfois, ils n'avalent rien de la journée. Tandis que moi… Ce n'est pas que je mange pour deux, mais quand on s'est donné la peine de faire la cuisine, on apprécie le résultat.

Et puis ça me plaît de bricoler en bas, de ranger, de préparer des petits plats pour trois mecs. Pourtant, je n'ai jamais aimé l'idée que ce soit aux femmes de rester à la maison pour s'occuper des hommes. C'est ce que maman a fait toute sa vie. La bonniche. La parfaite petite maîtresse de maison qui nettoie, qui range, qui cuisine. Ça me soulève le cœur. Et voilà que je m'y mets à mon tour. Sauf que ce n'est pas la même chose. On n'est pas une famille au sens normal du terme. Nous, c'est différent. La moitié du temps, les autres sont trop déchirés pour pouvoir avaler quoi que ce soit, ils n'iront jamais demander d'où viennent tous ces plats et ils iront parfois vomir dans la cour sans que personne ne leur pose de questions.

Mais c'est aussi le genre de famille où personne ne juge l'autre, où chacun se mêle de ses affaires, où, malgré tout, on se trouve en sécurité. Voilà longtemps que je ne me suis pas sentie aussi bien que dans ce squat de Giles Street.

Quand je ne fais pas la cuisine ou le ménage, je dessine. Un jour, j'ai trouvé des rouleaux de papier peint et je m'y suis mise. Quand Vinny a vu le résultat, il m'a apporté du ruban adhésif pour que je colle mes œuvres au mur.

Je reproduis toutes sortes de scènes, des souvenirs, ou alors Vinny et ses potes en train de dormir dans le salon. Et ça leur plaît. Eux aussi, ils en décorent leurs murs. Pourtant, la première fois, Vinny m'a paru un peu chiffonné.

– C'est ma vie, Sarah. Tu dessines ma vie.

– Tu as l'air tellement heureux quand tu dors ! Tellement apaisé.

– Je dors pas, je plane. Et je ne suis plus heureux, c'est fini, ça. Juste content d'avoir pu encore me payer ma dose.

– N'empêche que j'aimerais bien me sentir aussi apaisée, moi aussi.

Son expression se durcit.

– Sûrement pas. Si un jour je m'aperçois que tu as essayé, je te vire d'ici. Je dis pas ça pour toi, mais pour ton bébé.

– Je ne voulais pas…

Vraiment ? À vrai dire, la vie réelle n'a rien de réjouissant. Alors pourquoi pas un moyen de s'en évader, taffe, cachet, piquouse ?

– Le meilleur moyen de rester clean, c'est de ne jamais commencer, insiste Vinny. N'essaie même pas.

– Il suffit de le vouloir ?

– Ne te fiche pas de moi. Tous mes amis sont accros à quelque chose et la plupart n'en sortiront jamais, certains vont en crever. Pas toi. Tu es la personne la moins pourrie que je connaisse. Ne change pas.

– Je n'en ai pas l'intention. Je ne vais rien prendre du tout. J'aimerais juste pouvoir dormir un peu, c'est tout. Une vraie nuit de sommeil, sans rêves.

– Et si tu le dessinais ?

– Quoi ?

– Ton cauchemar. Si tu le dessines, si tu l'extirpes de tes pensées, il pourrait bien s'en aller.

Ça me fait peur, comme si, une fois en pleine lumière, il devait également dévorer mes jours. Mais pas besoin de me raconter des histoires. Ça me tente. Donc Vinny a raison, je devrais essayer.

Je trouve un nouveau rouleau de papier peint et me mets au travail. Seulement au crayon, ça ne marche pas. Je demande à Vinny de me trouver du fusain. Je voudrais tracer des lignes sombres et rien ne me semble plus approprié qu'un outil déjà noirci par le feu. Je me lance, les mains tremblantes. Je n'y arrive pas. Je ferme les yeux et voilà que je me retrouve en plein dedans. Il me remplit la tête et se répand à travers moi – les ombres et les lumières, les visages, les flammes, la peur. Je commence à dessiner les paupières closes et, quand je les ouvre, c'est pour trouver une tête sur le papier, qui me regarde.

Un homme qui tient une enfant dans ses bras.

C'est lui.

C'est Adam.

Adam

Ils me le prennent – mon carnet. Ils le prennent, pas décidés à me le rendre. Junior commence à le feuilleter.

– C'est quoi, ça ? Ton petit carnet de rendez-vous ? T'as pas pu avoir la moitié de ces filles, dis-moi ?

– Ta gueule. Rends-le-moi.

– Des filles et des garçons ! Je savais que t'étais pas net. Tu peux pas les avoir tous eus, même pas en cent ans. Tu te racontes des trucs…

J'essaie de le lui arracher mais il le fait virevolter au-dessus de ma tête, s'éloigne en dansant.

– Junior, c'est perso. Rends-le-moi. T'as rien de perso, toi ?

– Maintenant si. Ton carnet.

– Rends-le-moi, abruti. C'est pas tes oignons.

Je m'affole. Il ne doit pas regarder ça. Je préférerais encore qu'il le déchire, le détruise. Traversé d'un flot d'adrénaline, je me dresse soudain contre mes quatre adversaires. Il faut que je récupère ce carnet à tout prix. Junior se trouve maintenant à une vingtaine de mètres de moi et ses potes me barrent la route. À coups de coude, j'en écarte un mais les deux autres sont toujours là. Derrière eux, je vois que Junior s'est arrêté, comme pris par sa lecture. Si je ne l'atteins pas d'ici à vingt secondes, je suis mort. Il va voir l'en-tête des colonnes, lire les descriptions. Il trouvera des noms qu'il connaît. Dont le sien.

Je balance un coup de tête au plus grand de ses deux potes, un coup de genou dans le bas-ventre de l'autre et me rue sur Junior, le frappe à l'estomac. On trébuche tous les deux au sol.

– Lâche ça, connard !

Il tient toujours le carnet. Je lui attrape les doigts, les tords un à un. Il se met à couiner comme une fille. Il ne la ramène plus, sans ses potes. Trois doigts à l'envers et il lâche prise. Le carnet tombe entre nous deux, je l'attrape, m'écarte en rampant. À peine debout, je le range dans ma poche. Junior est toujours par terre à se tenir la main.

– Tu les as cassés, espèce de malade ! Tu m'as cassé les doigts !

Apparemment, quelqu'un a alerté les vigiles parce que, tout d'un coup, on se retrouve encerclés. L'un s'agenouille devant Junior, examine sa main tandis que deux autres m'attrapent par les bras et m'entraînent vers le lycée. C'est à peine si mes pieds touchent le sol. De loin, j'entends l'un des potes de Junior monter une histoire contre moi :

– Il nous a attaqués. Il est devenu dingue. Je sais pas ce qu'il a fumé…

On m'emmène dans la salle d'interrogatoire où je suis aussitôt fouillé. Je me dis qu'ils ne vont pas sentir mon carnet – si plat, ça devrait aller – mais ils le repèrent tout de suite. Ils m'ordonnent de le sortir. Je ne veux pas. Ils insistent : je le sors ou ce sont eux qui s'en chargent. Alors je m'exécute. Il est un peu tordu, il a pris la forme de ma fesse.

– Posez-le sur le bureau.

Je le pose, mais je ne veux pas qu'ils le lisent. Ce n'est pas à eux. C'est perso.

– Ce n'est pas un cahier, ça, observe l'un d'eux. Qu'est-ce que c'est ?

– Un carnet.

– Un carnet de quoi ?

– Un carnet, monsieur.

Le type tend la main pour l'attraper mais j'interviens avant.

– Posez ce carnet, Dawson.

– Non, monsieur.

Il entreprend alors de me rappeler le règlement du lycée.

« Les élèves ne doivent pas apporter d'objets privés qui ne relèvent pas directement de leurs études. Si un tel objet est… »

J'entends la porte s'ouvrir derrière moi. Quelqu'un vient d'entrer. Sans y réfléchir plus longtemps, je me jette sur le bureau, récupère le carnet et file. Quelques secondes plus tard, les sonneries d'alarme retentissent, me hurlent dans les oreilles. C'est l'alerte rouge dans l'établissement. Comment sortir de là ? La salle d'interrogatoire se trouve à proximité de l'entrée principale, mais les portes sont fermées à double tour et ce n'est pas avec mon badge que je vais les ouvrir. La réceptionniste reste bouche bée quand elle me voit dévaler le couloir dans sa direction. Elle se met à hurler alors que je me jette sur son bureau en lui criant à la figure :

– Lequel ? Quel bouton pour ouvrir les portes ?

Elle ne répond pas mais il me suffit de regarder le tableau pour comprendre. Il y a un bouton noir et carré sur la gauche. J'appuie dessus et les panneaux se mettent à pivoter. En même temps, elle presse son signal d'alarme, ce qui déclenche une autre sonnerie. Qu'est-ce que ça peut me faire ? Je suis sorti. Dehors.

Je dévale la rue à toute vitesse. La police ne va pas tarder, ils auront vite fait de me trouver puisque je porte une puce. Ils n'auront qu'à interroger leurs satellites, tous les drones qui peuplent le ciel de Londres, et le tour sera joué. Seulement je ne veux pas qu'ils fourrent leur nez dans mon carnet. Ça devient trop chaud. Je n'ai plus qu'à le détruire ou à bien le cacher.

J'arrive en courant chez mamie, passe le portail, escalade le perron à l'instant où elle surgit, son manteau sur les épaules, et tend les mains pour m'empêcher de lui rentrer dedans.

– J'allais te voir. Le lycée vient d'appeler.

Je ne peux pas encore parler, il me faut une minute pour reprendre mon souffle, mais je me dis qu'on n'en n'aura pas une de plus avant l'arrivée de la police. Alors je la pousse à l'intérieur, ferme la porte derrière nous.

– C'est bon ! proteste-t-elle. Pas la peine de me bousculer. Tu t'es encore battu ? Je t'avais pourtant dit de te tenir tranquille.

Toujours essoufflé, j'essaie quand même de m'expliquer :

– Il faut que je cache quelque chose.

– Quoi ?

Je sors le carnet de ma poche.

– Ah ! Je vois.

– Tu sais ce que c'est ?

– Je suis peut-être vieille et folle, mais pas aveugle. Donne-moi ça.

J'hésite.

– Tu peux me faire confiance, Adam. Je suis de ton côté. Je sais que tu ne le crois pas, mais c'est vrai.

On frappe à la porte.

– Police ! Ouvrez !

Elle me tend la main :

– Fais-moi confiance, Adam.

Je lui donne le carnet. Elle se détourne, le fourre sous sa blouse.

– Personne n'est plus venu là depuis trente ans. Ça ne risque rien.

Là-dessus, elle va ouvrir la porte.

– Madame Dawson ?

– Oui.

– Nous cherchons Adam Dawson. Il est là ?

– Oui.

– Nous devons l'emmener au poste.

– Très bien. Il va vous suivre. Et moi aussi. Je ne le lâche pas d'une semelle.

On y passe cinq heures. J'ai droit à toutes sortes de questions sur Junior et sur le carnet. Je ne dis pas un mot. Et je ne regarde personne. Ils veulent que j'avoue, que je présente mes excuses, mais pas question que je me couche. Et mamie tient parfaitement le choc.

– Il n'a pas seize ans, ne cesse-t-elle de répéter. Seize ans ! Il s'est bagarré à l'école, c'est tout. Ne me dites pas que ça ne vous est jamais arrivé !

Ils veulent m'accuser d'agression, mais finalement mamie accepte de me ramener au poste dans une semaine. Histoire de me donner le temps de réfléchir, de changer d'attitude. Elle signe les papiers et on rentre à la maison.

Il est plus de vingt-deux heures lorsqu'on arrive enfin, et deux enveloppes nous attendent sur le paillasson, l'une adressée à mamie, l'autre à moi. Celle de mamie vient du lycée. Je suis renvoyé six semaines, au bout desquelles je devrai répondre à un questionnaire chez le proviseur pour voir si on me reprend ou non. Qu'ils aillent se faire voir ! En ce qui me concerne, je m'estime sorti de là à tout jamais.

Dans ma chambre, j'examine l'enveloppe qui m'est adressée. Je n'en reconnais pas l'écriture et, sur le coup, je crois que c'est celle de Sarah. Je l'ouvre en retenant mon souffle. *Que ça vienne d'elle. Qu'elle aille bien…* La lettre n'est pas signée, mais pas besoin.

« Cher abruti, je cé ce qui a dans ton carnet et jé vu mon non et la date que tu a mis pour moi mais cé pas pour moi qui faut t'inquiéter, connar, mais pluto pour ton 06122026. A+ »

Voilà que ça recommence, cette odeur de sueur, cette douleur intense, ce voile rouge sur mes yeux, ce goût de sang. Mon sang ? Non ?

Sarah

J'ôte mes vêtements, me regarde dans la glace. De face, je me reconnais encore. Mon ventre ne s'est pas étalé sur les côtés, donc je garde à peu près la même silhouette. Ma poitrine a un peu gonflé et mes chevilles se sont épaissies.

Mais quand je me tourne de profil… là, c'est énorme. Tant que je suis restée à la maison, il avait à peine changé, si bien que je pouvais le cacher sous des vêtements un peu plus amples. En revanche, depuis que je suis là, il grossit à vue d'œil. La peau est tellement tendue que je me demande comment il pourrait encore augmenter.

Vinny m'a apporté un livre plein de photos du développement du fœtus depuis la rencontre de quelques cellules à une espèce de têtard puis à cette forme minuscule qui évoque déjà une personne. Je l'ai lu de la première à la dernière page, surtout l'étape de la naissance. Jusque-là, je n'avais pas vraiment réfléchi à l'accouchement. Je ne peux pas aller à l'hôpital parce qu'il faudrait décliner mon identité et qu'aussitôt ma famille serait alertée. Et puis, je n'ai pas envie que ma fille soit pucée ; ça se pratique systématiquement, maintenant, dès la naissance. Pour les chiens, passe encore, mais pour les gens… Ça me fait froid dans le dos.

Alors tant pis, il va falloir que je me débrouille toute seule, ici. Le bébé remue dans mon ventre – je vois un genou ou un coude qui se déplace le long de la paroi. Elle sera bientôt là. Comment faire ? Ça me donne l'impression de devoir sortir un bateau d'une bouteille. Impossible.

J'ai la chair de poule. Il fait trop froid dans cette pièce pour y rester nue mais je n'ai pas encore envie de me rhabiller. Quand j'y pense, comment ai-je pu me mettre dans un état pareil ? Évidemment, je connais le responsable. Je ne lui ai jamais résisté. J'aurais dû le jeter, me débattre, le mordre. Je n'ai jamais dit « non ». C'est un homme vigoureux, je dois avouer qu'il me faisait peur quand il venait comme ça, le soir, dans l'obscurité – déconnecté, impersonnel, pas du tout mon papa – pourtant ce n'était pas cette peur qui m'empêchait de crier. C'était l'amour. J'aimais mon papa. Et il m'aimait.

Sauf que je n'avais jamais demandé cette sorte d'amour.

Et voilà où j'en suis. Enceinte. Seule. C'est lui qui m'a fait ça, ce dingue, ce pervers. Je le déteste. Il mériterait que tout le monde sache ce qu'il a fait. Il mériterait le tribunal, la honte, la prison. Et pourtant… pourtant… je sais que je ne lui ferai jamais ça, parce que c'est tout de même mon papa.

Je dois être aussi dingue que lui.

En enfilant mes vêtements, je tremble de froid. Une fois habillée, je vais dans la salle de bains où je trouve des ciseaux et me coupe les cheveux. Les mèches tombent dans le lavabo, sur le carrelage, autour de moi. J'ouvre le robinet pour mieux évacuer tout ce qui traîne puis plonge la tête sous l'eau, fais mousser du shampooing et, à l'aide d'un rasoir jetable, enlève ce qui pouvait encore rester sur mon crâne, à l'exception d'une crête au milieu, comme un Mohican. Demain, je demanderai de la teinture à Vinny ; du rose, du vert, du noir, je m'en fiche. Juste histoire de changer de couleur.

Comme ça, la prochaine fois que je me regarderai dans la glace, ce n'est plus cette bonne vieille Sarah que je verrai. Je me surprendrai moi-même, il faudra que j'y réfléchisse à deux fois.

Demain, je serai quelqu'un d'autre.

Adam

Comment dorment les gens, la nuit ? Comment ferment-ils les yeux, se détendent-ils, se laissent-ils aller ? Moi, quand je ferme les yeux, je vois des numéros, des morts, le chaos. Je vois des immeubles qui s'écroulent autour de moi, je sens l'eau qui m'inonde les poumons, je sens les flammes qui se rapprochent et m'entourent. J'entends des cris, des appels au secours. J'aperçois la lueur d'une lame qui jaillit, s'introduit entre mes côtes, et je sais alors que c'est la fin.

Je ne peux plus supporter de rester seul dans le noir avec ces horreurs qui me trottent dans la tête. Tout devient plus énorme dans le noir, plus strident, plus grave. Et moi je reste au milieu, incapable de m'évader. Mes jambes remuent sans arrêt mais je n'ai nulle part où aller. Mon cœur fait des bonds dans ma poitrine, ma respiration devient courte, incertaine, mes mains s'agrippent à tout et n'importe quoi, finissent par trouver l'interrupteur et me voilà assis dans le lit, à me frotter les yeux jusqu'à ce qu'ils supportent la lumière.

Je contemple cette chambre autour de moi. Mon seul monde, désormais. Je ne vais plus au lycée, je ne sors plus.

Je reste ici, nuit et jour, à écouter le chien du voisin qui n'arrête pas de glapir, vingt-quatre heures sur vingt-quatre.

J'ai essayé d'affiner mes informations pour Nelson. Il avait raison, je dois lui fournir adresses et codes postaux. Il faut que je sache où habitent les gens, pas juste où je les ai croisés. Deux possibilités pour ça : commencer dans un endroit très fréquenté et suivre chaque personne jusque chez elle, ou attendre au pied des immeubles d'habitation et noter les numéros de ceux qui en sortent. D'une façon ou d'une autre, je me fais piquer par la police.

Néanmoins, j'arrive à remplir ma tâche – en me disant que c'est un boulot comme un autre, que je me rends au travail tous les matins. Au bout de trois jours et de trois arrestations, mamie me consigne à la maison ; de toute façon, je n'ai plus aucune envie de sortir. La flicaille du coin m'a programmé sur ses radars, je me fais repérer à tous les coups. Dès que je mets un pied dehors, ils le savent et me font suivre. Le troisième jour, il ne m'a pas fallu une demi-heure pour entendre siffler le drone au-dessus de ma tête.

Je ne fais rien de mal et ils ne m'accusent pas vraiment, mais, à Londres, il suffit de traîner dans les rues pour se faire appréhender ; alors quand en plus on est noir et qu'on n'a pas seize ans… Là, j'ai droit à la fouille, à quelques heures de cellule, à un interrogatoire en bonne et due forme avant de ressortir. Ils ont trouvé mon carnet dès le premier jour.

– Qu'est-ce que c'est ?

– Rien.

– C'est un carnet. Qu'est-ce que vous notez ?

– Rien.

Ils se sont mis à le feuilleter.

– Il y a là des noms, des dates, des descriptions. Vous suivez les gens ? C'est ça, votre sale petit jeu ?

Moi, je la boucle. Mieux vaut ne rien dire. Ils peuvent croire ce qu'ils veulent. Je n'ai fait de mal à personne, ils n'ont rien contre moi. Ils me filment, prennent des notes sur leur ordinateur.

Le troisième jour, ce n'est pas la police qui m'interroge mais deux types en costard, un jeune aux cheveux roux portant une cravate ridicule, un plus vieux, au gros ventre qui déborde sur la ceinture. Ils me demandent à peu près la même chose que les flics : qu'est-ce que je fiche à traîner dans les rues ? Qu'est-ce que j'inscris ? Je ne dis rien. Pas un mot. Alors le plus âgé me tend un piège :

– J'ai connu votre maman, Jem. Je l'ai rencontrée il y a seize ans. Ça m'a fait de la peine quand j'ai appris… vous savez.

Là, il me tient. Du moins, il attise ma curiosité. J'ai envie d'en savoir davantage. Je le regarde dans les yeux, constate qu'il va s'en tirer. Il a encore trente années devant lui.

– Je l'ai interrogée à l'abbaye, quand elle y a demandé l'asile. Elle a dit qu'elle voyait des numéros, les dates de la mort des gens. Ça a fait pas mal de grabuge à l'époque. Ensuite, elle a tout nié, elle a dit qu'elle avait inventé.

Il se cure les dents avec un ongle.

– L'ennui, ajoute-t-il, c'est que ça m'a toujours turlupiné, parce que je ne crois pas qu'elle ait inventé quoi que ce soit. Je suis sûr qu'elle a vu ces gens, sur la grande roue de Londres, qu'elle avait prévu leur mort. C'est ce que vous percevez, Adam ? Vous êtes comme elle ?

J'ai envie de répondre « oui ». J'ai envie de tout lui dire. Il me croira. Il pourrait m'aider, me donner un coup de main.

– Parce que si c'est le cas, poursuit-il, toutes mes condoléances. Ce doit être terrible à vivre.

J'essaie de le sonder, de ne pas lui montrer mon enthousiasme.

– En fait, ajoute-t-il, il y a des gens comme moi qui pourraient même vous trouver diablement utile ; mais vous pourriez aussi faire beaucoup de mal.

Là, je ne peux m'empêcher de frissonner ; si ce n'était pas une menace, ça y ressemblait. On n'est décidément pas du même bord. Pour qui travaille ce type ? La sécurité intérieure ? Les services secrets ?

– J'ai vu ce que vous aviez écrit sur votre Palm-net, j'ai aussi vu des copies des notes de votre carnet. Il y a beaucoup de numéros qui tournent autour de début janvier. Qu'est-ce qui va se passer, Adam ? Qu'est-ce que vous avez derrière la tête ?

Je ne réponds pas. J'allais lui parler du nouvel an, mais il l'a vu tout seul et c'est même pour ça qu'il est là. De toute façon, je suis incapable de lui répondre. J'ignore ce qui va se passer. Tandis qu'il continue son baratin, je tâche de l'imaginer en train de poser les mêmes questions à maman.

– À quoi elle ressemblait ? Ma mère. Comment elle était quand vous l'avez vue ?

Il sourit.

– Une vraie tête de mule. Rusée. Tenace. Je l'aimais bien.

– Je suis comme elle. On se ressemble.

Il pousse un long soupir. Alors je me rends compte qu'il est au moins aussi crispé que moi, même s'il joue les mecs détendus. Il se penche vers moi :

– C'est un don très dangereux que vous avez là. Il vaudrait mieux ne pas en parler, quand on pense à quelle vitesse les gens se laissent impressionner. Vous comprenez ce que je veux dire ?

– Ouais.

– Alors il faut la boucler. Sauf avec les gens comme moi. En fait, nous aimerions que vous nous racontiez tout ce que vous savez. Tenez…

Il sort de sa poche une petite carte qu'il pose sur la table : nom, numéro de portable, adresse e-mail.

– Vous pouvez m'appeler quand vous voulez.

Mais, lorsque mamie revient me chercher, ils l'entraînent à part et lui parlent comme si je n'étais pas dans la pièce.

– Présente une conduite inquiétante… recommandons une évaluation psychiatrique… en dehors de la maison sans surveillance…

Elle fait mine de les écouter. Je garde la tête basse, les yeux rivés au sol jusqu'à ce que tout ça soit terminé, et puis on rentre en bus vers Carlton Villas.

– Qu'est-ce que tu as derrière la tête, Adam ? À quoi joues-tu ?

S'il y a une personne à qui je me confierais, c'est à mamie, pas à ces bouffons en costard. Mais je ne peux pas. Un mur s'est dressé entre nous, je n'arrive pas à le surmonter, sans doute à cause de ce qu'elle est, de ce qu'elle dit, mais aussi à cause de ce qu'elle n'est pas. Elle n'y peut rien si elle n'est pas ma mère, mais je ne le lui pardonne quand même pas. Toujours pas.

Alors je reste dans ma chambre, sans jamais fermer l'œil, constamment sur Internet, à la recherche de solutions, guettant le clapet de la boîte aux lettres au rez-de-chaussée. Dès que je l'entends, je me précipite. Inutile de laisser mamie découvrir les innombrables messages que je reçois sans cesse de Junior. Je sais à peu près toujours ce qu'ils vont dire. Genre : « 06122026. Ton numero. Tu cé ? » « Di adieu a ta mama, abruti. Té mor. »

Parfois, mamie arrive la première à la porte. Elle, non plus, n'a pas d'horaires normaux.

– C'est pour toi, dit-elle non sans examiner l'enveloppe.

– Donne-moi ça.

– Un ami ? Une copine ? Tu peux les inviter, si tu veux.

Sans répondre, je tends toujours la main, et elle finit par comprendre :

– Adam. Reste là une minute. Il faut qu'on…

Je suis déjà là-haut, je ferme la porte derrière moi. *Il faut qu'on parle.* Comme si je pouvais parler… Je range l'enveloppe avec les autres et me remets sur l'ordinateur de papa. Il lui faut des heures pour se connecter à Internet, mais sinon ça va. Je sais me servir de Google. D'habitude, je tape « 2027 » ou « fin du monde », mais ce soir je vais poser la question qui m'empêche de dormir.

« Quand dois-je mourir ? » Entrée.

Huit cent trente et un millions de réponses. Je clique sur la première. On m'y pose d'autres questions. Quel est votre âge ? Fumez-vous ? Combien pesez-vous ? Faites-vous de l'exercice ? Ce genre de site n'a rien compris. Ils ignorent tout de la bombe, du feu ou de l'inondation, de ce qu'il va se produire à Londres dans quelques semaines. Ils sont incapables de me dire si un cinglé va me sauter dessus avec un couteau ou non.

Et moi non plus.

Sarah

Je me sens un peu malade toute la journée, pas dans mon assiette. Jusqu'au moment où, je ne sais pas exactement quand, je me rends compte que cette drôle d'impression arrive par vagues, toutes les dix minutes, et que c'est plus qu'un inconfort, une véritable douleur. Chaque fois, mon ventre se durcit, les muscles se tendent à l'extrême.

Il n'y a personne d'autre dans la maison.

Merde ! Merde ! Ce n'est pas vrai ! Je ne sais pas exactement où j'en suis de ma grossesse mais sans doute pas loin des neuf mois. Je ne suis pas prête. Je reprends le livre au chapitre « Accouchement ». On y parle de respiration, de mouvements et de positions à observer. Les mots dansent devant mes yeux alors qu'une nouvelle contraction me prend. *Bouge, n'arrête pas de bouger.* J'essaie de faire les cent pas dans cette chambre du haut de la maison, mais la contraction suivante me paralyse. Je m'accroche au mur en essayant de respirer.

J'ai un mal fou à surmonter ma panique. J'émets des cris, des gémissements, des pleurs que je n'arrive plus à contrôler.

Ça n'aurait pas dû se passer comme ça. Je ne voulais ni médecin ni hôpital, mais j'imaginais qu'il y aurait des gens autour de moi. Je croyais que Vinny serait là. Je suis sur le palier quand je perds les eaux. Je n'aurais jamais cru qu'il y en avait autant, comme si je me pissais dessus. Génial ! Et impossible de retenir quoi que ce soit, ça continue de couler sans me demander mon avis, avec du sang qui s'y mêle maintenant. Mauvais signe, non ?

Je me traîne dans la salle de bains où mes cris se répercutent plus que jamais contre les parois étroites. Je m'assieds sur les toilettes pour évacuer le reste du liquide. J'y resterais bien toute ma vie, pourtant j'arrive à me relever. Je ne vais quand même pas mettre ce bébé au monde dans les W-C !

Accrochée au lavabo, je tente de résister à cette douleur qui n'en finit plus. Impossible d'y échapper, de fuir où que ce soit ; submergée, je vomis deux, trois fois dans la cuvette et puis m'effondre sur le sol.

Je geins comme un animal blessé – ce ne sont plus que des grognements et des râles.

Je pourrais mourir ici.

Si la douleur ne s'arrête pas, je vais mourir, c'est sûr, et ça m'est égal. Je veux juste que ça s'arrête. Que ça s'en aille, que ce poids cesse de me brûler le ventre et les reins sinon je vais éclater en deux, crever sur le carrelage comme une camée. Et tant pis ou tant mieux. Ce sera toujours préférable à cette torture, cet enfer. Je veux mourir.

C'est Vinny qui nous a trouvées. On est toujours sur le sol de la salle de bains. J'ai réussi à prendre quelques serviettes pour nous couvrir et nous tenir chaud. J'avais peur qu'elle attrape froid, ma fille. Je la tenais serrée contre moi, pour lui communiquer ma chaleur. Elle a pleuré un peu mais s'est vite arrêtée, et puis elle m'a regardée de ses beaux yeux bleu vif, et je l'ai embrassée, j'ai embrassé son petit visage, ses petites mains.

Ma fille.

Ma petite enfant.

Mia.

Adam

– On tombe en pleine « action ou vérité », là !

– Pas envie de jouer.

– Alors qu'est-ce que tu fous ici ?

– Je veux que tu me lâches, que tu arrêtes de nous embrouiller avec ma grand-mère.

– Ta grand-mère, elle passe beaucoup de temps chez elle, pas vrai ? Assise sur sa chaise dans la cuisine. Elle bouge pas trop. Cible facile.

Il y a une fenêtre à l'arrière de la maison. Une cité donne dessus, des centaines de fenêtres. Et on reçoit tous les jours un message par le clapet de la porte.

– C'est ça qu'il faut arrêter. Ces menaces idiotes. Elle a rien à voir avec ces histoires. C'est entre toi et moi. Alors on règle ça une bonne fois.

Mes paroles sont plus téméraires que moi mais ça marche avec Junior, le baratin.

– D'accord, répond-il, seulement dis-moi d'abord pourquoi t'arrêtes pas de regarder les gens. Je veux savoir ce que tu écris dans ton carnet. Je veux savoir pourquoi tu as mis ces choses sur moi.

– Pour de bon ?

– Pour de bon.

– Qu'est-ce que tu me donnes en échange ?

– Je dis aux potes d'arrêter de surveiller ta maison.

– Pourquoi je te croirais ? Alors que c'est comme ça que tu prends ton pied ?

– Quoi ? Je prends mon pied à regarder ta vioque cloper comme une malade ?

– Alors j'ai ta parole ?

– Ouais, parole.

Les autres nous observent, prêts à me sauter dessus au moindre signal. Je reprends :

– On va s'asseoir. Et discuter entre hommes, toi et moi.

On est dans le vieil entrepôt et ils ont fait un feu dans un coin, installé des cageots autour. On s'assied, à un mètre l'un de l'autre. Les flammes se reflètent dans ses yeux quand il se penche vers moi.

– Alors raconte. C'est quoi ces mensonges que tu écris ?

Tu ne dois rien dire. À personne. Jamais. Pourtant, je pourrais peut-être le dire à Junior. De toute façon, il n'en croira pas un mot, et ça ne changera rien du tout : il n'aura pas des mois d'agonie comme maman, parce qu'il vit aujourd'hui son dernier jour.

– Quand je regarde les gens, je vois un numéro. C'est la date de leur mort. Ça fait peur, je sais, mais c'est la vérité. J'ai toujours vu ça et j'y peux rien.

– Comme ça, tu vois mon numéro ?

Il me provoque, fait mine de me croire.

– Ouais.

– Et tu l'as mis dans ton carnet. C'est celui que j'ai vu ?

– Ouais.

– Aujourd'hui.

Là, je ne réponds pas. Vingt et une heures trente, la nuit froide, la pluie qui tambourine le toit en tôle. Junior n'a plus que deux heures et demie à vivre, au maximum. On ne dirait pas. Tous ses potes sont là, quatre. Et moi je suis seul.

Il regarde autour de lui, écarte les bras.

– Alors ? D'après toi, comment ça va se passer ?

Je me sens tellement dépassé que j'en ai la nausée.

– Qu'est-ce qui risque de m'arriver, Adam ? J'ai lu ce que tu as écrit. Il y a un couteau, du sang. Il y a personne, ici, qui voudrait m'attaquer, à part toi. C'est toi ? Tu vas me tuer ?

Au début, il se moquait de moi mais, maintenant, son ton devient sérieux ; il se passe la langue sur les lèvres et je lis autre chose dans ses yeux que son seul numéro. De la peur. Il a sans doute aussi peur que moi.

Je ne veux pas que ce soit moi. Je ne l'aime pas, ce type, mais de là à le tuer… Je n'ai envie de tuer personne.

Si seulement le temps pouvait s'arrêter un peu, si les numéros pouvaient s'en aller… La chaleur du feu me brûle le visage, d'autant qu'un des quatre types y jette encore une planche qui fait jaillir des étincelles.

– J'y vais, dis-je en me levant. Junior, je suis venu m'expliquer mais j'ai pas envie de me battre. Je t'ai dit la vérité alors maintenant tu peux me lâcher. J'ai rempli ma part du contrat, non ?

Il fait signe aux autres qui viennent sur moi, m'attrapent par-derrière, me bloquent les bras.

– Je vais tenir parole. Je lâche ta grand-mère mais pas toi, mon pote. Tu es venu t'expliquer, alors on y va. Fouillez-le.

Je me débats à coups de pied, mais ça ne les éloigne pas, je prends des gifles et ils ont vite fait de me retourner les poches. Bien sûr, ils trouvent mon couteau. Je ne le cachais même pas, je le garde en permanence dans ma ceinture pour le cas où.

– Tu as apporté une lame.

– Pour me défendre.

– Moi, je suis pas armé, dit-il en ouvrant ses mains nues.

– Je te crois pas.

Impossible que je sois le seul à avoir pris un couteau. Il ouvre sa veste pour me montrer que si. Ce n'est pas vrai ! La seule lame ici, c'est la mienne. En plus, je me retrouve maintenant sans aucune défense.

– Tu es venu m'attaquer, me tuer ! crache-t-il en m'appuyant l'index sur la poitrine. Eh ben, tu vois, je suis toujours là, tu m'auras pas. Demain, tu devras ressortir ton carnet et barrer mon nom, parce que je m'en vais pas. Tu as tout faux.

Là-dessus, il me balance un coup de poing dans l'estomac.

– S'il y en a un qui a des ennuis, ce soir, c'est toi, abruti.

Un autre coup de poing, et un autre, et encore un autre. J'essaie de faire face mais, les bras dans le dos, je ne résiste pas longtemps. Maintenant, il me frappe à la tête, m'éclate la lèvre. Le sang gicle et son odeur me renvoie à mon cauchemar.

– Ça va, Junior, tu as parlé de te battre, pas de le massacrer.

C'est le type qui m'a fouillé qui vient de parler.

– La ferme.

– Il a eu sa dose, regarde-le.

– Je t'ai dit de la fermer !

– Et c'est toi qui vas me faire taire ?

La tête tombée sur la poitrine, les jambes flageolantes, je n'entends qu'à moitié ce qu'ils disent. Si les autres ne me retenaient pas, je serais par terre depuis longtemps.

Junior n'arrête pourtant pas de me taper dessus, à m'en faire vomir du sang. Il va me tuer. Pas besoin d'un couteau – ses poings feront l'affaire.

– Lâche-le.

Un autre coup.

– Je t'ai dit : lâche-le !

Je n'y vois plus rien, tout est rouge autour de moi. Soudain, je m'effondre. Un cri retentit, un hurlement de rage, un pied me heurte au passage, puis ce sont des grognements, des coups, des esquives, des sauts, des voix mais pas de paroles, puis tout devient noir.

Le feu m'envahit, je suis tombé dedans et mes membres ne répondent plus, je n'arrive pas à en sortir. Je force mes paupières à s'ouvrir, aperçois les cendres qui s'envolent, illuminant la scène autour de moi. À travers les flammes, je vois jaillir la lame, l'expression surprise de Junior et son numéro qui clignote, fluorescent.

Qui s'allume. S'éteint. S'allume. S'éteint.

Un cri retentit.

Les flammes me lèchent le visage, emplissent mes narines d'une odeur de viande brûlée.

Un hurlement.

C'est moi.

Sarah

Les premiers jours s'écoulent dans le calme d'une brume laiteuse. Quand elle pleure, je lui donne le sein. Je m'y oblige un peu parce que ça fait un mal de chien dès qu'elle commence à téter mais, au bout de quelques secondes, la douleur s'atténue et le lait opère ses miracles – sur elle autant que sur moi. Elle boit jusqu'à l'ivresse, tiède, tranquille et heureuse. Son petit corps s'apaise, ses bras tombent sur les côtés et rien en elle ne remue plus que son oreille au rythme de sa bouche qui tète, tète, tète, marque une pause… tète encore. Et j'ai l'impression de me retrouver seule avec elle dans ce monde suave et lacté.

Je ne savais pas que ça se passerait ainsi. Comment aurais-je pu m'en douter ? Comment se douter qu'on puisse autant aimer un être dès l'instant où on l'aperçoit ?

Parce que c'est le cas. Je l'adore. Elle faisait partie de moi et s'est maintenant détachée – pour devenir cette petite personne. Moi qui détestais tant ma vie, voilà que ce malaise a disparu, avec tout mon passé, tout ce que j'ai été. Moi qui voulais devenir une autre moi-même, voilà, c'est fait. Je suis la mère de Mia.

Adam

Je suis comme un bonhomme de neige abandonné au soleil. Tout un côté de mon visage a fondu. Les traits en ont disparu. La première fois que je me vois dans la glace, je ne pleure pas, je ne fais que regarder en essayant de me retrouver ; je me détourne pour y revenir, dans l'espoir que la vision aura disparu, que je vais me revoir « normal ».

Mais pas de miracle. Le feu m'a dévoré et je porterai toujours cette cicatrice.

La police revient me poser toutes sortes de questions mais je ne dis rien. Je ferme les yeux et je la boucle. Alors ils s'en vont. Je garde fermés les rideaux autour de mon lit. Je ne veux voir personne. Quand les infirmières arrivent, je ne les regarde pas. Je n'ai pas envie de lire encore d'autres numéros. Quelques semaines durant, ça marche mais, un jour, l'une d'elles n'ouvre pas le rideau comme il faut et le garçon dans le lit voisin me contemple à travers la fente tandis que je m'examine dans la glace. Il est plus jeune que moi, dans les onze ans, un pauvre petit sans cheveux. Je reconnais ce regard. Il suit une chimio, comme ma mère.

Je le capte mais, au lieu de se détourner d'un air gêné, il me fixe et me demande :

– Qu'est-ce qui t'est arrivé ?

Je n'ai pas envie de lui parler, à lui ni à personne, et surtout pas à un autre 27. Parce que lui aussi… Il est plongé là, en chimio jusqu'au cou, et son numéro m'apprend qu'il va disparaître dans quelques semaines en même temps que tous les autres. Je fais celui qui n'a rien entendu, mais il répète plus fort :

– Qu'est-ce qui t'est arrivé ? Tu t'es brûlé ?

– Je suis tombé dans un feu.

Là, tu sais tout, alors lâche-moi maintenant. Il insiste :

– Moi, c'est Wesley. Cancer, comme Jake, à côté, mais lui c'est les reins et moi, une leucémie. C'est mon sang.

Comme je ne réponds pas, il y voit une sorte d'invitation, écarte ses draps, vient ouvrir grand le rideau et s'assoit au bord du lit. Il désigne du menton le garçon d'en face, les deux jambes dans le plâtre suspendues devant lui.

– C'est Carl, murmure-t-il. Accident d'auto. Il a perdu son père et son frère.

Celui-ci parvient à nous regarder d'un air vague, éperdu, mais je capte quand même son numéro. Il meurt demain.

– Il va pas bien, dis-je à Wesley. C'est grave.

– Non, c'est mieux que ça en a l'air. C'est juste une double fracture. Sinon, il va bien.

Apparemment, Wesley se fie aux paroles des médecins qui se sont voulus rassurants. Mais ils se trompent. Les numéros ne mentent pas, ne changent pas. Je le sais.

Mamie vient me voir dans l'après-midi. Je lui demande :

– Emmène-moi. Je veux pas rester ici.

– Tu en as marre, je te comprends.

Elle m'apporte des bonbons à la menthe et se sert au passage, se met à mâchonner.

– Ça me prend la tête, j'insiste en baissant la voix. Les numéros. Il y a des gens ici qui en ont plus pour longtemps.

Elle s'immobilise, l'air préoccupé.

– Le garçon en face, avec les jambes dans le plâtre. Il part demain mais personne a l'air de s'en douter. Ils croient que ça va bien. Ils ont pas l'air de s'en faire.

– Tu es sûr ?

– Oui, évidemment. Sinon, je le dirais pas.

– Tu devrais prévenir quelqu'un.

– Tu crois ?

– Peut-être...

– Qu'est-ce que ça changerait, mamie ? Tu as bien vu pour maman ou pour Junior...

– Peut-être que cette fois-ci ça servirait.

– Mamie, toute ma vie j'ai vu ça. Les numéros vont pas changer. J'aurais pu mourir dans ce feu, mais c'était pas mon jour. Junior aurait pu être juste blessé par ce couteau, mais voilà... il est mort d'un coup. J'avais vu son numéro. C'était écrit. On peut rien y faire.

– Ça ne devrait pas nous empêcher d'essayer... Je vais en toucher un mot aux infirmiers. Et puis, de toute façon, il faut qu'on s'en aille d'ici. Je trouve que ce n'est pas bon pour toi.

Elle se lève, part à la recherche d'un employé, emporte son sachet de bonbons.

Le soir, lorsque l'infirmière de nuit effectue sa dernière ronde avant d'éteindre, je l'arrête.

– Vous pouvez vérifier où en est Carl ?

– Bien sûr. Je passe voir tout le monde.

– Mais vous pourriez vérifier toute la nuit, pour lui ?

Elle me contemple d'un air effaré, tire les draps au-dessus de mes jambes.

– Ne vous inquiétez pas pour lui. Il va bien.

Je garde ma lampe allumée quand les veilleuses s'éteignent, et je m'assieds en me promettant de ne pas le quitter des yeux, d'appuyer sur la sonnette à la première alerte. Dès que j'ai l'impression de m'endormir, je me pince. Ça me réveille une minute ou deux, mais je me sens bientôt repartir et je ne peux pas lutter. Après quoi, c'est le plafonnier qui brille au-dessus de ma tête et toute une équipe d'infirmiers et de médecins qui s'agitent en face de moi.

– Qu'est-ce qu'il y a ? Qu'est-ce qui se passe ?

Personne n'a l'air de m'entendre. Wesley et Jake dorment encore quand on emporte Carl.

Plus tard, personne ne nous dit rien sur ce qui a pu se passer. Même Wesley n'arrive pas à obtenir d'informations.

– C'est pas bon, constate-t-il. Il y a quelqu'un qui a dû commettre une erreur, sinon on nous l'aurait dit.

Bien sûr, il ne sait pas ce que j'ai vu quand ils ont essayé de sauver Carl, la mare de sang qui coulait sous le rideau, les ciseaux jetés un à un, dans le désordre. Carl a bien dû partir tout seul. La journée durant, je n'arrive plus à penser à autre chose. Si j'étais resté réveillé, j'aurais pu avertir quelqu'un et on l'aurait sauvé. Je savais qu'il allait se passer quelque chose – j'aurais dû les obliger à écouter. C'est ma faute.

À la place de son lit, il n'y a plus qu'une place vide. Je quitte le mien pour m'en approcher :

– Désolé, mon pote. Je t'ai laissé tomber.

Mamie a raison. Si je m'en donne la peine, je devrais pouvoir changer les numéros. Si je ne m'étais pas endormi, si je l'avais vu partir, peut-être que ça ne se serait pas passé comme ça. Maintenant, je pense aux 27 encore tous là.

Si je préviens les gens, si j'arrive à me faire entendre, ça épargnera sans doute des milliers, des millions de morts. Je pourrais les sauver, au moins en partie. Même une partie, ça en vaudrait déjà la peine.

C'est pour bientôt, maintenant. Je ferais mieux de commencer à donner l'alerte. Mais comment les obliger à m'écouter ? Et que vais-je pouvoir leur dire ?

Sarah

Elle n'arrête pas de pleurer. Ça n'en finit plus.

Ça l'a prise tout d'un coup, un soir. Même la tétée n'y change rien, même les langes. Je la pose sur mon épaule pour la promener à travers la pièce, mais il lui faut des heures avant de s'endormir d'épuisement.

Je la range dans le tiroir dont je me sers comme berceau et me laisse tomber sur le lit, les oreilles encore vibrantes de ses hurlements. Je me pelotonne, les mains sur la tête pour ne plus rien entendre. Je finis par m'endormir, je ne sais pas combien de temps, tout ce que je sais, c'est que ses pleurs m'arrachent à mes rêves pour me ramener à la surface. Machinalement, je tends la main. Elle a la peau brûlante et moite. Je fais comme d'habitude : je lui donne le sein, la change, lui chantonne une berceuse en la promenant. Et elle pleure, pleure, pleure.

Vinny frappe à la porte et entre.

– Ça va ? J'ai vu que c'était allumé. Je t'apporte une tasse de thé.

– Quelle heure est-il ?

– Cinq heures et quelques.
– Du matin ?
– Oui.
– Je n'arrive pas à la calmer. Je ne sais plus quoi faire.
– Donne-la-moi et descends prendre ton thé pendant que je la surveille. On va voir ce qu'on peut faire.
Je la lui dépose dans les bras.
– Bon Dieu, Sarah, elle est brûlante !
– Je sais. Qu'est-ce que tu veux que j'y fasse ?
– Il faut l'emmener aux urgences.
– Je ne peux pas. Ils me demanderont mes papiers, mon adresse, tout.
– On ne peut pas la laisser comme ça. Tu n'auras qu'à dire que tu as oublié tes papiers et leur donner un faux nom. Ça le fera. Ils vont l'examiner, la soigner – elle est toute petite, ils vont s'en occuper. Habille-toi. Je vais chercher les clés de la voiture.
Pas de siège bébé pour Mia, alors je m'installe à l'arrière avec elle. L'hôpital est une grande bâtisse blanche, brillamment éclairée. Je n'ai pour ainsi dire pas quitté la maison depuis des semaines et cette agitation, cet espace immense, ça me fait tout drôle. Je m'aperçois dans une vitre, mal fagotée en sweat-shirt et jogging, les pieds dans des pantoufles. On dirait que je me suis réveillée en sursaut.
– Nom ?
– Sally Harrison.
– Carte d'identité, je vous prie.
– Oh, mon Dieu ! Je l'ai laissée à la maison. On était tellement affolés…
La réceptionniste hausse un sourcil.
– Vous n'êtes pas pucée ?

– Non.

– Et le bébé ?

– Non.

On pourrait refuser de nous soigner sans papiers. Je me demande si cette femme va céder ou tenir bon. J'insiste :

– S'il vous plaît !

Le sourcil se hausse davantage et elle pousse un soupir, me pose d'autres questions. Je donne une fausse adresse, un faux numéro de téléphone et lui décris du mieux que je peux les symptômes de Mia.

On ne nous fait pas attendre plus de vingt minutes avant de nous emmener dans une salle de consultation où entre une jeune femme médecin aux yeux cernés de fatigue, à la queue-de-cheval blonde, décoiffée.

– Montrez-moi ce bébé.

On l'étend sur un matelas blanc dans une espèce d'aquarium et on la déshabille doucement.

– Depuis combien de temps a-t-elle cette température ?

– Environ douze heures. Elle n'arrête plus de pleurer.

– Elle s'alimente ?

– Plus depuis qu'elle s'est remise à pleurer.

Le médecin l'examine, regarde ses yeux, ses oreilles, sa bouche, remue ses membres.

– Elle a un début d'infection autour du nombril. Vous voyez comme il est rouge et gonflé ?

Maintenant qu'elle me le dit, ça paraît évident. La petite a le ventre enflé là où on a coupé le cordon ombilical. Mon Dieu, pourquoi n'ai-je rien vu ? Quelle mauvaise mère je fais ! Elle pleure parce qu'elle a mal.

– On va tout de suite lui administrer des antibiotiques.

Sans plus me demander mon avis, le médecin lui fait une

6 6 4

injection dans la cuisse puis sort une autre seringue d'une 6 7
enveloppe de Cellophane.

– Elle n'a pas encore reçu de puce, je crois ? 4

– Non, mais… 6

– C'est obligatoire. 4

Cette fois, je comprends qu'il est inutile d'insister. De toute façon, c'est trop tard. L'aiguille s'enfonce.

– Nous enregistrerons ses données à la pouponnière. 20

– Quelle pouponnière ? 24

– Il faut être prudent avec ce genre d'infection, ça peut 7
mener au tétanos. Nous allons la garder en observation pour
voir si elle répond bien au traitement. 2 4

La garder ? 6

– Vous ne pouvez pas juste lui donner un médicament ? 6
On ne peut pas rester. On est attendus quelque part… 4

– Il faut nous la laisser un jour ou deux. Le tétanos peut 5
être très dangereux chez un nourrisson. On ne doit prendre
aucun risque. Vous-même auriez bien besoin de vous re- 5
poser. Vous pouvez rester tous les deux dans la salle de re- 24
pos de la maternité – à moins que vous ne préfériez une 2067
chambre.

On dirait que la situation m'échappe complètement.
Maintenant qu'ils gardent ma fille ici, ils ne la lâcheront
plus. Ils l'ont pucée et cette seule idée me rend malade. Je 7
ne voulais pas. Je ne veux pas qu'elle soit étiquetée, repé- 6
rable pour le restant de ses jours. 4

Mais si je m'en tiens à ce que je leur ai raconté – papiers
oubliés, faux nom, fausse adresse – on sera en sécurité ici.
Et puis le petit ventre de Mia me fait tellement pitié… Je 6
n'ai pas le choix. 24

82 1

57

Adam

Ils refusent de signer ma décharge mais je me passe de leur accord. Je ne peux pas rester ici plus longtemps. Je vais devenir fou. Mamie m'apporte des vêtements propres et je m'habille pendant que l'infirmière m'explique comment soigner mon visage. Enfin je peux partir.

Wesley a la tête au-dessus d'un seau quand je passe lui dire au revoir. Il lève une main mais ne dit rien.

– Accroche-toi, lui dis-je.

J'ai envie de lui conseiller d'arrêter la chimio, de profiter du temps qui lui reste. C'est un 27 après tout, il n'a plus qu'une semaine devant lui. Et puis je me rappelle que je vais justement essayer de changer tout ça, surtout pour les 27, donc il pourrait bien avoir besoin de sa chimio, après tout.

Je suis un peu secoué en remontant le dortoir. Je ne peux pas m'empêcher de jeter un coup d'œil vers le lit où dormait Carl. Il y a quelqu'un à sa place maintenant, et la mienne sera vite occupée à nouveau. C'est un défilé incessant de malades et de blessés ; certains vont s'en tirer, d'autres non, mais quand je pense à Carl je ne peux pas m'empêcher de me sentir coupable. Il me suffisait de rester éveillé. Et je l'ai laissé tomber.

– Qu'est-ce qui te prend ? me presse mamie. Je croyais que tu voulais t'en aller ?

– Oui mais… rien. C'est juste ce lit…

– Tu as fait de ton mieux. Et moi aussi.

– Pas assez.

– Arrête de te culpabiliser. Viens, maintenant, on s'en va.

J'ai un mal fou à la suivre. Je viens de passer ici dix-sept jours et mes jambes ne me portent plus vraiment. Ces couloirs n'en finissent pas.

– Il y a un arrêt de bus juste à la sortie. Adam ? Adam…

Sa voix diminue et je ne l'entends plus. Au milieu du parking, une fille pénètre dans une vieille voiture déglinguée. Elle porte un manteau sur les épaules, si bien qu'on ne voit pas ses bras. Un grand mec décharné lui donne un coup de main ; comme il se tient devant elle, il me la cache mais il m'a suffi d'un regard.

C'est Sarah.

Elle s'est à moitié rasé les cheveux, mais c'est elle, j'en suis sûr. Et je reste là comme un idiot à observer le type qui claque la portière avant d'aller s'installer au volant. Alors seulement j'ai l'impression de me réveiller. Elle s'en va ! Dans moins d'une minute elle sera partie. Qu'est-ce que je fabrique ?

– Adam ? Enfin, bon sang…

Je traverse le parking à grandes enjambées, me mets à courir. Il a déjà démarré, il commence à manœuvrer. Ma seule chance, c'est de les arrêter à la sortie. J'y arrive juste avant la voiture. Je fais signe au conducteur, qui prend un air inquiet mais doit bien ralentir puis freiner devant la barrière. Il abaisse la vitre côté passager et se penche :

– Ça va, mon pote ? demande-t-il.

Je regarde à l'arrière. L'appuie-tête me bouche la vue.

– Je voulais juste… je voulais… Sarah ?

Elle se déplace un peu et je vois son visage. C'est bien celui-là qui me hante depuis tout ce temps, celui avec lequel je m'endors. Elle me reconnaît, en reste bouche bée et je me rappelle alors la tête que j'ai maintenant. J'imagine le choc qu'elle doit éprouver.

Je lève une main pour me cacher.

– C'est pas aussi terrible que ça en a l'air…

Elle se détourne en hurlant.

– Vas-y, Vinny ! On s'en va. Vite ! Vite !

– Sarah !

Dans un crissement de pneus, Vinny accélère et la voiture effectue un bond de quelques mètres. La barrière prend son temps pour s'ouvrir. Je plaque les mains sur la portière, passe la tête par la fenêtre. Sarah crie toujours, mais quand elle me voit elle se tait et s'écarte de moi autant qu'elle le peut.

À l'instant où la barrière commence à se lever, Vinny est parti ; je me suis redressé à temps et le métal du capot me glisse sous les doigts. Je reste sur place, hébété. Elle a réagi comme la première fois qu'elle m'a vu, ou pire. Pourquoi a-t-elle si peur de moi ? Qui est-ce en réalité ? Pour qui me prend-elle ?

– Adam !

Derrière, mamie m'attend sur le trottoir. Je la rejoins lentement.

– C'était qui ?

– Une fille que je connais.

– Qu'est-ce qui se passe avec elle ?

– Elle me déteste. Elle a peur de moi.

– Peur ? Pourquoi ? Qu'est-ce que tu lui as fait ?

– Rien du tout. Elle a l'air de savoir un truc sur moi, ou du moins elle le croit.

– Des bavardages rapportés par les gens ? Des histoires ?

– Non, pas ça. Elle a réagi comme ça la première fois qu'on s'est vus au lycée, le jour de la rentrée.

Soudain, je pige et, à mesure que j'énonce mon idée, ça me semble mieux correspondre à la réalité.

– Elle est différente des autres. Comme toi et moi. Tu as tes auras, moi, mes numéros. Elle a quelque chose. Elle sait quelque chose.

Mamie ne ricane pas, ne me prend pas pour un crétin.

Elle sort de son sac une cigarette, l'allume, inhale longuement, souffle un nuage de fumée en direction d'un panneau affichant : « Défense de fumer dans l'enceinte de l'hôpital sous peine d'une amende de 170 livres. »

– Je te conseille de la retrouver, mon gars. Il va falloir qu'elle te raconte ce qu'elle sait.

Sarah

C'était lui.

Et il avait la tête que je vois dans mes cauchemars. Tout un côté brûlé, cicatrisé.

Comment aurais-je pu me douter que ce beau visage allait subir une telle brûlure ?

Moi qui croyais que les cauchemars allaient cesser quand le bébé serait né… Ils sont arrivés en même temps qu'elle, alors que j'ignorais encore être enceinte. En quelque sorte, c'est Mia qui les a amenés avec elle ; je me disais qu'elle les emporterait une fois qu'on serait séparées. Mais elle me les a laissés. Le soir où on rentre de l'hôpital, j'ai de nouveau ce cauchemar. Cette fois, c'est toute la ville que je vois en ruines, les bâtiments effondrés, avec de telles crevasses sur la route qu'on ne peut plus passer ; et tous ces gens morts dans les rues, tous ces cadavres qui dépassent des gravats. Mais moi, je n'arrive plus à songer qu'à Mia. Elle n'est pas avec moi. Je dois la récupérer.

Je m'oblige à me réveiller. Où est-elle ? Oh, mon Dieu, où est mon bébé ? Mes mains cherchent à tâtons, trouvent son petit crâne tiède. Elle est là, endormie dans son tiroir.

Ce n'était qu'un rêve. Rien de réel.

Ce cauchemar est un tissu de mensonges. Je ne pourrai jamais m'éloigner de Mia. Ce n'est qu'une farce cruelle de mon esprit, qui exploite mes peurs les plus profondes, les déforme et en joue.

Sauf… sauf qu'un à un ces éléments se remettent en place, comme dans un puzzle. Mia. Adam. Moi.

Il représente quelque chose d'inéluctable.

Je n'en peux plus. Je n'arrive plus à supporter cette épreuve seule dans le noir. Je retourne prendre mon bébé, l'emmène dans mon lit. Je l'ai réveillée, je crois que c'est la première fois que je lui fais ça, moi qui tenais tant à ce qu'elle trouve seule son rythme. Pourtant, elle ne pleure pas. Je la dépose sur mes jambes, prends doucement ses mains qui se referment sur mes doigts, et on se regarde, les yeux dans les yeux, au milieu du silence.

– Je ne t'abandonnerai jamais, lui dis-je enfin.

J'attends qu'elle me réponde la même chose. Parfois, j'ai l'impression que cette naissance m'a un peu fait dérailler. Si elle se mettait à parler maintenant, à me dire « Je ne te quitterai jamais, maman », je trouverais ça presque normal. Ça collerait très bien avec mon monde baigné de lait et de nuits sans sommeil.

Elle ne dit rien, ne fait que me regarder. Peu à peu, ses paupières s'alourdissent. Quelques minutes durant, elle les rouvre, les referme puis, finalement, les garde closes. Elle respire par la bouche, délicieusement fort, comme si elle ronflait. Je la dépose sur le matelas, à côté de moi.

Quoi qu'il arrive, quoi que l'avenir nous réserve, Mia et moi respirons désormais le même air et j'ai le bonheur de partager son sommeil. On vit au présent. Pour le moment, ça me suffit.

Je m'assoupis à mon tour et voilà que le bébé pleure et que je pleure aussi. On est prises au piège dans un mur de flammes. On va mourir ici, brûlées vives. En ce qui me concerne, ça m'est égal, mais je ne peux pas supporter cette idée pour Mia. Je l'entoure de mon corps dans l'espoir de la protéger. Les flammes se rapprochent, tellement chaudes que mes vêtements commencent à fondre.

– Sarah ! Sarah !

On me secoue l'épaule. C'est lui, Adam. Il veut me dire quelque chose mais tout s'écroule autour de nous, je n'entends rien.

– Sarah, réveille-toi !

J'ouvre les yeux. Je crie et le bébé aussi, mais si j'ai chaud au visage, l'air qui nous entoure est plutôt frais. Je suis dans ma chambre du squat, et ce n'est pas Adam qui me secoue, mais Vinny.

– Tu as réveillé le bébé ! m'informe-t-il.

Je prends ma petite fille. Je lui ai fait peur ! Je me lève pour la promener et la calmer, mais ça ne sert à rien, alors je retourne dans le lit, essaie de lui donner le sein. Elle s'accroche, comme si elle jouait sa vie. J'essuie ses larmes et elle finit par se calmer et tète sans se presser.

– Il faut que tu fasses quelque chose, observe Vinny, que tu en parles à quelqu'un.

– À un psy ?

– Peut-être.

– Lui raconter mon enfance, tout lui dire ?

– Pourquoi pas ? Ça pourrait t'aider.

– Ce n'est pas mon passé que je vois dans mes cauchemars. C'est l'avenir.

– Quoi ?

– C'est ce qui va nous arriver, à Mia et à moi. Pas juste à nous deux, en fait. C'est quelque chose d'énorme.

– Tu me montres ? Tu les as dessinés, je crois ?

J'ai effectivement représenté plusieurs scènes de mon cauchemar sur les rouleaux de papier peint que j'ai ensuite refermés parce que je ne pouvais pas les supporter.

– Tiens, c'est là, dis-je en désignant un rouleau dans un coin de la chambre.

La principale scène, celle qui me fait tant flipper.

Vinny l'ouvre, le tient devant lui puis l'étale sur le sol en constatant que ça ne tiendra pas entre ses bras. Il bloque l'extrémité avec mes chaussures et continue de dérouler.

– Putain de merde ! s'exclame-t-il. C'est ce type, le garçon dans le parking. Et tout brûle autour. Tu te rends compte, Sarah, de ce que tu as dessiné ?

Je fais non de la tête. Il a l'air épouvanté.

– La date, là : 1er janvier 2027. C'est ça ?

– C'est la date de mon cauchemar.

– Putain !

Les yeux toujours aussi écarquillés, il se passe les mains sur le visage.

– Tu peux pas garder ça pour toi. Pas si c'est vrai. C'est vrai ?

– Je n'en sais rien, Vinny. À moi, ça me semble tout ce qu'il y a de vrai. Ce mec, Adam, je l'ai vu dans mes cauchemars avant de le rencontrer. Il n'avait pas de cicatrice à ce moment-là, pourtant je l'avais vue aussi. Je savais que ça devait lui arriver.

– Ouf ! C'est trop énorme. Il faut que tu préviennes les gens. Je sais où tu dois aller. Je vais te montrer.

– Il est cinq heures du matin, Vin. Je nourris le bébé. Il n'est jamais en phase avec l'heure de tout le monde.

– Quand elle aura fini de téter, on ira. Je vais te montrer. Et je te donnerai des bombes de peinture – je connais quelqu'un qui en a. Il faut que tu avertisses les gens.

– Vinny, tu parles de graffitis sur les murs ?

– Carrément !

– Alors là, sûrement pas !

Il se rembrunit.

– Il le faut ! T'as pas le choix. Il faut prévenir les gens.

– Arrête ! Je ne vais pas…

– Si, si, justement ! Parce que tu sais ce que ça représente, au moins ?

Je fais non de la tête.

Il regarde de nouveau mon dessin.

– C'est le Jugement dernier, Sarah. Voilà ce que tu as dessiné !

Adam

Je n'ai pas envie de sortir. Je ne veux voir personne. Mamie quitte dix fois par jour son perchoir pour venir vérifier ce que je fais, mais je veux qu'on me fiche la paix.

Un jour, elle arrive en cachant ses mains dans son dos.

– J'ai quelque chose pour toi, annonce-t-elle.

Elle me montre un petit paquet carré enveloppé dans du papier orné de rouges-gorges.

– Qu'est-ce que c'est ?

– Rien d'extraordinaire. Juste un petit cadeau de Noël. C'est Noël, aujourd'hui.

Ah oui ? 25122026 ? Encore une semaine.

– Alors, tu l'ouvres ?

Je déchire le papier et découvre une orange de chocolat.

– Merci. J'ai pas prévu…

– Laisse tomber. Je me doute que tu ne savais pas quel jour on est. Je prépare un bon dîner, si tu veux descendre.

– Non, ça va. Je reste ici.

– Alors je te monte une assiette avec de la dinde, des saucisses, des pommes de terre au four, de la farce…

je n'aurais jamais cru qu'on pouvait passer tout ça au micro-ondes. C'est étonnant.

– Non, ça va, j'ai pas faim.

– Il faut manger quelque chose, Adam. Fais un effort. Rien qu'aujourd'hui.

– Je t'ai dit que ça allait.

– Rien qu'aujourd'hui, Adam. C'est Noël…

– Mamie, si j'ai envie de quelque chose, je descendrai le chercher.

Sa réaction me donne l'impression de l'avoir giflée.

– Je veux seulement que tu ailles bien.

– Alors regarde-moi. Tu crois que je peux encore aller bien ? Regarde ma figure !

À mesure que je parle, je me sens minable, mais je n'ai personne d'autre sur qui passer ma rage.

– Je l'ai vue, ta figure, répond-elle calmement. Ça va s'améliorer avec le temps.

– Ça s'améliorera jamais ! C'est comme ça. C'est ma figure maintenant.

Elle sort une cigarette de sa poche, la porte à sa bouche, allume son briquet et l'odeur du papier qui brûle, du tabac qui grille me frappe comme un train lancé sur moi. La fumée m'arrive dans les yeux, derrière mes yeux, tout autour de moi et je brûle, mes cheveux crépitent, ma peau craque dans les flammes. Je me mets à hurler :

– Arrête ! Fous le camp ! Dégage !

Elle en paraît toute surprise et soudain horrifiée alors que je lui arrache sa cigarette de la main, que je la jette au sol et l'écrabouille.

– Adam !

– Fous le camp ! Lâche-moi.

Elle s'en va et j'obtiens ce que je voulais. Sauf que ce n'est pas vraiment ça – je me retrouve tout seul avec mon reflet, une tête pleine de flammes, de coups de poing, de couteau et du dernier regard de Junior. Et puis un autre visage apparaît. Celui de Sarah, son expression terrorisée, son corps qui fait des bonds dans la voiture pour se débarrasser de moi.

Sarah

Je n'y arrive pas avec ces bombes. C'est trop différent de mon style habituel, mais dès que j'obtiens quelques pinceaux, c'est parti. Je prenais Vinny pour un fou, en fait, il avait raison. Chaque mouvement me libère davantage, comme si je déposais mon cauchemar sur ce mur pour m'en débarrasser à tout jamais.

Je suis dans un tunnel sous le chemin de fer. Très peu de voitures y passent mais il y a des piétons qui vont de la cité à l'avenue. Ça ne m'empêche pas de peindre pendant la journée. C'est étonnant : les gens jettent un œil mais personne n'a tenté de m'arrêter. Peut-être parce que je fais quelque chose d'une grande dimension ; ils doivent croire que c'est officiel ou alors ils trouvent que ça vaut mieux qu'un mur blanc.

Je viens chaque fois que je peux, même le jour de Noël. Drôle de Noël. Pas de décorations, pas de sapin, mais j'ai quand même droit à un cadeau. Un petit sac en plastique m'attend sur la table de la cuisine quand je descends, le matin. À l'intérieur, je trouve une boîte de chocolats et un bonnet de laine pour Mia avec ce message : « Joyeux Noël. Vin. Bizzz. »

J'ai un peu honte parce que je ne lui ai rien acheté et que je n'ai pas d'argent ; alors, avant de partir, je lui prépare du thé et des toasts que je lui monte dans sa chambre. Un petit déjeuner au lit, c'est quand même quelque chose. J'ai envie de le réveiller pour qu'il voie ce que je lui ai préparé mais je n'en ai pas le courage ; je laisse le plateau près de son matelas.

J'emmène Mia avec moi, dans le vieux landau que Vinny a récupéré dans une benne. Je ne laisse jamais mon bébé dans la maison. Ils sont tous très gentils et ne lui feraient aucun mal, mais ce sont quand même des camés. Je ne les juge pas – je serais mal placée pour ça. C'est juste que Mia compte trop à mes yeux. Je ne veux pas prendre le moindre risque.

Alors je peins tant qu'elle m'en laisse le temps, parfois deux ou trois heures d'affilée. Ça commence à prendre figure et j'aime ça. Au point que j'en oublierais presque ce que ça représente, pour ne plus me laisser emporter que par le plaisir de la création. Et quand je recule pour voir le résultat, je reste ébahie de surprise. Cette violence, ce chaos, cette horreur… Ça vient de moi, ça fait partie de moi.

Lorsque j'attaque le personnage d'Adam, c'est là que l'émotion me prend. Ça lui ressemble tellement : j'ai l'impression de l'appeler, comme s'il était là. Ça me désarçonne. Est-ce qu'on peut mettre là-dedans de vraies personnes ? On a le droit ? Et puis je me dis que je dois rester sincère. Ce n'est pas qu'un rêve, ni une invention, c'est la réalité. Je préviens les gens. En fin de compte, je reproduis Adam exactement tel que je le vois – de beaux yeux brillants, le visage marqué d'une énorme cicatrice ; et puis je dessine Mia et j'indique la date.

Brusquement, tout est fini. C'est gigantesque, on ne peut pas tout voir d'un seul coup d'œil. Il faut longer la scène, la recevoir dans ses détails. Mais elle est là. Cette chose pour laquelle je vis depuis si longtemps. Elle est sortie de moi. J'ai réussi.

En y regardant de plus près, il y a bien des éléments que je voudrais déjà changer mais je ne vais pas commencer à tout remanier. D'ailleurs, la nuit tombe. Je prends Mia dans mes bras.

– Viens, on rentre. On va dormir.

Adam

Je reste des heures au lit. Dès que je m'endors, mes idées se transforment en cauchemars, alors il faut que je me réveille. Je ne sais pas où je me trouve. Les fenêtres ne sont pas à leur place, la table de nuit, pas à la bonne hauteur. Ce n'est pas Weston. Où suis-je ? Où est maman ?

Et puis le monde réel me revient à l'esprit, sans pour autant me rassurer. Parce que, en même temps que le feu, la bagarre, Junior, Sarah, il y a autre chose. 01012027. Chaque jour m'en rapproche. Le temps passe. Si je veux faire quelque chose, il est grand temps, mais je ne vois pas quoi. Vraiment pas. Je ne sais que rester ici à écouter le tic-tac de la pendule, mon cœur qui bat, regretter de ne pas me trouver à un million de kilomètres d'ici, de ne pas être quelqu'un d'autre.

La police vient me chercher tôt le matin, à six heures, en ce 26 décembre. Je les entends frapper de grands coups à la porte qui me ramènent en un instant à Weston, la gorge nouée. J'entends des voix s'élever – celle de mamie, les leurs – et puis elle entre dans ma chambre :

– Ils veulent t'emmener au poste pour t'interroger. Habille-toi vite. Je viens avec toi. Ils vont fouiller la maison pendant qu'on ne sera pas là. Ils ont un mandat et tout.

– Merde !

– Pas d'histoires, Adam ! Pas cette fois-ci.

– J'ai rien fait.

– Je sais. Tu es la victime, c'est ce que je leur ai dit. Mais tu étais là-bas et un de tes camarades est mort, alors ils doivent te poser des questions.

Je regarde autour de moi. Cette chambre, c'est tout ce que j'ai, cet étrange mélange de mes affaires et de celles de papa. Je ne veux pas qu'ils viennent y poser leurs sales pattes, qu'ils regardent des choses qui ne les concernent pas.

– Lève-toi, mon garçon, on n'a que quelques minutes pour se préparer. Oh, et ton carnet !

– Quoi ?

– Donne-le-moi. Pas la peine qu'ils le trouvent, pas vrai ?

Mon carnet ! Avec la mort de Junior décrite en long, en large et en travers. Annoncée. Préméditée. Planifiée. Mon carnet pourrait faire de moi un meurtrier.

– Tu l'as lu ?

Elle aurait pu, la dernière fois qu'elle l'a mis à l'abri pour moi.

– Pas la peine. Je sais ce qu'il y a dedans. Tes dates, pas vrai ? Tes numéros.

– Et l'ordi ! Le portable de papa avec tout ce que j'y ai reporté…

Elle hausse les épaules.

– Là, je ne peux rien faire.

Brusquement, je me rends compte, enfin, que je peux tout lui dire.

– Il me menaçait, mamie. Mais je l'ai pas tué. C'était pas moi.

Elle porte un doigt sur sa bouche.

– Ne leur dis rien. Pas un seul mot.

Là-dessus, elle emporte le carnet et va s'habiller dans sa chambre.

L'interrogatoire dure toute la journée.

Je ne dis pas un mot.

– Qui d'autre était là ?

Parce que tu crois que je vais te raconter ça ?

– Comment vous êtes-vous retrouvé dans ce feu ?

D'après toi ?

– Avez-vous vu quelqu'un armé d'un couteau ?

Apparemment, ils n'ont pas trouvé le couteau, qui doit traîner quelque part ; abandonné, caché ou bien emporté. Ils n'ont pas le couteau. Ils ont des noms mais aucune preuve.

J'attends que ça se passe, comme si je regardais une série télé ; il y a bien quelqu'un qui va venir murmurer quelque chose à l'oreille du type qui m'interroge – l'indice ultime qui va leur révéler le coupable. *C'était programmé. Le gamin a été piégé, on ne lui a laissé aucune chance.* Alors ils arboreront un regard triomphal – *on le tient.* Mais rien de tout ça ne se produit.

Mamie échange quelques paroles avec l'avocate commise d'office, une jeune femme brune qui ne cesse de prendre des notes sur son portable. Elle finit par le fermer et intervient à plusieurs reprises auprès des flics :

« Vous allez l'inculper ? »

« Si vous voulez le garder plus longtemps, j'insiste pour qu'un médecin soit présent – il sort tout juste de l'hôpital. Vous comptez le garder ? »

« Vous le soumettez à une pression excessive. Il n'a pas seize ans. Vous connaissez pourtant le contenu de l'acte pénal des enfants voté en 2012 ? »

Ils paraissent mécontents mais finissent par reconnaître que je ne serai pas inculpé aujourd'hui et que je peux m'en aller. Une fois dehors, mamie serre la main de l'avocate et me pousse à faire de même.

– Merci, dis-je.

L'avocate me sourit.

– Ah, vous n'êtes pas muet !

Elle tend sa carte de visite à mamie.

– Vous pouvez m'appeler à n'importe quelle heure du jour ou de la nuit.

On rentre à la maison sans trop savoir dans quel état on va la trouver. Pourtant, une fois sur place, il faut bien constater que rien n'a apparemment bougé. Je vérifie ma chambre, tout va bien, même l'ordinateur est à sa place.

En bas, la clope et la bouilloire allumées, mamie fouille dans son corsage pour en sortir mon carnet.

– Tiens, reprends-le.

– Mamie, tu sais que j'ai jamais voulu venir à Londres ?

Elle fronce les sourcils, me considère à travers un nuage de fumée.

– Oui.

– Je pense qu'on devrait s'en aller maintenant. Londres est dangereuse pour moi. Même maman l'a dit, non ? On n'est pas en sécurité, ici.

– C'est justement là qu'elle et moi, on n'était pas d'accord, parce que j'estime que tu es là dans un but précis. Par les temps qui courent, on a besoin de gens comme toi, qui peuvent montrer la voie au monde. Tu es un prophète.

– Comme Jésus ?

– Par exemple.

Je sens le sol se dérober sous mes pieds. Je savais que mamie était un peu bizarre mais là, elle pète complètement les plombs.

– Arrête tes conneries !

– Et toi, ne me parle pas comme ça ! C'est vrai que tu n'es pas Jésus – il n'aurait jamais dit ça à sa mamie.

– Écoute, j'ai rien à voir avec Jésus, d'accord ? Je suis quelqu'un… d'ordinaire.

– Tu sais aussi bien que moi que ce n'est pas vrai.

S'ensuit une pause au cours de laquelle on se regarde. Elle a raison, on le sait aussi bien l'un que l'autre.

– Si tu veux, je suis pas comme les autres. Je vois des trucs, ça veut pas dire que je peux changer le monde.

– Tu en es sûr ?

– Oui, mamie !

– Et moi je crois que si. J'en jurerais.

– Et moi je crois que si je quitte pas Londres, je vais mourir au fond d'une prison.

Elle porte les mains à son visage.

– Ne dis pas ça ! Jamais !

– Mamie, je connais pas mon numéro, mais il y a des paquets de gens qui vont mourir ici et j'en fais peut-être partie.

Elle se laisse tomber dans un fauteuil, se passe les doigts dans les cheveux. Voilà un moment qu'elle n'a pas fait de couleur et ses racines blanches apparaissent. Pour une fois, elle reste sans voix. Je pense que je suis enfin arrivé à la convaincre. Je sais que je dois m'en aller et peut-être qu'elle m'accompagnera.

– On fait nos bagages et on s'en va ce soir.

Elle se redresse d'un coup :

– Et la fille… ?

Sarah. Et son numéro. Le numéro qui me dit que je ne vais pas mourir au fond d'une prison. En principe.

La question de mamie flotte encore dans l'air quand la sonnette retentit. On se fige tous les deux. J'imagine aussitôt qu'il s'agit de Sarah. Que la vieille l'a fait venir. Et mon cœur bat à toute vitesse. Si c'était vraiment ça ? Qu'est-ce que je ferais ? Qu'est-ce que je dirais ? Ensuite, je pense que c'est plutôt la police. Ils ont trouvé le couteau. Mon cœur bat tout aussi fort.

– Tu vas répondre ? demande mamie.

– Sais pas.

– On dirait qu'ils te lâcheront pas. Vas-y, Adam. Pitié pour mes vieilles jambes !

Je vais ouvrir. Il fait noir dehors, alors j'allume le perron.

C'est un gamin à lunettes. Pendant dix secondes, je cherche à me rappeler où j'ai bien pu le voir. Il me fixe, se détourne, revient sur moi, regarde plutôt mes yeux que ma peau.

– Je… désolé, bégaie-t-il.

Il fait la grimace et ça me revient – Nelson, du club de maths. Je demande :

– Désolé pour quoi ?

– Pour ton accident, et aussi parce que je viens te déranger. Je crois que tu devrais lire ça…

Il me tend une feuille de papier roulée et entourée d'un élastique.

– Qu'est-ce que c'est ?

– Toutes ces dates de naissance. Je les ai analysées. Sauf que…

– Sauf que quoi ?

– Sauf que ce sont pas des dates de naissance.

Son tic lui arrache un sourire de fou et moi je ne songe qu'à une chose : *Une preuve de plus, imprimée, analysée, programmée.*

– Entre.

On étale le papier sur la table basse du salon. C'est une carte de la banlieue ouest de Londres, couverte de points. Il y en a tellement qu'on devine à peine le tracé des routes en dessous.

– J'ai travaillé sur les données que tu m'as confiées, même si j'estime qu'elles ne méritent pas ce genre d'examen. Enfin, c'est tout ce que j'avais, alors il a bien fallu que je me débrouille avec ça. J'ai vérifié les codes postaux, parfois je les ai plutôt devinés, et j'ai tout combiné. Différentes couleurs selon les dates – tu as la légende dans la marge. Plus le cercle est grand, plus il y a de gens. J'ai sélectionné par épaisseurs. Le plus petit point pour cinq personnes, ensuite on passe de cinq à dix, de dix à vingt, et le plus épais pour plus de vingt.

Il a pris du noir pour le 1er janvier, du bleu pour le 2, du rouge pour le 3, et ainsi de suite.

– Alors, ça nous mène où ?

Nelson désigne une zone marquée d'un énorme point noir.

– Où est-ce que tu habites, Nelson ?

Il tend de nouveau le doigt. Noir.

On examine un moment le croquis en silence. Nelson m'interroge parfois du regard puis revient à la carte. Son tic le reprend de plus belle, par saccades, tic, tic, tic, jusqu'à ce qu'il remonte ses lunettes sur son nez et dise ce qu'il crève d'envie de dire :

– Je crois pas que ce sont des dates de naissance, Adam. Il y en a trop à certains endroits et la répartition est trop aléatoire. Alors, qu'est-ce que c'est ?

C'est tellement gênant de voir son visage tiquer comme ça que je me force à fixer ses yeux. Et là, sa date. 01012027. Si je ne peux pas sauver le monde, je peux peut-être le sauver, lui. Le mieux serait sans doute de commencer par lui dire la vérité. Pourtant, une voix résonne dans ma tête, celle de maman, mais je ne l'écoute pas.

Alors une autre voix intervient :

– Dis-lui. Dis-lui la vérité.

Mamie vient d'apparaître sur le seuil de la cuisine. Et je laisse tomber :

– C'est des dates de mort. Je les vois. Tu me crois ?

Nelson cligne des yeux, déglutit. Je ne peux pas m'empêcher de le regarder encore et son numéro me fait peur. Peur pour lui, peur pour moi.

– Je te crois, dit-il. J'y comprends rien mais je te crois parce que c'est partout sur Internet, Adam. Tiens, regarde.

Il se penche pour ramasser son portable qu'il avait déposé au pied du canapé, l'ouvre sur ses genoux et l'allume.

– J'ai fait des recherches pour la première date, le jour de l'an. Il y a des sites de toute l'Europe occidentale qui en parlent. Des trucs bizarres sur des forums et des blogs. Il y a même une secte en Écosse, qui prédit l'apocalypse pour le 1er. Ils sont partis se réfugier dans une île et des tonnes de sites ont repris la phrase de leur chef : « Nous avons tous péché. Le châtiment divin arrive et ceux qui se sont détournés de Dieu mourront le jour de l'an. J'ai vu la vérité dans leurs yeux. »

Il ouvre un site.

– Tiens, regarde, c'est toujours là.

J'aperçois la photo floue d'un homme au milieu d'un groupe de gens.

– Qui est-ce ? Ce type ?

– Aucun site n'indique son vrai nom. On l'appelle Micah.

Ça me donne froid dans le dos. Je finis par lâcher :

– Lui aussi, il voit les numéros. C'est ce qu'il dit.

– Il y a plein de cinglés qui racontent n'importe quoi, tu sais. Il y en a toujours eu. Combien de gens ont annoncé la fin du monde sans qu'elle n'arrive jamais ?

– Tu me prends pour un cinglé ?

Nelson hésite une seconde, un tic déforme son visage. Je pige :

– C'est bon. Pas besoin de répondre.

– Non, non ! Je ne dis pas ça. Seulement… je n'arrive pas à expliquer ce que tu racontes. D'un point de vue scientifique. Qu'est-ce que tu vois, au juste ?

– Je sais même pas si je les vois vraiment, ces numéros, ou si je les imagine. Mais quand je regarde quelqu'un dans les yeux, son numéro est là. Depuis toujours.

– Et c'est la date de sa mort ?

– Ouais. Ma mère, les autres gens. J'ai vu leur numéro. J'ai vu leur mort.

Nelson ne sait pas quoi faire ni où regarder. Il n'est pas du genre à me demander froidement le sien. Mais il y songe, et je m'en veux de posséder un don aussi encombrant, un tel fardeau. Je voudrais pouvoir dire quelque chose, lui assurer qu'il va s'en tirer, mais son numéro me hurle à la tête, me déchire les tempes.

– Nelson… mon pote…

Il s'agite, comme s'il redoutait la suite, s'éclaircit la gorge, puis ses doigts se mettent à taper frénétiquement sur le clavier.

– Le gouvernement aussi sait quelque chose, marmonne-t-il. Regarde. Ils annulent des événements publics. Toutes les autorisations de célébrations ont été bloquées à partir du 30 décembre. On arrive au jour de l'an, Adam, ils doivent drôlement s'inquiéter pour interdire les fêtes du nouvel an.

– Le gouvernement est au courant… ?

– On dirait. Dès que la date du 1er janvier apparaît sur un site, il est fermé. C'est pour ça que je suis surpris de trouver encore la photo de Micah.

Je devrais être content, non ? Content de ne pas être fou. Content que d'autres gens sachent qu'il va se passer des choses le 1er. Comme ça, je ne suis plus tout seul. Sauf que ça fait monter en moi une véritable panique. Tous mes nerfs se mettent à vibrer, mon corps entier est en alerte rouge. *C'est vrai. Ça se passe en vrai.*

– Il y a un autre site. S'il existe toujours. Je l'ai bookmarqué… là.

Nelson ouvre une nouvelle page Web et tourne l'écran vers moi. Au début, je ne vois pas trop où il veut en venir. C'est une espèce de peinture qui remplit tout l'écran.

– Il faut la faire défiler pour la voir en entier.

On dirait un champ de bataille : obscurité, chaos, un ciel plein de fumée, des mains émergeant des gravats, des trous béants à la place des maisons.

Je fais défiler vers la droite. Une date apparaît, comme une bannière au-dessus de l'image : 1er janvier 2027. Et puis les noirs, les gris et les bruns virent au rouge, au jaune et à l'orange comme les flammes envahissent l'écran. Nelson ne regarde pas son ordinateur, c'est moi qu'il scrute pour voir ma réaction. Je fais défiler dans l'autre sens et voilà qu'apparaissent des visages tordus par la souffrance et la terreur. Il y a un bébé, les yeux écarquillés, le visage en larmes, et un homme qui le tient dans ses bras. Un homme noir. Les flammes se reflètent dans ses yeux mais ce n'est pas ça qui me retourne l'estomac, c'est son visage. Sa peau mal cicatrisée.

C'est moi.

Je suis le type de l'image.

C'est moi qui ai des flammes dans les yeux.

Je réprime un haut-le-cœur, j'essaie de ne pas respirer la fumée, j'entends le craquement rageur de l'incendie.

– Qu'est-ce que c'est ?

Mamie vient regarder par-dessus mon épaule. La fumée de sa clope m'enveloppe le visage et je me mets à tousser. Elle l'écarte de moi mais trop tard. Je me retrouve là-bas, incapable de lutter contre le feu qui me dévore. Je tousse, je crache, je n'arrive plus à respirer.

Je sors dehors en titubant, me penche en avant pour mieux expectorer et vomir sur les nains de jardin de mamie.

– Adam ! Ça va ? Fais gaffe à Norris, c'est mon préféré. Oh non, tu l'as tout arrosé !

Elle est à côté de moi pendant que je crache tripes et boyaux. Après un dernier spasme, mon corps commence enfin à se détendre. L'air frais m'envahit les poumons et, peu à peu, je parviens à me redresser. On reste là un moment, moi à retrouver ma respiration, elle à se lamenter sur ses nains.

Quand on rentre, Nelson remballe son portable.

– Où elle était, cette peinture ? je lui demande.

– À Paddington, sous la voie ferrée, juste à la sortie de Westbourne Park Road.

– Faut que j'aille voir ça.

Pourtant, cette seule pensée me donne des frissons.

– Nelson ?

– Oui ?

– Tu devrais quitter Londres, ficher le camp de là.

– Quoi ? Avec ma mère et mes frères ? Où on irait ?

– J'en sais rien, quelque part. Éloigne-les de cette région de la carte, en tout cas.

Il a l'air sceptique.

– Je pourrais essayer. Mais qu'est-ce que je vais leur dire ? Comment les décider ?

– J'en sais rien. C'est la question à un million de dollars et si je connaissais la réponse, je la diffuserais à travers toute la nation. Pour faire partir tout le monde de Londres.

Mamie paraît soudain presque satisfaite :

– J'aime mieux ça ! C'est comme ça qu'il faut réagir.

– Arrête !

Elle me considère de nouveau comme le Messie.

– Tu y arriveras, Adam. Tu sauveras des gens.

Nelson nous contemple tour à tour l'un et l'autre. À sa place, je filerais en vitesse et sans me retourner. Mais je ne suis pas lui et, au lieu de se précipiter vers la porte, il dit :

– C'est sur Internet que tu peux agir. Ils contrôlent les principaux serveurs et les moteurs de recherche, mais il y a tout un Web parallèle où ils ne sont pas encore allés, un million de blogs et de forums. Ça peut éclater là-dessus avant que personne puisse intervenir.

– Tu es un génie !

Il secoue la tête mais j'ai l'impression qu'il est content.

– Techniquement, il me faudrait un QI de plus de cent quarante pour ça, mais je n'ai que cent trente-huit.

– Quelle différence ça fait, deux points, entre amis ? Écoute, j'y connais que dalle à Internet. Tu pourrais t'en charger ?

Il fait la grimace.

– Pas vraiment. Je ne sais pas grand-chose en matière de Paraweb. Il faudrait que je crée une identité cachée et trouve un moyen de les empêcher de me tracer.

– Tu vas essayer ?

– Promis.

Il me donne son adresse et le numéro de son portable.

Tout sourire, mamie ferme la porte derrière lui.

– Ça y est, Adam ! On va changer l'histoire.

J'aimerais bien y croire autant qu'elle, me dire qu'on peut faire la différence. Pourtant j'insiste : je n'ai jamais pu changer aucun numéro de ma vie, pas plus celui de maman que celui de Junior ou de Carl. Alors à quoi joue-t-on ?

Et puis moi, je reste au centre de tout ça, de cette masse de numéros, de toutes ces morts qui vont s'abattre sur Londres. C'est moi qu'on a peint au milieu des décombres, avalé par les flammes. Il y en a qui savent, qui me connaissent ou qui m'ont vu, pour obtenir mon numéro, pour représenter ainsi ma mort.

Alors je ne vais pas préparer mes bagages ce soir, parce que je sais ce qu'il me reste à faire. Il faut que je trouve la personne qui m'a peint, que je la regarde dans les yeux.

Je me mets en route tôt le lendemain matin, prends plusieurs bus et continue à pied. Il me reste à suivre la voie ferrée et je trouve bientôt le tunnel. La rue qui y mène est déserte. Quelques détritus s'envolent dans un coup de vent, je les écarte d'un geste.

Il fait sombre là-dedans, même en pleine journée. Des deux côtés, les murs sont couverts de graffitis. Je ralentis à mesure que je m'approche, m'arrête à l'entrée, respire un grand coup et me lance. Tout de suite, je remarque le froid sur mes doigts et sur mon visage, la façon dont les bruits extérieurs sont étouffés alors que ceux de l'intérieur s'amplifient au point que le frottement de mes chaussures fait un vacarme étonnant. C'est humide, ça sent la moisissure et puis, d'un seul coup, tout change.

Un relent de fumée me prend aux narines, à la gorge. Des flammes qui crépitent. Une femme qui crie.

Et c'est là, devant moi.

La fresque du Web – le visage. Mon visage. Maintenant je me rends compte à quel point cette peinture est immense, gigantesque, du sol au plafond, d'au moins cinq mètres de long.

– Mon Dieu !

C'est moi qui ai dit ça et ma voix se répercute sur les murs. Le choc éprouvé devant l'ordinateur n'est rien en comparaison de ce que je ressens maintenant.

Je voudrais pouvoir reculer pour saisir l'ampleur de l'œuvre, mais je ne peux pas abattre les parois – le tunnel ne fait que quelques mètres de large.

Alors je tends des bras tremblants, je transpire jusqu'au sommet du crâne, sous ma casquette, et la sueur me coule le long de la nuque. Je pose une main sur le mur. L'inscription est énorme et mes doigts étalés dessus ne couvrent même pas le pied du 7. La pierre me semble glaciale tellement j'ai chaud. Au point d'en abaisser ma capuche, d'en ôter ma casquette avant de continuer mon exploration. Je pose les deux mains sur la fresque, y appuie la tête, le front.

C'est presque une expérience religieuse. J'ai gardé si longtemps en moi le secret de ces numéros et voici la preuve que je ne suis pas seul. Quelqu'un d'autre sait. 2027 m'a hanté. Mais ici, dans un tunnel froid et obscur de la banlieue ouest de Londres, avec cette représentation de mort et de destruction au-dessus et autour de moi, je sais que quelqu'un partage ma douleur. Ça me donne l'impression de rentrer chez moi.

Au contact de ma peau, la brique semble vivante. Je la sens palpiter sous mes doigts, bourdonner dans mes oreilles, vibrer à travers mon corps, sous mes semelles. J'entends à nouveau ces bruits, ces cris, ces crépitements du feu, un sourd grondement qui grandit sans cesse, m'emplit la tête. Je tiens bon mais ferme les yeux. Les vibrations et le bruit sont un seul élément qui s'élève autour de moi, en moi. Au milieu des flammes apparaissent des visages tordus, déformés, terrifiés.

J'ouvre la bouche et hurle. C'est le même son que lorsque je suis tombé dans le feu, un son animal qui monte de mon être. Ce tunnel n'est plus ni de brique ni de pierre, ce n'est plus qu'une énorme bête vivante, rugissante et sauvage, un cauchemar palpable. Mon hurlement retentit jusqu'à ce qu'il n'y ait plus de souffle en moi.

Alors je respire et me remets à hurler.

Bourdonnements et chuintements disparaissent et je reste plongé au milieu des échos de ma propre voix, dans le tonnerre d'un train express qui s'éloigne au cœur du silence.

Je m'écarte du mur, rouvre les yeux. J'ignore ce qui vient de m'arriver, où commence la réalité. Je frotte mes mains glacées, souffle dessus. Les disques de lumière aux deux issues sont gris de pluie. Mes yeux me jouent des tours, désorientés par la fresque, la semi-obscurité, les lueurs de l'extérieur, si bien qu'il me faut un certain temps pour m'apercevoir que quelqu'un se tient immobile devant l'entrée du tunnel.

Je ne distingue qu'une sorte de pantalon ample, une espèce de veste large et des cheveux hérissés. Je me rends alors compte à quel point cet endroit est isolé.

Merde, je vais me faire taper dessus.

Pas besoin de pousser la provocation ; alors je prends l'autre direction. *Calmos. Ne montre pas que tu crèves de peur.* De nouveau à l'air libre, je me retourne une seconde pour vérifier que je ne suis pas suivi. Il est toujours là, il m'observe. Je m'arrête, m'oblige à le regarder. Et on reste là, l'un en face de l'autre, sous la pluie. Soudain, je sursaute. Malgré la distance qui nous sépare, sa chaleur me parvient.

Ce n'est pas un garçon mais une fille. Celle qui me hait, celle dont j'ai l'impression de sentir le dernier souffle alors qu'il lui reste cinquante ans à vivre.

Sarah.

Sarah

Je l'ai vu avant que lui-même ne m'aperçoive. Le plus étrange, c'est que je savais qu'il serait là avant de tourner au coin de la rue. Je n'en suis presque pas surprise et je me demande pourquoi je suis venue ici. Il pleut, j'aurais eu plus vite fait de traverser la cité pour me rendre à la boutique, au lieu de faire le tour par le tunnel. Pourtant je suis passée par là. Pourquoi ?

En l'apercevant en chair et en os j'ai la chair de poule. Il me fait peur. En même temps, je suis électrisée. Qu'est-ce qui m'arrive ?

Je ferais mieux de m'éclipser avant qu'il m'aperçoive. De rebrousser chemin. De m'enfuir, oui, devant celui qui peuple mes cauchemars, surgi de l'avenir pour m'enlever mon enfant et l'entraîner dans les flammes. Ce démon… pourquoi est-ce que je reste là ?

Adam

– Sarah !

Elle ne bouge pas, alors je marche dans sa direction. Je ne suis qu'à dix mètres d'elle quand elle réagit.

– Arrête ! N'approche pas.

Elle n'a pas l'air trop sûre d'elle.

– Je voudrais juste te parler.

– Je n'ai rien à te dire.

– C'est toi, hein ? C'est toi qui m'as dessiné là ? Pourquoi tu m'as mis sur ce mur ?

– Tu le sais très bien, dit-elle d'un ton haineux.

– Je te jure que non !

J'effectue un pas vers elle. Elle recule, se baisse pour ramasser une pierre.

– N'approche pas !

– Sarah, je sais pas ce que tu as. Je t'ai rien fait. Je comprends pas. Mais je suis au courant pour le jour de l'an.

Elle m'écoute, comme intriguée.

– Qu'est-ce que tu sais ?

– Je les vois aussi, les numéros des gens. Il y en a des

centaines, des milliers qui portent le 1er, le 2 ou le 3. Quelque chose d'énorme va se produire.

– Quels numéros ?

– Ceux que tu vois quand tu fixes quelqu'un, tu sais.

Là, je me rends compte qu'elle m'a déjà fixé plus d'une fois, qu'elle me regarde en ce moment. Mon numéro doit lui éclater à la figure.

– Quels numéros ? répète-t-elle. Qu'est-ce que tu racontes ?

– Les dates de mort. Tu sais. Tu les vois aussi.

– Tais-toi. Je ne vois aucun numéro. Tu ne me connais pas. Tu ne sais rien de moi.

Mais si, justement ! Je vois toutes ces années qui t'attendent encore. Je te sens avec moi, je sens comme on s'aime, toi et moi.

Elle me fusille du regard, mais il n'y a pas que de la haine, il y a aussi de la peur. Elle transpire malgré le froid.

– Tais-toi, souffle-t-elle. Va-t'en.

– Je t'en prie ! Tu es la seule personne qui peut me comprendre. Je voudrais te parler.

Elle lève le bras et me jette la pierre. Je me protège du coude mais trop tard, je suis touché à la tête. Je crie et tombe en avant, tout tourne autour de moi, rouge et blanc. Je vois juste Sarah qui disparaît dans une rue latérale.

Je tâche de me redresser mais la douleur est trop violente. Alors je titube derrière elle comme un ivrogne.

Il y a des rangées de maisons, toutes les mêmes, avec un chemin latéral pour les séparer. Elle a disparu, je vais abandonner quand j'aperçois une masse de pots de peinture sur un de ces chemins. Je jette un coup d'œil vers le fond, crois voir un portillon remuer.

Il est à moitié sorti de ses gonds. La cour arrière est dans un état déplorable, la maison, pire encore, avec ses vitres brisées, ses fenêtres barrées de planches. Sarah ne vit quand même pas là-dedans ?

Je me penche sur le mur opposé, m'aperçois que, quand je ne bouge pas, ma tête me fait moins mal. Mon visage me démange. J'y porte les doigts et ils se couvrent de sang.

Quelque chose a bougé derrière une fenêtre. Je ne vois pas quoi ni qui, mais il y a quelqu'un là-dedans. Si je frappais à la porte de la cuisine ? Ou si j'allais à l'avant ? Ou si j'attendais ?

Je reste là à me demander que faire quand la porte arrière s'ouvre. Un type en sort. Grand et maigre. Le type de la voiture. Il vient dans ma direction, armé d'une batte de base-ball.

Sarah

Je me cache derrière la fenêtre du premier. Elle est entrouverte de quelques centimètres, si bien que j'entends ce qui se dit. J'ai dû réveiller Vinny mais je n'ai pas eu à trop insister pour qu'il sorte – il a vu combien j'étais terrifiée.

– Qu'est-ce que tu fous ici ? lance-t-il. Barre-toi.

– Il y a quelqu'un dans cette maison à qui je voudrais parler.

Le son de la voix d'Adam me glace.

– Ah ouais ? Ben elle, elle a pas envie de te voir.

– Alors j'attendrai.

Je m'avance d'un millimètre pour le voir. Vinny s'est arrêté pas très loin d'Adam. Malgré son attitude dégingandée, il n'a pas l'air de plaisanter.

Allez, Vinny, débarrasse-toi de lui. Fais-lui peur s'il le faut, mais qu'il s'en aille !

– Écoute, dit-il, j'aime pas la violence mais toi, t'as pas à harceler comme ça les filles dans la rue.

– Ouais, et elle, elle devrait pas balancer des pierres à la tête des gens qui veulent juste lui parler.

Je me penche un peu. Il a le visage ensanglanté du côté de sa brûlure.

– C'est elle qui t'a fait ça ?

– Ouais.

– Tu es le mec de l'hôpital, non ? Je sais pas ce qui se passe entre vous, mais tu ferais mieux de te casser avant que ça fasse plus mal.

– Je bouge pas d'ici. C'est important. C'est au sujet de sa fresque dans le tunnel. Tu es au courant ?

Vinny semble mal à l'aise et recule, cet abruti.

– Ouais, j'ai vu.

– Elle m'a mis au milieu, mon portrait, sur ce mur.

– C'est toi qu'elle voit dans son cauchemar.

La ferme, Vinny ! Boucle-la !

– Quoi ?

– La peinture. C'est un cauchemar qu'elle arrête pas de faire. Tu es dedans. Pourquoi ?

– J'en sais rien, mon pote. C'est justement ce que je voudrais lui demander.

La batte pend maintenant au côté de Vinny. Ça s'annonce mal.

– Attends ici.

Là-dessus, il revient vers la maison et me crie de l'entrée :

– Sarah ! C'est bon. T'as rien à craindre.

– Je ne veux pas le voir. Je t'ai dit de te débarrasser de lui ! Allez, mets-lui un coup de batte, qu'il fiche le camp !

– Il veut juste te parler… Je donne de coups de batte à personne. C'est un gamin. En plus, tu l'as déjà bien amoché. Descends… il ne partira pas tant que tu ne lui auras pas parlé. Tu viens ?

Il est trop mou, Vinny. Je vais devoir m'en charger.

J'ouvre la fermeture de ma veste, détache le porte-bébé et pose Mia dans son tiroir. Elle dort, Dieu merci. Ensuite, je descends l'escalier. Dans la cuisine, j'attrape un couteau.

Vinny se tient sur le seuil. Derrière lui, j'aperçois Adam. Il est entré dans la cour. Je pousse mon coloc et crie :

– Tu n'entres pas ici ! Tu piges rien ou quoi ?

Alors qu'il porte une main à son visage, je me revois dans une salle de classe, il y a un million d'années, quand je lui ai caressé la joue. Il avait alors une peau parfaite : douce, claire, tiède. La moitié de son visage l'est encore – l'autre a profondément changé. On pourrait dire qu'il est défiguré. Je dirais plutôt différent. Mes doigts me picotent à l'idée que j'ai pu le toucher. Pourquoi m'attire-t-il tellement quand c'est une des deux personnes qui me font le plus peur sur Terre ?

Et le voilà en face de moi, le visage ensanglanté. Il faut que je me débarrasse de lui avant de m'effondrer.

– Allez, Sarah, me lance Vinny. Il pourrait peut-être t'aider.

Ce qui me ramène à la réalité, à ma version de la réalité.

– M'aider ? M'aider ?

Ma propre voix devient suraiguë.

– Tu ne le connais pas, Vin. Tu ne sais pas de quoi il est capable. C'est le démon, le diable en personne ! Je ne veux pas qu'il reste ici. Je t'en prie, fais-le partir !

Les paroles qui sortent de ma bouche sonnent faux, même pour moi. J'ai soudain l'impression d'être spectatrice de ma propre scène : les yeux écarquillés, enragée, brandissant un couteau. Je ne trompe personne. Bien sûr que je ne vais pas le frapper. Je n'y tiens pas – je veux juste qu'il s'en aille.

– Sarah ? lance doucement Adam.

Je ne peux pas discuter avec lui. Je ne peux pas rester près de lui. En reculant, je trébuche dans la cuisine et laisse tomber le couteau sur le carrelage. Après quoi, c'est moi qui m'effondre, qui me blottis au sol en ravalant mes larmes. Je m'en veux à mort de me comporter ainsi. Moi qui ne pleure pas facilement, là, je n'arrive plus à me retenir.

Je sais qu'ils m'ont tous les deux suivie à l'intérieur mais je ne vérifie pas. Ni l'un ni l'autre ne se penche sur moi. Typique des hommes, ça. Ils ne savent pas quoi faire devant une femme qui pleure. J'aurais dû m'en douter. Ni les pierres ni les couteaux ne désarmeront un homme, les larmes, oui.

– Désolé, dit Adam. Je ne voulais pas te mettre dans cet état.

Je me déplie un peu pour le regarder. Il a l'air abasourdi.

– Va-t'en, dis-je.

– D'accord. Je vais te laisser tranquille.

Pourtant, alors qu'il s'en va, il se retourne encore :

– Sarah ?

– Quoi ?

– Mon numéro ? C'est le même ? Celui du jour de l'an ?

Il ose à peine me regarder. Il a peur, lui aussi. J'ai l'impression qu'il retient son souffle.

– Je ne vois pas de quoi tu parles.

Les larmes reviennent de plus belle et je me cache le visage dans les bras. Alors il s'en va. Je l'entends franchir le seuil d'un pas lourd, j'entends ses pas dans la cour.

Là-haut, Mia s'est réveillée. Son cri de chaton se transforme vite en vagissements furieux. J'arrête de m'apitoyer sur mon sort pour me relever.

– Ça va ? me demande Vinny.

Impossible de répondre à cette question. Adam est parti – encore heureux ! – mais au fond de moi, je sais que rien n'est terminé. Maintenant, il m'a retrouvée. Mon refuge n'en est plus un.

Adam

Je quitte la maison complètement hébété. Elle ne voit pas les numéros, mais elle a un cauchemar, qui revient la hanter, et je suis dedans. Ce n'est pas vrai ! C'est impossible ! Elle doit avoir rêvé de moi avant même qu'on se rencontre. C'est pour ça qu'elle a réagi comme ça le jour de la rentrée. Elle m'avait déjà vu dans ses rêves. Mais comment… ?

Je crois aux numéros, puisque j'ai toujours vécu avec. Pour moi, c'est « normal ». Mais elle possède une autre sorte de don, une autre malédiction et là, je n'y comprends rien.

Sans plus y réfléchir, je retourne vers le tunnel. Il pleut toujours, autant m'y abriter. Je m'adosse au mur, face à la fresque de Sarah, et me rends soudain compte que j'ai les jambes flageolantes. Je me laisse glisser au sol. Je contemple la peinture, mon propre visage qui me regarde. C'est comme ça qu'elle m'a vu, nuit après nuit. Pas étonnant que je lui fasse peur.

Je ferme les yeux mais l'image reste en moi, m'envahit. Ce n'est pas seulement une peinture – ce sont des sons, des goûts, des contacts, des odeurs. J'entends un bébé pleurer de sa voix haut perchée, désespérée. Sarah pleure, elle aussi, d'une autre façon, mais tout aussi désespérée. Autour de nous retentissent les grondements d'un immeuble qui s'effondre, consumé par les flammes. Elles ne nous atteignent pas encore, mais l'air est brûlant, irrespirable. Nous sommes pris au piège.

J'ouvre les yeux, ramasse une poignée de graviers que je jette sur la fresque.

– C'est qu'une saleté de dessin !

N'importe quoi, je le sais bien, mais je voudrais que rien de tout ça n'existe – ni ces numéros, ni ces cauchemars : cette terrible menace qui approche de jour en jour. Personne ne devrait avoir à vivre avec ça.

Je ramasse une autre poignée de graviers, me lève et me dirige vers la fresque pour aller en frotter le visage, mon visage.

– C'est pas moi. Je suis pas là. Fous le camp !

Ça n'y change rien, l'image ne s'efface pas. Je la frappe à m'en écraser les poings. Quel abruti ! Mais qu'est-ce que je peux faire d'autre ? On ne lutte pas contre le futur, à ce qu'il paraît. Si seulement je pouvais le remettre à sa place ! Lui enfoncer les yeux, les côtes, le battre, le plier en deux, lui faire cracher son sang.

Mais là, c'est juste à moi que je fais mal. Merde !

– Ça ne le fera pas partir. Ça n'y changera rien.

Je fais volte-face.

Elle est à l'entrée du tunnel, sous la pluie. Depuis combien de temps est-elle là ? Qu'est-ce qu'elle a vu ?

– Je sais pas quoi faire.

C'est la pure vérité. Je ne sais ni quoi faire, ni quoi dire, encore moins où aller.

– Reviens avec moi. On a beaucoup de choses à se dire.

Et là, un événement terrible se produit. La bouche tremblante, le visage crispé, je me mets à pleurer.

Je me détourne. Pas la peine qu'elle me voie comme ça, mais je ne peux pas cacher ce qui m'arrive parce que j'en ai tout le corps secoué. Je tombe à genoux en sanglotant, incapable de me contrôler, et le tunnel retentit de mes gémissements. Je me rends très bien compte du spectacle lamentable que j'offre, mais impossible de m'arrêter. Je voudrais être mort. Mon Dieu, c'est pour ça que je pleure. Je voudrais être mort.

Une main se pose sur mon épaule, sans doute pour me consoler, mais j'ai trop honte, je me dégage en criant :

– Non !

Elle n'insiste pas.

– Reviens à la maison. Quand tu seras prêt. Je t'attendrai.

Elle s'en va. J'essaie d'arrêter de pleurer pour entendre le bruit de ses pas, mais, le temps que je me calme, je ne perçois plus que la pluie qui martèle le macadam.

En m'essuyant le visage avec mes manches, je me rappelle ma fureur de tout à l'heure ; ça remonte à quelques minutes, on dirait pourtant plusieurs années. Je voulais bousiller le futur. J'en ai toujours envie mais pas la minute qui vient, ni les deux, ni les dix prochaines.

Parce que je vais retourner chez Sarah.

Elle m'attend.

Sarah

Pourquoi lui ai-je demandé de revenir ? Parce que, pendant que je calme Mia, je n'arrive pas à oublier le regard qu'il m'a jeté dans la cuisine. Il a peur. Comme moi.

D'ailleurs, maintenant qu'il sait où j'habite, il peut revenir quand il veut. Alors autant que ce soit sur mon invitation.

Je me lance à sa poursuite et le trouve là où je pensais bien le trouver, dans le tunnel. Seulement je ne m'attendais pas à le découvrir dans cet état. Il s'effondre devant moi et ça me touche au cœur – ce beau garçon effronté, agressif, que je revois brûlé, terrifié, désespéré. Il pleure comme un bébé, comme ma Mia. J'ai changé depuis que je l'ai mise au monde – je ne supporte plus les gens qui pleurent. Je sais qu'on peut apaiser les larmes et, quelque part, j'ai envie de le prendre dans mes bras, de le bercer jusqu'à ce qu'il se calme, de lui dire que tout ira bien. Je lui pose la main sur l'épaule mais il se dégage d'un mouvement irrité. Je ne peux pas lui en vouloir ; j'aurais sans doute réagi de la même façon. On appelle ça la fierté, non ? Mieux vaut le laisser se reprendre.

Je lui dis que je l'attendrai et c'est ce que je fais. Je sais qu'il viendra. J'en mettrais ma main au feu. Et le voilà. Cinq minutes après mon retour, il apparaît au portillon du fond. Je le vois par la fenêtre de la cuisine, alors je lui ouvre.

La pluie dégouline sur lui, au point de presque nettoyer son visage ; il ne lui reste qu'un peu de sang sur le front. On ne voit pas vraiment qu'il a pleuré, mais il paraît mort de honte et ose à peine lever les yeux sur moi.

– Entre, lui dis-je.

Il pénètre dans la cuisine et je lui tends une serviette.

– Tiens, essuie-toi.

Il se tamponne le visage, se frotte la tête.

– Merci, marmonne-t-il en tremblant de froid.

– Tu veux boire quelque chose ? De l'eau ? Du Coca ? Une tasse de thé ?

– Du thé, oui, s'il te plaît.

Je m'affaire sans hâte entre la bouilloire, la théière et les sachets. Ça me fait drôle d'imaginer qu'on est là tous les deux, à remplir une tâche si banale.

– Où est ton ami ? me demande-t-il.

– Dans la pièce d'à côté.

J'ai menti. Vinny est sorti faire une livraison.

– Il a laissé sa batte ici, constate Adam.

– Je sais m'en servir, si nécessaire.

En même temps, je me rends compte à quel point ça sonne faux – les petites filles coriaces, c'est bon pour les contes de fées –, alors je souris, malgré moi.

Sans trop savoir s'il en a le droit lui aussi, Adam esquisse un début de grimace.

– Pas besoin, assure-t-il. Je suis pas là pour te faire du mal, Sarah. Jamais je te ferai du mal.

Ça me rappelle irrésistiblement mon père : « Je ne te ferai pas de mal si tu te tiens tranquille. » Mensonges, mensonges, mensonges.

Cette pensée a dû se refléter sur mon visage parce que je vois Adam se rembrunir :

– J'ai dit quelque chose qu'il fallait pas ? Je t'assure, Sarah, jamais je te ferai du mal. Je veux juste te parler.

J'arrive à me dominer :

– Non, ça va. Je te crois. Moi aussi, je veux te parler. On va s'asseoir.

Je l'emmène du côté de l'entrée, vers le salon vide. Il a l'air surpris.

– Je croyais…

– Quoi ?

– Rien. Oublie.

Il croyait que Vinny était là. C'est ce que je lui avais dit.

On boit notre thé, moi assise sur un canapé pourri, lui sur l'autre. On a tellement de choses à se dire qu'on ne sait pas par où commencer et un drôle de silence s'installe entre nous. Plus ça dure, plus ça se gâte. Enfin, Adam plonge :

– Sarah, tu m'as traité de tous les noms – en particulier le diable. Je comprends pas pourquoi. On s'était vus qu'une ou deux fois. Je t'ai jamais rien fait…

Je pousse un long soupir :

– D'accord, on ne s'est rencontrés que deux fois, mais moi, je te vois toutes les nuits depuis un an. Tu es dans mes cauchemars. Tu y étais avant qu'on se croise dans la vie. J'ai vu ta cicatrice avant ton accident.

Il porte une main à son visage.

– Ouf ! Tu as vu le feu ?

– Non, je ne crois pas. Je vois du feu, des immeubles qui s'écroulent, des flammes autour de nous, mais en fait… en fait, le rêve, mon cauchemar… je crois que c'est l'avenir. Ce n'est pas une chose qui s'est produite mais qui va se produire.

La plupart des gens me prendraient pour une folle si je leur disais ça. Pas Adam.

– Le jour de l'an, dit-il.

– Oui, c'est la date dans mon cauchemar. Je ne l'ai vue qu'après t'avoir rencontré. Elle est arrivée dans mon rêve la nuit qui a suivi notre rencontre à la rentrée.

– Je t'ai apporté un nombre. C'est ça que je vois, moi. Des nombres. Quand je regarde quelqu'un dans les yeux, je vois la date de sa mort, sous forme de nombre. Parfois, c'est juste un flash, parfois je ne fais que l'entendre. Je sais si ça se passera dans la violence ou dans le calme, si elle est naturelle ou due à un événement extérieur.

Le feu n'a pas changé ses yeux. Ils sont toujours aussi beaux, au blanc intense, aux iris sombres, bordés de cils épais. Je pourrais m'y perdre si je me laissais aller… sauf que, maintenant, je sais qu'Adam discerne ce que personne d'autre n'imagine seulement, et je ne peux m'empêcher de me demander ce qu'il voit quand il me regarde.

– Tu vois ma mort ?

Il ne se détourne pas, et moi non plus. Je ne sais pas s'il m'a entendue. Il me fixe si intensément qu'il semble être ailleurs.

– Tu vois ma mort, Adam ?

À son tour, il soupire, puis revient dans la pièce auprès de moi.

– Oui.

Son expression s'adoucit. Il ne m'a pas quittée des yeux mais maintenant, c'est tout mon corps qu'il contemple, des pieds à la tête. Comme s'il braquait un projecteur sur moi. C'est intense et gênant.

– Tu sais quand je vais mourir.

Ma voix s'est un peu cassée en fin de phrase. Il regarde ailleurs avant d'énoncer tranquillement.

– Je peux rien te dire, Sarah. Je dis jamais aux gens leur numéro. Ce serait pas bien.

– Je ne veux pas le savoir, et je n'ai pas peur.

(Mensonge.)

– Je ne veux pas savoir. Ne me le dis jamais.

« Jamais ». Pourquoi ai-je dit ça ? Comme si on allait être amis. Comme si on allait se fréquenter longtemps. Comme si on avait un avenir ensemble.

– Je te dirai rien, assure-t-il. T'as vraiment pas peur ?

– Je n'ai pas peur de mourir. J'ai peur…

Je m'interromps. *Peur de perdre Mia. Peur que Mia me perde.*

– Peur de quoi ?

– De mon cauchemar, j'assure lentement. Ça me rend folle. Le même rêve, la date. Je ne peux plus vivre avec ça. Je ne sais pas quoi faire.

– C'est pareil pour moi. Il y a des centaines, des milliers de gens avec des numéros qui indiquent le 1er, le 2 ou le 3. Des morts violentes. Ça se rapproche. Dans cinq jours. Parfois, je me sens écrasé, je voudrais faire quelque chose, mais je sais pas quoi. Je voudrais réagir, prévenir les gens, leur faire quitter Londres.

Il s'agite tout d'un coup, les poings serrés, l'air de danser sur son siège. L'énergie qui l'habite a quelque chose d'aussi effrayant qu'enthousiasmant.

– Je crois qu'on peut y arriver, ajoute-t-il. Je crois qu'on peut combattre les numéros, sauver les gens. Seulement je vois pas comment…

– C'est juste à Londres ?

– Sais pas, mais il y a plus de victimes ici qu'il y en a eu à Weston.

– Weston ?

– C'est de là que je viens. Weston-super-Mare. Au bord de la mer. C'est là que j'habitais, avec maman.

– Qu'est-ce qui s'est passé ?

– Elle est morte. Quand j'avais sept ans. D'un cancer. J'avais vu son numéro et je savais pas ce que c'était. Alors je lui ai dit, je l'ai écrit et elle l'a vu. Elle a compris parce qu'elle les voyait elle aussi. C'était la fille de la grande roue de Londres en 2010, celle qui savait qu'elle allait exploser. Elle avait vu le numéro des gens qui faisaient la queue. Après, elle a dû vivre en connaissant son numéro. C'est moi qui lui ai fait ça…

Comme il n'achève pas sa phrase, je me rends compte qu'il doit encore lutter contre les larmes.

– C'est normal, dis-je. Tu es bouleversé à cause de ta mère. J'ai des mouchoirs quelque part.

Il renifle bruyamment, s'essuie le nez avec sa manche.

– Non, merci, ça va. J'en ai pas besoin. Pardon.

– Pardon pour quoi ?

– Pour tout. Pour t'embêter comme ça. Pour être dans tes cauchemars.

– Ce n'est pas ta faute. Tu n'as rien demandé à personne.

Penché en avant, il se tord les mains.

– Sarah, et si ton cauchemar ne devait pas se réaliser ? Si on pouvait changer ça ?

– Si on pouvait… J'ai bien essayé de prévenir les gens, tu sais. Tu n'as qu'à regarder ma peinture.

– C’est pour ça que tu l’as faite ?

– Je ne sais pas. C’est Vin qui me l’a suggéré. Il m’a entendue crier nuit après nuit. Il a dit que je devrais reproduire les scènes de mon cauchemar. J’ai plusieurs rouleaux de papier peint remplis de dessins. Ça semble si réel, Adam ! Je voulais que les gens sachent. Je voulais que ça s’arrête.

– Ça s’est arrêté ? Le cauchemar ?

– Non.

Soudain épuisée, je m’adosse. D’un seul coup, ces nuits brisées depuis tant de mois me pèsent sur les épaules.

– Tu as l’air crevée, observe-t-il. Je vais y aller.

Il s’est levé. J’en fais autant.

– C’est bon, ajoute-t-il. Reste là. Je sais par où partir… juste… tu serais d’accord si je revenais quelquefois ?

Je retombe à ma place, vidée de toute mon énergie. Moi qui m’étais tenue prête à me battre contre lui, à me défendre contre le démon de mon cauchemar… je vois que Vinny avait raison. Ce n’est qu’un gamin, aussi perturbé que moi. Je suis épuisée, j’ai envie qu’il s’en aille.

Mais j’ai aussi envie de le revoir.

– Oui, tu peux revenir.

Il sourit, d’un sourire de guingois, sans doute à cause de la brûlure qui lui a figé la peau. Cette peau qui m’attendrit tellement. Il passe devant moi, hésite une seconde.

– Au revoir, Sarah.

– Au revoir.

Mes yeux se ferment avant qu’il ait passé la porte et je plonge aussitôt dans un sommeil sans rêve.

Adam

Elle ferme les yeux. Elle paraît plus douce ainsi, plus jeune. Sa peau est très pâle, presque blanche. Je passe devant elle, si près que je sens son odeur musquée et j'ai envie de la prendre dans mes bras, de l'étreindre, d'enfouir mon visage dans ses cheveux, de la respirer.

Je m'arrête un instant sur le seuil, à la regarder. Je pourrais rester ainsi une éternité.

Quelque part dans les chambres d'en haut, un son léger retentit. Du fond de son sommeil, Sarah semble l'avoir entendu elle aussi parce qu'elle remue un peu, avant de se rendormir. C'est faible, comme l'appel d'un chaton ou de je ne sais quel animal, mais ça m'intrigue. Au lieu de sortir, je me dirige vers l'escalier sur la pointe des pieds, lève la tête. Aucun signe de vie, rien que ce cri. Alors je crois savoir de quoi il s'agit.

J'hésite – j'ai envie de vérifier, mais aussi de filer. Et puis la curiosité l'emporte, ou autre chose de plus fort. Cette maison et Sarah, j'étais destiné à les trouver, à venir là, à entendre ce son. Si je m'en vais maintenant, il faudra que je revienne pour y faire de nouveau face. Alors je décide de monter sans faire de bruit. Au premier étage, le son est toujours au-dessus de moi ; mon cœur bat fort et j'entends mon souffle qui sort de ma bouche ouverte.

Je poursuis ma montée vers le second étage. Le son grandit, devient plus insistant. Quatre portes donnent sur le palier, je les pousse l'une après l'autre sans entrer, comme si je risquais d'être accueilli par un homme armé. D'abord la salle de bains – murs moisis, robinet fuyant, taches de rouille dans le lavabo. Ensuite, une chambre au sol jonché de vêtements, un matelas sans sommier, une guitare adossée au mur. Dans la deuxième chambre, c'est un vieux canapé qui sert de lit parmi des piles de magazines et de journaux. Personne nulle part.

Encore une chambre.

Sa porte est entrouverte. Le son m'emplit maintenant les oreilles et je sais qu'il ne provient pas d'un animal. Je m'arrête sur le seuil. Je ne peux pas faire ça. *Allez, tu y es presque.*

Je pousse davantage la porte pour découvrir une pièce plutôt mieux rangée que les autres. Là aussi, un matelas à même le sol, dans un angle, recouvert d'un duvet bien tendu, et des vêtements, des couvertures, des serviettes, le tout plié et rangé sur des étagères – apparemment, il y a quelqu'un qui se donne un peu de mal par ici.

Près du lit, un grand tiroir est lui aussi posé au sol. Depuis la porte, j'y aperçois deux petites mains roses qui s'agitent.

J'avance pour mieux regarder ce bébé tout rouge à force de hurler, les yeux fermés, les cils baignés de larmes, qui envoie des coups de bras et de pied rageurs dans tous les sens.

Je m'accroupis.

– C'est toi qui fais tout ce bruit ?

Soudain, ses membres s'immobilisent et il ouvre des yeux d'un bleu éclatant. Comme ceux de sa maman. Et je m'écrie :

– Oh, non, c'est pas vrai !

Telle une balle en pleine tête, son numéro me frappe d'un coup.

01012027.

Sarah

– Qu'est-ce que tu fiches ? Laisse-la tranquille !

Il est là, dans ma chambre, agenouillé près du berceau. C'était après elle qu'il en avait. Sa petite comédie du gamin éperdu n'était que du chiqué. Il savait que ma fille était là… il voulait la trouver.

Il me regarde par-dessus son épaule. Coupable. Pris la main dans le sac. Devant leurs deux visages, je sais que le cauchemar va se réaliser.

– Elle pleurait. Je suis juste monté voir si…

– Laisse-la tranquille !

Je le bouscule, l'écarte d'un coup d'épaule et me penche pour prendre Mia, l'emporte à l'autre bout de la pièce, la berce pour la calmer, mais il n'est pas facile d'apaiser quelqu'un lorsqu'on bout soi-même de fureur.

– Tu n'avais pas le droit de monter ici. Tu aurais dû me réveiller.

Bien sûr qu'il ne l'aurait pas fait. Il voulait la trouver et s'était arrangé pour m'écarter de son passage.

– Je savais pas quoi faire. Tu étais tellement épuisée.

– Évidemment que je suis fatiguée ! Toi aussi tu le serais si tu dormais mal depuis des mois. Va-t'en, maintenant. Fiche le camp !

Les mains levées, il s'adosse au mur.

– C'est bon, je m'en vais. Désolé. Qu'est-ce qu'elle a ?

– Rien. Ça pleure, les bébés. Elle doit avoir faim.

Il reste figé, l'air consterné.

– Je t'ai demandé de partir, Adam. Dégage !

Comme il hésite encore, je hurle :

– Fous le camp d'ici !

Là, il semble avoir compris et se dirige vers la porte d'un pas lourd.

– D'accord. Mais je peux revenir, tu as dit.

– Non. Non. Vaut mieux pas.

– Sarah, s'il te plaît !

Son regard de chien battu ne m'attendrira plus. Je crie :

– Tu captes pas ou quoi ? Je ne veux plus te voir, abruti ! Je ne veux plus que tu mettes les pieds ici !

Là, il s'en va et son pas claque dans l'escalier. J'entends la porte de la cuisine se fermer, puis le portillon de la cour. Assise sur mon lit, je soulève mon tee-shirt.

– Viens, Mia. Chut ! Tu as faim ?

Bien sûr qu'elle a faim. Sa bouche tâtonne furieusement pendant quelques secondes puis se met à téter.

– C'est ça, ma petite fille. Le méchant monsieur est parti. Je ne le laisserai pas te faire de mal.

Peu à peu, cependant, alors que le calme revient, je réfléchis à ce qu'il a dit. Toute cette histoire au sujet des numéros, je l'ai crue sur le moment. Ça semblait plausible. Au lycée, il les reportait déjà sur son carnet, j'en jurerais, avec la ferveur d'un cinglé des horaires de trains. S'il les voit vraiment, il doit vivre un cauchemar, comme moi, le pauvre. Et son visage… quand je pense à ce qui lui est arrivé !

Mais non, il ne faut pas que je me laisse obséder par lui. Si j'ai échappé à mon ancienne existence, si j'ai eu Mia, ce n'est pas pour embarquer quelqu'un d'autre avec moi. Je ne vis plus que pour ma petite fille. Alors peut-être qu'Adam a raison. On ferait mieux de filer d'ici, immédiatement. Je vais emmener Mia loin de Londres, loin de tout danger, loin de lui. Quelque part où il ne nous trouvera jamais.

Adam

Quel crétin je fais ! La fresque, la peinture. Jamais je ne me suis demandé d'où venait ce bébé. Je ne m'occupais que de moi, rien que de moi. Quel enfoiré ! C'est le bébé pour qui elle a tellement peur.

Son bébé.

Je ne m'en doutais pas du tout – elle devait être déjà enceinte au lycée, mais je ne me suis aperçu de rien, j'étais trop hypnotisé par son visage, par ses yeux, son numéro.

La pluie ne cesse de tomber et je cours à travers les rues, mes pieds claquent sur le pavé et les mots défilent dans ma tête au même rythme : *l'enfant de Sarah, l'enfant de Sarah*.

Moi qui me plaignais déjà de mon sort, de vivre avec le poids de mille morts autour de moi… qu'est-ce que ça peut bien être pour elle – alors que la fin de l'année approche, avec cette vision de sa propre fille emportée dans les flammes, qui lui revient nuit après nuit ? Quoi que j'aie pu ressentir jusque-là, autour de ces numéros, mon désir de les changer n'en est que décuplé aujourd'hui. Je ne dois pas laisser le cauchemar de Sarah se réaliser. Je m'y opposerai de toutes mes forces.

– Tu as l'air d'un rat noyé. Tu as trouvé ce que tu cherchais ?

Mamie est descendue de son perchoir pour venir traîner autour de la porte à mon entrée.

– Ce que je cherchais et celle que je cherchais.

– Qui ?

– La fille qui a peint cette fresque. C'est Sarah, la fille du lycée, la fille de l'hôpital.

– Qu'est-ce qu'elle vient faire dans cette histoire ?

– Elle a des cauchemars et je suis dedans.

Pas plus surprise que ça, mamie va droit au but :

– La peinture ! C'est ça, son cauchemar, sa vision ! C'est une voyante, Adam. Elle a le don de double vue.

– Et aussi un bébé.

– Un bébé ?

– Je l'ai regardé. C'est une fille. Une 27, mamie. Elle va mourir avec tous les autres.

Je ne voulais pas le dire, mais mamie a le don de m'arracher certaines confidences… Maintenant c'est trop tard.

– Le bébé va mourir ? s'exclame-t-elle. Oh non… et tu es là aussi, avec elle. Dans cette fresque. Seigneur, Adam ! Tu sais ce que ça veut dire ?

Je secoue la tête, les jambes en compote. Je me demande comment je tiens encore debout.

– Ça veut dire que tu ne dois jamais les revoir. Il faut que je t'emmène loin d'ici, loin de Londres, comme tu as dit. Tu ne dois pas être ici quand ça se produira. Ni dans les parages.

– Elle a dit ça aussi.

– La fille ? Sarah ?

– Oui, elle m'a dit de ficher le camp. De jamais revenir.

– C'est elle qui t'a fait ça ?

Mamie a posé un doigt sur mon front et le retire, taché de nicotine mais aussi de sang.

– Oui, seulement ça s'est passé avant. Quand elle m'a aperçu au début, alors qu'on avait pas encore parlé. Elle m'a jeté une pierre.

– Charmante, ton amie.

– Tais-toi, tu la connais pas.

Elle renifle.

– Je ne suis pas sûre d'y tenir.

– De toute façon, tu la rencontreras jamais. Vous avez raison, elle et toi. J'ai qu'à m'éloigner d'elle, du bébé. Si je suis loin, ça pourra pas se passer.

Elle me fait asseoir à la table de la cuisine, sort une bouteille de désinfectant et tamponne ma blessure avec un coton.

– Mamie, Nelson est repassé, aujourd'hui ?

– Non. Pourquoi ?

– Parce que je crois que tu as tout pigé. Ce que tu disais ce matin. Il faut qu'on prévienne les gens. On peut pas laisser cette merde leur arriver.

Elle s'immobilise.

– Tu es sûr ?

– Ouais. C'est trop énorme, trop grave. Tant pis si on me prend pour un dingue. Il faut leur donner une chance de s'en sortir. Et après on doit s'en aller nous aussi. Toi et moi, loin de Londres. Tu promets ?

– Oui, je promets. On va essayer, et puis on va faire nos bagages et s'en aller. J'aimais bien Norfolk avant qu'elle disparaisse dans la mer du Nord. Maintenant, il faudrait choisir un endroit en hauteur, au milieu de nulle part. On s'installera dans les collines, on vivra de conserves et on n'en bougera plus. Promis ?

Mamie et moi sur une colline à observer la fin du monde.

– Tu pourras fumer une dernière clope si tu veux. Personne t'enlèvera ce plaisir.

– Je me suis toujours dit que je serais l'ultime fumeuse d'Angleterre.

Après avoir rangé sa trousse de secours, elle fouille dans le congélateur pour préparer le dîner.

– Adam.

– Ouais.

– Je suis contente que tu veuilles te battre, parce que j'ai déjà fait quelque chose.

– Qu'est-ce que tu vas me dire ?

– J'ai pris un rendez-vous, souffle-t-elle en refermant le congélateur.

– Avec qui ?

– Avec M. Vernon Taylor, du service civil des plans d'urgences municipales.

– C'est quoi, ça ?

– Un titre ronflant. En fait, c'est la personne chargée de prévoir les désastres dans la région. J'ai effectué quelques recherches. Tu n'es pas fier de moi ?

– J'en sais rien, pourquoi ? On ferait pas mieux d'aller voir celui des services secrets ou je sais pas quoi ? Il m'a donné sa carte. C'est pas un gus de la mairie qui nous croira. Et même s'il gobe notre histoire sur les numéros, on sait pas ce qui va arriver. Ni même quand.

– Ça, c'est son boulot. À lui de s'en occuper. Je n'aime pas plus que toi les mecs en costard, mais ce n'est pas le moment de faire la fine bouche. Il faut qu'on prévienne quelqu'un. C'est obligé, Adam. Il y a des vies à sauver. C'est notre devoir civique. Et ne fais pas cette tête, sale gamin ! Je croyais que tu serais content.

– Mais je suis content. Enfin… j'en sais rien. Ouais. Merci, mamie.

Tout en reniflant, elle sort d'un emballage en carton un plat de plastique, perce quelques trous dans le film transparent.

– Le dîner sera prêt dans dix minutes. Va vite prendre un bain et jette-moi ces vêtements mouillés au sale. Tu pourras mettre une chemise propre, demain, t'habiller correctement pour une fois.

– Pour quoi faire ?

– Je viens de te dire qu'on allait à la mairie. Il faut jouer le jeu. Je ne veux pas qu'ils nous croient en stage de formation ou je ne sais quoi.

Je monte me faire couler un bain, et c'est en entrant dans l'eau que je me rends compte à quel point j'avais froid. Je m'allonge et me réchauffe tranquillement, en fermant les yeux, tandis qu'au-dehors la pluie tombe de plus belle. Je vois le visage de Sarah et son numéro qui me murmurent son serment. *Dans la richesse et dans la pauvreté, dans la santé et dans la maladie. Jusqu'à ce que la mort nous sépare.*

Si je ne la revois jamais, si je reste loin d'elle, comment pourrait-il se réaliser ?

Sarah

Je suis arrivée ici avec mon sac de cours pour tout bagage. Maintenant, je me demande comment je vais pouvoir emporter la masse de nos affaires. À vrai dire, j'ai surtout besoin de vêtements, de couches et de lingettes. Pour le reste, on se débrouillera.

Je ne sais pas où on va, tout ce que je sais, c'est qu'on doit s'en aller d'ici. Je n'ai pas assez d'argent pour un billet de train, mais peut-être de quoi prendre le car. Vinny accepterait sans doute de m'en donner un peu, mais je n'ose rien lui demander – il a déjà tant fait pour nous. En voilà, un véritable ami.

Mia dort alors que je rassemble ses affaires. Je m'arrête pour la regarder, sa bouche ouverte, les bras levés autour de sa tête. Une vague d'effroi me saisit. Serai-je capable de m'en occuper seule ? Et si je ne trouve aucun endroit où nous réfugier ? C'est encore la tempête, la pluie martèle les carreaux. Je ne peux pas me lancer à l'aventure sans savoir où aller, sans personne chez qui m'abriter. Pas avec un bébé.

Je me laisse tomber sur le lit. Je n'ai pas encore dit mon dernier mot mais je prends soudain conscience de la situation. Il faut que je réfléchisse, que je m'organise.

L'averse est si violente que je n'entends pas tout de suite frapper à la porte. Et puis je me rends compte qu'il y a un autre bruit en bas que le tambourinement des gouttes et les craquements du vent. Alors je descends. Ça ne vient pas de la porte du fond mais de celle de devant. Personne ne passe jamais par là. Je tire les verrous, seulement il n'y a pas de clé dans la serrure et la porte ne s'ouvre pas.

Je me penche, agite le clapet de la boîte aux lettres.

– Qui est là ?

J'aperçois une ceinture vernie serrée sur un manteau. Après une pause, la personne se penche et je distingue un menton dans la fente.

– Je m'appelle Marie Southwell. De l'Aide à l'enfance.

Merde !

– Qu'est-ce que vous voulez ?

– Je voudrais parler à Sally Harrison. C'est vous ?

Un quart de seconde, je suis soulagée. Sally Harrison ? Connais pas. Erreur d'adresse. Et puis je me rappelle que c'est moi, mon pseudo quand je me suis présentée à l'hôpital.

– Il va falloir faire le tour et passer par la cour du fond. Je vous attends là.

– D'accord.

Je referme la boîte aux lettres et file dans la cuisine où je ramasse la vaisselle sale que je range telle quelle dans un placard. La femme qui apparaît dans la cour a pris le vent et la pluie, pourtant elle reste impeccable, avec ses bottes vernies assorties à sa ceinture. Elle me montre sa carte et je la laisse entrer tout en me disant que la seule vue de cette maison doit déjà provoquer un effet désastreux avec son plafond maculé de graisse jamais nettoyée, ses crottes de souris par terre, la batte de base-ball debout contre le mur.

– Un café ? je lui propose dans l'espoir de la distraire.

Mais elle promène autour d'elle un regard inquisiteur.

Et sourit.

– Oui, s'il vous plaît. Avec du lait et sans sucre.

Je me sens affreusement maladroite en préparant les tasses. Le lait est resté sur le plan de travail et, quand je le verse dans le café, il forme des grumeaux. Je jette le tout dans l'évier.

– Pas cool. Le lait est tourné. Désolée. Je vais en préparer un autre. Vous pourrez le boire noir ?

– Ne vous inquiétez pas pour le café. Si on s'asseyait plutôt ? J'ai juste quelques questions à vous poser. La routine… Sur vous et sur le bébé. Elle est là ?

– Oui, en haut.

– J'aimerais la voir. Quand on aura fini de bavarder.

– D'accord.

J'ai les paumes humides et les essuie sur mon jean en m'asseyant. Je crois utile d'ajouter :

– Elle va bien… Le bébé. Elle est en pleine forme.

La femme lève la tête des papiers qu'elle vient d'étaler sur la table de la cuisine.

– Bien sûr, bien sûr. C'est juste que vos dossiers à toutes les deux ne semblent pas complets. La routine.

– Comment avez-vous… comment nous avez-vous trouvées ?

– Elle a été pucée à l'hôpital, je crois ? La petite, Louise.

– Oui, mais…

– L'hôpital l'a signalée à l'Aide à l'enfance et on l'a tracée jusqu'ici.

Tracée. J'en reste sans voix. Où qu'on aille, maintenant, on nous retrouvera.

– Je ne voulais pas qu'on lui mette cette puce. Ils l'ont quand même fait.

– Oui, je sais que cette idée ne sourit pas à tout le monde, mais ça ne leur fait pas de mal et c'est obligatoire, maintenant.

– N'empêche que c'est une loi ignoble.

Je me suis entendue dire ça et j'ai envie de me gifler. *Arrête, conduis-toi normalement, sois cool, et elle s'en ira.*

Le sourire de son visage se fige un peu.

– Bon, en tout cas, c'est fait maintenant. Et ça veut dire que nous pourrons vous fournir les conseils et l'aide dont vous auriez besoin. Êtes-vous en contact avec le père de Louise ?

– Non, dis-je vivement. Non. Il n'est même pas au courant.

– Il me faut son identité, parce qu'il doit verser une pension alimentaire.

– Je ne veux pas de son argent. Je ne veux rien avoir à faire avec lui.

– Mais vous pourriez avoir besoin d'un soutien…

Elle regarde autour d'elle.

– Je me débrouille. J'ai des amis ici, ils m'aident.

– Vous avez droit à cet argent.

– Je n'en veux pas. Je ne demande rien à personne. Je veux juste qu'on me laisse tranquille.

– Malheureusement, ça ne marche pas comme ça, pas avec un enfant. Les autorités ont une responsabilité morale et doivent s'assurer que les enfants reçoivent toute l'aide sociale à laquelle ils ont droit.

Responsabilité ? Qui s'est occupé de moi quand j'étais à la maison ? Qui s'est posé des questions quand j'ai commencé à dérailler à l'école ? Personne n'a passé le nez à la grille de la maison. Forcément, tout allait bien dans cette belle demeure. Cette fille était juste insupportable.

– Nous pouvons vous inscrire dès maintenant en ligne, si vous voulez. J'ai apporté mon ordinateur.

– Je vous ai dit que je ne voulais rien du tout.

– Alors la prochaine fois…

– Je vais chercher Louise maintenant. Elle se porte bien, je me porte bien. Tout va bien.

– J'aimerais voir sa chambre, si vous permettez.

Je soupire :

– Venez.

Et je la précède dans l'escalier sans éclairage, aux murs lépreux, vers le palier aux portes à demi enfoncées. Mia dort toujours dans son tiroir. Elle est propre, en sécurité, paisible. C'est bien ce qu'ils veulent, non ?

– Vous partez, observe Marie devant les sacs de plastique remplis de vêtements et de couches.

– Non, je nettoie. Ce n'est pas facile de garder les choses propres ici…

La ferme. C'est très bien, ici.

– Non, répond-elle, ce n'est pas facile. Je vois ça.

Mes dessins s'entassent un peu partout. Elle s'approche d'une pile, prend le premier.

– Vous êtes une artiste. C'est joli.

Et puis elle aperçoit le suivant. Adam et Mia dans mon cauchemar. Elle se penche, le ramasse, fronce les sourcils.

– Qu'est-ce que c'est ?

– Rien. Rien du tout. Juste un cauchemar que j'ai voulu reproduire.

– C'est… puissant. Dérangeant. Est-ce le père ?

J'éclate de rire et laisse soudain échapper :

– Oui, oui, c'est lui. Il m'a laissée tomber quand je ne savais pas encore que j'étais enceinte.

Grotesque ! C'est évident que je mens. Ma petite Mia repose devant nous, avec son teint de lys et de rose, ses grands yeux bleus… Pourtant, Marie ne semble pas tiquer.

– On devrait pouvoir le retrouver, affirme-t-elle. Il a un visage très… spécial.

– Je vous ai dit que je ne voulais plus en entendre parler !

En bas, la porte claque. Vinny et ses potes sont de retour.

– Vos colocataires ?

Je fais oui de la tête.

– Je vais examiner Louise en vitesse et vous laisser tranquille.

Elle s'agenouille devant le tiroir. Les garçons sont en forme, je les entends s'affairer dans la cuisine et je commence à me demander dans quel état ils sont.

– Tout ça m'a l'air parfait, déclare Marie. Inutile de la réveiller.

Elle se relève, époussette son manteau du plat de la main.

– Je reviendrai la semaine prochaine et nous discuterons de vos allocations, si vous y avez droit. Entendu ?

– Entendu.

Le système me force la main, m'oblige à rentrer dans le rang, mais qu'est-ce que ça peut me faire ? La semaine prochaine à cette heure-ci, je serai loin. Je descends devant elle en maudissant la disparition de cette clé de la porte principale – j'aurais pu la faire sortir par là et elle n'aurait pas vu les garçons. Tandis que là, je vais devoir repasser par le fond. Et comme elle se tient juste derrière moi, je ne pourrai même pas limiter les dégâts.

Ils ont étalé l'alu, les cuillères et les seringues bien en vue. Vinny, Tom et Frank s'affairent à me concocter une autre forme de tempête.

Adam

À quatorze heures vingt, nous sommes devant le bureau d'information de la mairie et mamie fume une dernière clope pour se donner du courage.

– Mamie, qu'est-ce qu'on va pouvoir leur dire ? Tu y as réfléchi ?

La tête en arrière, elle envoie un nuage de fumée vers le ciel puis jette la cigarette qu'elle écrase du pied.

– J'y ai réfléchi. Je suis prête. Viens, Adam. Entrons.

Avec son tailleur de polyester noir, elle porte des escarpins bien cirés. Ils n'ont qu'un petit talon mais c'est déjà cinq centimètres de plus que ses Crocs habituels et elle semble avoir un peu de mal à marcher. Elle s'est donné du mal pour s'habiller correctement, mais je ne peux pas m'empêcher de penser qu'elle a plutôt l'air d'un travesti. Elle m'a fait mettre un jean propre et une chemise d'uniforme au col tellement serré que j'en ai détaché deux boutons.

– Mamie, on aurait dû prendre des vêtements normaux. Je me sens tout bête…

– Chut, on arrive.

Les portes automatiques s'ouvrent devant nous et on entre dans un vestibule où nous attend un écran tactile qui offre diverses options. On tape sur « rendez-vous », « 14 h 30 » et « Vernon Taylor ». Alors deux autres portes s'ouvrent et on se retrouve dans une salle d'attente.

Bien éclairée, elle offre des sièges autour de tables basses remplies de revues. Les parois en verre permettent de voir les occupants des pièces voisines ; mais elles présentent surtout des écrans où passent des films avec des gens qui racontent combien la mairie les a aidés. Entre chaque clip, le slogan : « Des services du XXIe siècle pour une population du XXIe siècle. »

Je regarde autour de nous les autres gens « du XXIe siècle » : une jeune femme assise sur une chaise que son petit garçon ne cesse de contourner en criant de toutes ses forces ; un homme d'une cinquantaine d'années, en robe de chambre par-dessus ses vêtements, qui parle tout seul. La vidéo est interrompue par un message qui vient s'afficher sur les écrans.

« Madame Dawson, suite trois. »

J'envoie un coup de coude à mamie.

– C'est nous. Regarde.

– Suite trois. Où est-ce, Adam ?

Elle se trouve dans l'angle, sur notre droite. À travers la vitre, nous pouvons constater que quelqu'un nous y attend déjà, un homme dans un vieux complet, à la mine fatiguée. Il se lève à moitié à notre arrivée, s'essuie la main sur son veston avant de la tendre à mamie.

– Vernon Taylor, annonce-t-il.

– Valerie Dawson, dit mamie en lui serrant la main.

Il ne me regarde même pas. La pièce est vide, à part un bureau, trois chaises et un ordinateur portable.

– Asseyez-vous, je vous en prie. Alors, madame… euh…

– Dawson, répète mamie.

– C'est ça. Que puis-je faire pour vous ?

Elle prend une longue inspiration et se lance. Comme je le craignais, son récit paraît vaseux. Aussi, comment croire une telle histoire ? Je grince des dents, terriblement gêné pour nous trois, et me mets à regarder autour de moi. Dans la salle d'attente, le petit garçon nous observe, le visage collé contre la paroi de verre, ce qui lui donne l'air d'une limace. Mamie et M. Taylor ne s'en aperçoivent pas mais moi, je lui tire la langue. Il change d'expression et recule à une telle vitesse qu'il trébuche et se met à pleurer. Il reste assis par terre, pendant que sa mère regarde ailleurs.

Personne ne fait attention à lui et, finalement, ça ne me plaît pas ; je m'en veux que mon visage lui ait fait peur. Je me retourne vers M. Taylor. Mamie est passée aux choses sérieuses et son interlocuteur prend des notes sur l'ordinateur portable, mais, quand elle mentionne la date du 1er janvier, il s'interrompt et ses yeux se portent sur elle puis sur moi. J'ai déjà vu son numéro mais il me frappe à nouveau. Un autre 27. Lui va mourir noyé. Ce n'est pas le premier que je vois, j'ai déjà entendu l'eau jaillir sur moi, j'ai déjà senti mes poumons inondés, mon estomac gonflé à en exploser.

L'employé me regarde toujours mais, soudain, il interrompt mamie et s'adresse à moi pour la première fois :

– Le 1er janvier, le jour de l'an. D'après vous, que va-t-il se passer ?

– J'en sais rien. Quelque chose d'énorme. Ça va détruire des immeubles et mettre le feu partout. Il y aura aussi des inondations, beaucoup d'eau.

J'en ai mal au cœur de lui dire ça, j'ai l'impression de livrer un secret.

– Et beaucoup de gens vont mourir.

– Vous n'avez rien de plus ? Aucune précision ? Pas de véritable information ?

– C'est tout ce qu'il y a de vrai. Je sais qu'on dirait pas, mais c'est vrai.

Mamie se penche sur son siège.

– Il les voit constamment. Les numéros. Toujours. Je me disais que vous ne me croiriez pas, alors j'ai apporté ceci.

Elle sort la série d'articles qu'elle m'a déjà montrés.

– Sa mère était pareille, vous savez. Elle aussi, elle voyait les numéros. Vous vous en souvenez peut-être. Jem, Jem Marsh – on ne parlait que d'elle dans les journaux. Elle avait prédit la bombe sur la grande roue de Londres en 2010. Regardez, j'ai apporté les coupures de presse.

– Mamie ?

– Chut, Adam, ça va nous aider, je t'assure.

Elle glisse le dossier vers M. Taylor. Il sort ses lunettes de sa poche et se met à lire.

– Oui, commente-t-il comme s'il se parlait à lui-même. Oui, je m'en souviens. Et c'était votre mère ?

Il relève les yeux vers moi, l'air enfin intéressé.

– Ouais.

– Pourtant, elle a nié, par la suite. Elle a dit qu'elle avait tout inventé.

– Oui, pour qu'on lui fiche la paix. C'est tout.

Il ôte ses lunettes, s'adosse à son siège en fermant les yeux, si longtemps que mamie et moi finissons par nous interroger du regard.

– Je vais vous parler de mon travail, déclare-t-il enfin. Il y a des tas de gens à travers le pays qui font le même métier que moi. Nous élaborons des stratégies pour pouvoir répondre aux agressions de la vie ; inondations, épidémies, accidents, terrorisme, ou même la guerre. Il s'agit d'évaluer les risques et de dresser des plans. Nous nous réunissons régulièrement avec les services des urgences, le gouvernement et les forces armées, nous établissons des stratégies, des projets et des procédures pour chaque éventualité.

Il s'accoude à son bureau, froissant au passage les articles de mamie.

– Vous devez comprendre, tous les deux, que si quoi que ce soit se produisait le jour de l'an, nous serions bien placés pour y répondre. Je tiens à ce que vous sortiez d'ici rassurés.

Il rassemble les coupures de presse, se baisse pour ramasser deux feuilles tombées à terre. À l'évidence, il estime en avoir terminé avec nous. Il s'est remis sur pilotage automatique.

– Nous avons nos systèmes d'alerte précoce, à longue, moyenne et courte portée, accompagnés des programmes informatiques les plus sophistiqués. Nous…

Là, je l'interromps :

– Il y a pas que moi, il y a d'autres gens aussi. On a trouvé une fresque murale près de Paddington. La fille qui l'a peinte a tout vu en rêve. Elle a vu les mêmes dates que moi. Et tout se retrouve sur Internet, avec des gens qui savent que quelque chose va se produire.

Il poursuit son bla-bla tout en rangeant les articles dans le dossier.

– Ce doit être un film ou quelque chose qu'ils ont vu à la télévision. De la science-fiction. Ça les aura impressionnés. Ça arrive souvent. Parfois ça semble tellement réel !

– C'est pas un film, c'est la vérité ! Il faut faire évacuer Londres. Vous comprenez pas ou quoi ?

– Adam !

– Ne vous inquiétez pas, madame… Ce n'est pas grave. Vous avez l'impression que c'est réel et vous vous inquiétez, mais nous gérons. Il ne faut pas vous affoler. Je vous assure. Vous pouvez nous faire confiance.

– Alors vous allez faire quelque chose ? Commencer à évacuer les gens ?

Mamie essaie de récupérer ses articles mais il n'en a rien à faire. Les yeux mi-clos, il récite son discours officiel.

– Inutile d'évacuer qui que ce soit. Nous avons mis en place les systèmes nécessaires pour parer à toute éventualité.

Je hurle presque :

– Il faut évacuer les gens ! C'est grave. C'est…

– Le pire serait d'affoler les populations. Vous connaissez les médias. On vous trousse une histoire de ce genre en une minute et les gens se mettent à courir dans tous les sens comme des canards sans tête. Si tout le monde veut partir en même temps, les systèmes de transport n'y suffiront pas. Ce serait dangereux, aussi j'insiste pour que vous n'ébruitiez rien et que vous laissiez faire les professionnels.

Il se relève, tend la main à mamie.

– Merci d'être venue.

Elle la lui serre en lui décochant un regard entendu. Apparemment, ça le met très mal à l'aise.

– Ainsi, vous allez bien faire quelque chose ? insiste-t-elle. Vous allez faire ce qu'il faut, avertir la police, les pompiers et tous ceux qu'il faut prévenir ?

– Oui. Oui, certes. Je vais suivre la procédure.

– C'est sûr ?

Elle ne va pas le lâcher comme ça.

– Promis. Merci, madame Dawson.

Et puis il ajoute à voix basse :

– À votre place, je prendrais rendez-vous chez le médecin. Cet enfant m'a l'air plutôt agité… Ce sont des choses qui arrivent dans les familles.

J'ai envie de lui hurler à la figure : *Je suis là, dans la même pièce que toi, abruti !* Cependant, pour une fois, je me tais. Je n'ai qu'une envie : m'en aller au plus vite, quitter ce trou trop éclairé.

Nos compagnons de tout à l'heure ont quitté la salle d'attente. Je les aperçois dans un autre bureau. Le petit garçon se tient tranquille, maintenant, en train de sucer son pouce, assis sur les genoux de sa maman qui l'entoure d'un bras. Finalement, elle semble bien s'occuper de lui. Tout d'un coup, j'ai envie de connaître son numéro, de savoir s'il va s'en tirer. C'est important. Jusqu'ici, on ne s'est pas regardés dans les yeux, car il ne semblait voir que ma cicatrice.

Mamie me tire par la manche.

– Viens, Adam. Qu'est-ce que tu examines comme ça ? On s'en va.

À sa suite, je sors dans la rue venteuse, battue par la pluie.

– Bon, dit-elle en se dirigeant vers l'arrêt d'autobus. Au moins, on aura essayé. Personne ne pourra dire le contraire.

– Il croit que j'ai une case en moins.

– Tu penses ? D'après toi, il n'a rien écouté ?

– J'en sais rien, mamie. Il se prenait pour le roi avec ses histoires de stratégie municipale et ses plans foireux.

– Ça peut servir, les plans, non ?

Elle n'a pas l'air très convaincue.

– Mamie ?

– Oui.

– Qu'est-ce qui se passera si la personne chargée des urgences disparaît en même temps que toutes les autres ?

Elle s'arrête, se tourne vers moi.

– C'est ce que tu as vu ? Bon Dieu !

– Qu'est-ce qu'on va faire, alors ?

– Je ne sais pas, mon chou. Aucune idée.

D'un seul coup, elle paraît avoir vieilli. *C'est à nous de sauver le monde, maintenant ? Une retraitée et un ado qui n'a pas seize ans ? On est foutus, c'est ça ? Le monde entier est foutu.*

– En revanche, ajoute-t-elle, je sais ce que je vais faire. Je vais ôter ces saletés de chaussures.

Là-dessus, elle enlève ses escarpins et va les jeter dans une poubelle avant de revenir à l'arrêt du bus pieds nus.

– Mamie, tu ne peux pas…

– Ah bon ? En quel honneur ?

Le bus arrive en même temps que nous et c'est une fois assis à notre place que je me rappelle les coupures de presse qu'elle a oubliées sur le bureau de Taylor.

Sarah

Marie ne dit pas un mot. Pas un. Ce serait inutile : son visage est assez expressif. Je la suis comme elle traverse la cuisine, sort par la porte du fond, se courbe pour affronter la pluie, ses dossiers serrés contre sa poitrine. Je lui crie :

– Attendez, s'il vous plaît !

Elle s'arrête devant le portillon et je la rejoins.

– Je suis clean. Je n'ai jamais pris de drogue de ma vie. C'est pas mon truc. Les garçons le font mais ils n'essaient pas de m'entraîner. Je ne risque rien, ici. On est en sécurité.

– Quel âge avez-vous, Sally ?

– Dix-neuf ans.

Je sais qu'elle ne me croit pas.

– Ce n'est pas la place d'une fille de dix-neuf ans. Encore moins d'un bébé. Vous le savez, quand même ?

– C'est ici qu'on habite. On est bien.

– Nous avons une responsabilité envers elle, Sally. Vous recevrez bientôt de nos nouvelles.

Là-dessus, elle s'en va. Il pleut des trombes, qui me glacent le visage. Chahuté par le vent, le portillon va et vient sur ses gonds usés. Je l'attrape et le claque pour le fermer. Si je pouvais, je fermerais le monde entier. Pourquoi ne me fichent-ils pas la paix ? Le portillon se détache de nouveau et se remet à claquer.

Je rentre en jurant tout ce que je sais. Vinny lève la tête.

– C'est qui, ta copine ?

– Ma copine, comme tu dis, est envoyée par l'Aide à l'enfance. La mairie.

Il s'interrompt, couvre son matos avec la feuille d'alu.

– Merde ! s'écrie-t-il.

– Ouais, comme tu dis. On y est jusqu'au cou.

– Faut tout nettoyer !

Et il commence à ranger, imité par ses potes.

– Trop tard, Vin. Ils vont revenir et me prendre Mia, j'en suis certaine.

– Mia ?

– Ils en sont responsables, paraît-il. Ils vont me l'enlever.

– On ne va pas les laisser faire, t'inquiète.

– Comment vas-tu t'y prendre ? Dresser des barricades ? Les attaquer à coups de batte de base-ball ? Avec ça, je suis rassurée.

– Qu'est-ce que tu veux que je fasse ? demande-t-il les bras ballants.

– Je ne sais pas. Rien. Je m'en vais et tu devrais en faire autant. Il faut voir les choses en face, Vin, on est fichus.

Je file dans l'escalier, enveloppe Mia dans tout ce que je trouve puis la descends dans l'entrée, la mets dans son landau, remonte chercher mon sac et un autre en plastique.

– Où vas-tu ? demande Vinny.

– J'en sais rien. Je vais bien trouver quelque chose.

– J'ai du fric pour toi.

Il sort une liasse de billets mais je refuse :

– Merci, tu en as déjà assez fait comme ça.

– Prends-les, dit-il en les fourrant dans mon sac. Tu vas me manquer, Sarah.

– Toi aussi, dis-je en me jetant dans ses bras.

Il m'embrasse la tête. J'étais sa petite sœur.

– Il faut que j'y aille.

Je pose le sac sous le landau et sors par la cuisine. Pas le temps de réfléchir ni de m'attendrir, il faut que je m'en aille. Pourtant, en remontant la rue contre le vent, je me demande à quoi je joue. Ça ne sert à rien, puisque la puce de Mia leur dira toujours où nous sommes. Où que j'aille, quoi que je fasse, la question n'est plus si on va nous retrouver, mais quand.

Adam

Une nouvelle coupure de courant survient alors qu'on est encore dans le bus. La nuit commence à tomber mais les réverbères ne s'allument pas et les boutiques ferment plus tôt. Tout le monde sait à quoi s'attendre ; ces coupures peuvent durer de deux à douze heures d'affilée. Inutile de rester ouvert dans l'obscurité quand les tiroirs-caisses ne fonctionnent pas, ni les lecteurs de cartes.

À l'approche de notre arrêt, mamie s'inquiète.

– Je n'en peux plus, Adam, encore un soir à la maison dans le noir.

– Où tu veux aller ?

– Je ne sais pas. On n'a qu'à rester dans le bus en attendant de trouver un endroit où il y a de la lumière.

– C'est vrai ? C'est ce que tu veux ?

– Non. On va juste attendre un peu, voir si ça revient. Personne ne nous a prévenus, cette fois, ils doivent essayer de nous sortir du pétrin.

À la maison, on va chercher des bougies à la cuisine, on les allume et on s'assoit à table. Pas de chauffage, alors on garde nos manteaux. Mamie sort sa provision de « chocolats de secours », deux Snickers, en guise de goûter.

– Mamie, je crois qu'il sait quelque chose, ce type, Taylor.

– Qu'il sait quoi ?

– Il t'écoutait pas, du moins jusqu'à ce que tu lui dises la date. Là, il s'est réveillé.

– Pourtant, il n'a rien dit.

– Ça risquait pas. Pas à des gens comme nous.

– Tu crois qu'il va faire quelque chose, Adam ?

– Ça m'étonnerait. Il voulait juste qu'on se tienne tranquilles, et là, il a bien insisté, pour pas semer la panique. D'après moi, il va rien faire du tout. Il se rend pas compte de la gravité de la situation. J'ai essayé de lui dire…

– Je le sais bien. Nous avons tous les deux essayé. Nous avons fait ce que nous pouvions. Nous avons averti les autorités en charge.

L'extrémité de sa cigarette forme un point rouge au milieu de la cuisine.

– Mais ça suffit pas, mamie. Loin de là. Il faut faire autre chose.

– Tu as mis ton petit camarade, je-ne-sais-plus-qui, sur l'affaire, non ?

– Nelson. Ouais. Je me demande où il en est.

Après un court silence, mamie reprend :

– Désolée, mon chéri, mais je n'en peux plus. J'ai froid. Je vais me coucher.

Elle prend une bougie et monte. J'appuie sur le bouton de ma montre pour l'illuminer : 18 h 32. Je ne vais pas me coucher à cette heure-là ! Et je ne vais pas non plus rester ici à ne rien faire.

Quand j'y repense, j'aurais dû insister à la mairie, obliger ce mec à nous écouter. Mais comment forcer un conseiller municipal de Londres à vous écouter ? Si j'étais resté à Weston, j'aurais pu faire quelque chose, afficher un énorme panneau dans le port, par exemple. Et ici, pourquoi ne pas essayer de faire quelque chose à l'extérieur ?

La pluie bat les carreaux – avec une agressivité quasi diabolique – mais il faut que je sorte. J'emporte la bougie dans l'entrée, la souffle, la pose par terre. Je me demande si je ne devrais pas prévenir mamie que je m'en vais, mais elle ronfle déjà. Je serai rentré avant qu'elle s'aperçoive de quoi que ce soit.

Dehors, ce sont les phares des voitures qui illuminent la rue. Les bus poursuivent leur ronde et je cours jusqu'à l'arrêt pour faire signe à celui qui arrive. Je passe ma carte dans le lecteur et vais m'asseoir. On se traîne dix, vingt minutes, une demi-heure. Toute la banlieue ouest de Londres est plongée dans l'obscurité.

Je rabaisse ma capuche et ferme les yeux. J'ignore où on va et ça m'est égal. Le ronronnement du moteur, la pluie sur les vitres, les éternuements des autres passagers, ça m'endort. Je me réveille en sursaut lorsque le véhicule s'arrête brusquement. Tout le monde descend. Je me lève et les suis. Terminus, Marble Arch. L'arche elle-même est baignée de lumière et les guirlandes de Noël clignotent de l'autre côté d'Oxford Street. Les trottoirs sont pleins de gens qui se bousculent. J'ai l'impression de débarquer sur une autre planète. Mamie avait raison, on aurait dû venir ici, nous asseoir dans un café, vivre comme des gens normaux.

Ma capuche sur la tête, je me faufile parmi les acheteurs nocturnes. Je ne veux pas voir leur numéro, j'ai envie de me sentir normal dans un monde qui ne s'en va pas à la dérive. Rien que quelques minutes, je m'amuse à faire comme si : comme si Londres restait la même, comme si ses habitants allaient continuer éternellement à travailler, à faire des courses, à manger et à boire, à se rendre aux spectacles et aux ventes aux enchères.

Le sac d'une femme me heurte les jambes.

– Pardon, dit-elle.

Instinctivement, je lève les yeux. Une 01012027. Il lui reste quatre jours à vivre. Alors tout me revient en masse dans la tête et, d'un seul coup, cette rue représente pour moi le pire endroit au monde. Il faut que je m'en aille, que je m'éloigne de tous ces gens qui m'étouffent.

Respire lentement. Inspire par le nez, expire par la bouche.

Il y a des cadavres tout autour de moi, qui arrivent de partout. L'air n'atteint plus mes poumons, ça me prend à la gorge. Ma poitrine halète.

Inspire par le nez.

Je ne peux pas. Tout se met à tourner, les immeubles, les visages.

Baisse les yeux.

Même le trottoir semble bouger, s'agiter sous mes pieds. Je tombe à genoux, pris de panique. Je vais être piétiné sur place, écrabouillé.

Sauf que je ne suis pas le seul à tomber. Autour de moi, les gens se replient sur eux, s'effondrent, tentent de s'agripper. Tout le monde est par terre. La femme au sac crie :

– Oh, mon Dieu !

Et puis ça s'arrête. Presque avant d'avoir commencé. Plus de mouvement, plus de vibration, tout revient dans l'ordre. Les gens se relèvent.

– Qu'est-ce qui s'est passé ?

– Waouh !

Plus de cris, juste des rires nerveux. Tout le monde va bien. Ce n'était qu'une petite secousse. Aucun dégât. Juste quelque chose à raconter au dîner.

Je reste à terre un petit moment, je respire lentement, jusqu'à ce que je sois sûr d'aller bien. Alors seulement je me redresse, regarde autour de moi. On dirait qu'il n'est jamais rien arrivé. Les immeubles sont droits, les vitres intactes, aucun panneau n'est tombé. Les gens paraissent en forme, juste un peu secoués mais il n'y a aucun blessé.

Je demeure immobile tandis qu'Oxford Street reprend sa vie normale. Le sang circule normalement à travers mes veines, j'ai juste la chair de poule.

Ça y est. C'est comme ça que ça commence.

Je devrais penser à mamie, à ce qu'elle a pu ressentir à Kilburn, si ça l'a réveillée. Mais j'ai autre chose en tête. Une fille dont les cauchemars deviennent réalité. Si elle a ressenti ce que je viens de ressentir, elle doit avoir aussi peur que moi.

Sarah.

Sarah

Je ne sais pas où aller. Il pleut tellement fort que je n'arrive pas à réfléchir normalement. Il faut que je sorte Mia de là, c'est tout ; alors je viens ici, dans le tunnel. Au moins, on y est à l'abri, et puis je m'y sens un peu chez moi – j'y ai passé assez de temps. Mais en entrant, j'y regarde à deux fois. L'endroit me semble plus clair qu'à l'habitude et je comprends soudain ce qui s'est passé : on a recouvert ma fresque ! Tout le tunnel est redevenu blanc. Ça empeste la peinture, comme si ça venait d'être fait.

Je ne me sens plus du tout chez moi dans ce tunnel anonyme sous la voie ferrée. Je n'ai aucune envie de rester là. Mais où aller ? Je peux au moins m'accorder dix minutes pour tâcher de me reprendre. Bientôt, ces dix minutes en deviennent vingt, et puis Mia a faim, alors je me retrouve à camper là, assise sur un sac de plastique à même le sol, adossée au mur. Je n'arrive pas à croire que c'en est fini – ma vie chez Vinny. Jusque-là, je ne me rendais pas compte de ma chance. J'avais un vrai chez-moi. La première maison de Mia.

Ici, je ne suis pas cachée du tout et, avec ce bébé à nourrir, je ne peux aller nulle part ailleurs. Je suis prise au piège et ne cesse de surveiller les issues du tunnel, pour le cas où une voiture passerait, ou bien des gens. Qu'est-ce que je ferai si je vois quelqu'un ? Je n'ai nulle part où m'enfuir.

Je regarde Mia, enveloppée dans sa grenouillère, la tête sous mon manteau ; elle remue doucement les pieds. C'est là qu'ils ont placé la puce, dans son pied gauche. Cette saleté invisible, silencieuse, si petite qu'elle passe à travers une aiguille, cette chose qu'on a injectée dans mon bébé, active, vivante, qui communique avec *eux*, les salauds qui lui ont fait ça. Ils peuvent nous repérer comme ils veulent, maintenant, d'un bureau de Londres, de Delhi ou de Hong Kong – Mia ne doit représenter qu'un point sur un écran.

Ce n'est qu'une question de temps avant qu'on vienne nous chercher. Et après ? Ils nous trouveront un autre endroit pour vivre ? Ils nous renverront à la maison ? Ils nous sépareront ?

Si seulement je ne l'avais jamais emmenée à l'hôpital ! S'ils ne lui avaient pas injecté cette chose, nous pourrions disparaître. Au moins, nous aurions une chance.

Si elle n'avait pas cette puce.

C'est sûrement sous la surface de sa peau. J'ai des ciseaux dans ma trousse de toilette… Elle s'arrête de téter un instant, pour respirer. Ses mains émergent de mon manteau, ses petits doigts roses qui cherchent quelque chose à quoi s'accrocher. Elle a la peau si fine, translucide. Comment puis-je songer une minute à la déchirer, à fouiller dessous pour y trouver cette saleté de puce ? J'ai régressé à leur niveau. Je me dégoûte.

Je range sa menotte sous mon manteau, la serre. *Pardon, pardon. Jamais je ne te ferai de mal, et je ne les laisserai jamais t'emmener loin de moi, Mia. Jamais.*

Un coup de vent envoie des détritus dans notre direction, sur le gravier et sur la muraille. Je suis des yeux un emballage de repas qui vient vers moi. Et puis je regarde un peu plus loin. Il y a quelqu'un, là-bas.

Adam

Il y a quelqu'un, là-bas. Au sol. Dans le tunnel.

Les murs ont été blanchis : la fresque, le cauchemar, la date, tout a été recouvert. Il y fait encore obscur mais je vois bien que c'est elle. Sarah.

J'étais reparti vers sa maison. Je ne comptais ni frapper ni rien. J'ignore ce que j'aurais fait, peut-être simplement attendre, je ne sais pas. De toute façon, je n'ai atteint que le coin de la rue, parce qu'il y avait là un fourgon et trois voitures de police. L'horreur ! Ils emmenaient son grand copain maigre, les poignets menottés derrière le dos. Je me suis planqué avant qu'on m'aperçoive. Pas besoin de ce genre d'ennui. Mais je me demandais si Sarah n'avait pas été interpellée elle aussi.

Sans plus trop savoir où aller, j'ai bien sûr fini par aboutir dans le tunnel et voilà qu'elle y est elle aussi. Elle m'a traité d'abruti la dernière fois qu'on s'est vus, elle m'a jeté une pierre la dernière fois qu'on s'est trouvés ici. Je ferais mieux de retourner sur mes pas et de filer, mais je ne peux pas. Je n'arrive pas à m'éloigner d'elle. Alors je m'approche, lentement, tranquillement, pour lui laisser le temps de bien me voir, de s'en aller si elle le désire. Elle ne bouge pas. Elle reste assise par terre tandis que j'arrive.

C'est un peu gênant de rester debout alors qu'elle est par terre, si bien que je m'accroupis, pas trop près d'elle. Elle serre l'enfant contre elle et là, je percute – elle est en train de lui donner le sein. On ne voit rien de spécial, juste le bébé blotti sous son manteau, mais je me sens quand même rougir.

Elle garde les yeux fixés vers le sol, sa capuche relevée sur la tête. Je voudrais pourtant qu'elle me regarde, pour revoir son numéro. J'ai besoin de cette sensation.

– Sarah.

Elle ne réagit pas, comme si je n'étais pas là. Je devine son petit jeu, ça se voit trop. Elle veut que je me tire. Mais là, pas question.

– Sarah, c'est moi.

Pas de réaction.

– J'ai vu ta maison, la police.

Rien. Je ne sais plus que dire, alors je dis ce qui me passe par la tête, sans y réfléchir davantage.

– Tu l'as senti ? Le tremblement de terre ?

Là, elle lève les yeux et son numéro me fait chaud au cœur. Elle paraît stupéfaite.

– Quel tremblement de terre ?

– Une petite secousse, il y a à peu près une heure. J'étais à Oxford Street. Tout le monde s'est écroulé sur le trottoir, après ils riaient, comme si c'était rien du tout, mais c'était quand même quelque chose.

– Je n'ai rien senti. J'étais ici, il y a une heure. Je n'ai rien senti.

– J'invente pas.
– Je n'ai pas dit ça.
Elle est hostile. Je m'y attendais. Mais elle est également malheureuse et j'ai envie de lui prendre la main, d'abattre cette barrière qu'elle a dressée entre nous. Je lui demande :
– Qu'est-ce qui s'est passé ? Qu'est-ce qui t'est arrivé ?
Elle tourne à nouveau les yeux vers le sol mais, au moins, elle parle.
– J'ai reçu la visite d'une assistante sociale. Ils m'ont coincée.
– Pas cool.
– C'est plus grave que ça, Adam. Ils vont me la prendre. Je n'ai qu'elle.
– Ils peuvent pas faire ça.
– Si, et ils ne vont pas se gêner. Je vivais dans un squat avec des drogués et un dealer. Ce n'est pas du meilleur effet. Maintenant, je n'ai nulle part où aller. Alors je crois que je vais vivre dans la rue.
– Tu pourrais retourner chez toi.
Le bébé ne doit plus avoir faim, maintenant, parce que Sarah la hisse sur son épaule puis s'efforce de se relever. Je lui tends la main pour l'aider mais elle n'y fait même pas attention. Elle met le bébé dans son landau.
– Au revoir, Adam, dit-elle en s'éloignant.
Je ne vais pas me laisser éconduire comme ça. Alors que je ne demande qu'à l'aider !
– Je voulais dire… tu as bien quelque part où aller, quelque part où ils pourraient plus rien dire.
Je n'ai pas terminé ma phrase que je me rappelle comment son père m'a plaqué au mur.
– Sarah, excuse-moi.

Je cours pour la rattraper.

– Écoute, je suis désolé. Je comprends pourquoi tu veux pas y retourner. Ton père…

Elle s'arrête, fait volte-face.

– Qu'est-ce qu'il a, mon père ?

– Il… c'est un cas dans son genre, non ?

Elle me fusille du regard :

– Tu l'as rencontré ?

– Oui. Quand tu as cessé de venir au lycée.

– J'hallucine ! Tu me suis partout ? Là, je peux te dire que tu me fais vraiment peur. Comme si ce qui m'arrive ne suffisait pas !

Et elle repart très vite. Je lui emboîte le pas.

– Sarah, je m'inquiétais pour toi. Je venais juste vérifier que tu allais bien.

– On ne traîne pas comme ça chez les gens quand on n'y a pas été invité !

– Qu'est-ce que je devais faire ? Tu m'avais dessiné, Sarah.

– Et alors ? Ce n'était qu'un dessin. Tout le monde dessinait tout le monde à ce cours.

– C'était pas un simple dessin, tu le sais très bien. Personne m'avait jamais regardé comme ça, ni vu.

Malgré le vent et la pluie qui s'acharnent sur nous, elle se penche pour faire avancer encore plus vite le landau. Je dois presque crier pour me faire entendre :

– Sarah, tu m'as caressé le visage. Je l'oublierai jamais.

– Tu aurais dû ! crie-t-elle en se retournant. Je ne peux pas rester avec toi. Je dois protéger ma fille. L'important, ce n'est pas ce que je ressens mais sa sécurité. Tu ne dois pas t'approcher d'elle. Je te l'interdis.

Ce que je ressens. Ce que je ressens…

– Arrête une seconde. S'il te plaît !

Je pose une main sur son épaule pour essayer de la retenir. Elle se dégage.

– Lâche-moi ! Tu as dit qu'on pouvait combattre le futur, alors c'est ce que je fais. Dans mon rêve, tu vas nuire à ma fille, alors je ne veux plus te voir. J'essaie de changer les choses, Adam. Je fais ce que je peux.

– Jamais, je lui ferai aucun mal. Jamais, Sarah.

– Qu'est-ce que tu en sais ? Tu vois l'avenir des gens mais tu n'en vois qu'une partie. Lâche-moi, Adam. Va-t'en ! Laisse-nous tranquilles !

Je ralentis, m'arrête, lui lance :

– Où est-ce que tu vas ?

– Je ne sais pas. Nous mettre à l'abri.

Elle presse le pas. Je ne la reverrai jamais. D'un seul coup, ça me paraît plus terrible que si tout Londres s'écroulait autour de moi. Rien de plus grave ne pourrait jamais m'arriver. Il faut que je la persuade de s'arrêter.

– Sarah ! Je sais pour ton père.

C'est faux. Je lance ça à tout hasard, c'est juste une intuition. Elle s'arrête encore, se retourne. Je la rejoins.

– Il t'a violée, c'est pour ça que tu peux pas rentrer chez toi.

Elle déglutit, baisse les yeux.

– C'est ça, hein ? Il t'a fait du mal.

Des gouttes de pluie lui tombent du nez.

– Oui, c'est vrai, finit-elle par avouer tout bas.

Elle me jette un rapide regard, pour vérifier ma réaction. C'est étrange, elle prend un air coupable, comme si elle avouait avoir fait quelque chose de mal.

J'ai envie de prononcer des paroles qui vont la soutenir, mais je ne sais pas ce qu'il faut dire dans ce genre de situation. Elle est tellement à cran que n'importe quel faux pas pourrait l'achever.

– Désolé.

– Ce n'est pas ta faute. Ça n'a rien à voir avec toi.

Pourtant, elle me considère encore comme une sorte de juge prêt à la châtier. Je me rapproche et la prends dans mes bras. C'est certainement la pire des choses à faire mais je n'en vois pas d'autre. Tout son corps se raidit et je me dis : *Merde, j'ai tout gâché. Elle va me détester.*

Je murmure au-dessus de sa tête :

– Je te ferai jamais de mal, Sarah. Je te le jure sur ma vie.

Pourtant elle reste immobile comme une statue.

– On ne peut pas promettre des choses pareilles, articule-t-elle.

– Si, je te le jure.

Nos visages sont tout proches l'un de l'autre. La pluie lui colle les cils et j'ai tellement envie de les embrasser que c'en est douloureux.

– Viens chez moi, Sarah.

– Non, non, je ne peux pas.

– T'as nulle part où aller. Moi, si. Tu pourras au moins te sécher, manger un peu.

Un coup de vent dresse un barrage entre nous. Je me rapproche pour bien la voir avant de reprendre :

– On est le 28, aujourd'hui. Ton cauchemar se passe le 1er. En attendant, on risque rien. Je vous ferai pas de mal, ni à elle ni à toi. Venez chez moi pour la nuit. À l'abri de ce temps de merde. Pour vous sécher, vous réchauffer.

Elle hésite.

– Viens. Tu pourras dormir et repartir demain, si tu veux. On cherchera ensemble un coin tranquille pour vous. Loin de moi, loin de Londres.

Elle ne dit plus rien, l'expression toujours butée, les yeux fixés sur Mia. Mais elle fait faire demi-tour au landau et on repart ensemble.

Sarah

Il nous aide à grimper dans le bus et à en descendre, et puis on marche l'un à côté de l'autre dans la rue, sans se toucher. C'est fou. Je suis folle de le suivre. Mais où aller ? Qui d'autre, dans cette ville de huit millions d'habitants, m'emmènerait chez lui ?

– C'est là, dit-il. L'électricité est revenue.

– Là ?

Il s'est arrêté devant une terrasse moderne. Trois fenêtres carrées sont allumées, une en bas, deux à l'étage. C'est tout petit ; un muret sur le devant avec une barrière métallique à la peinture écaillée. Le jardinet est décoré de nains et d'immondes moulins à vent. Il voit que je les ai remarqués.

– Ma grand-mère, dit-il. Elle est folle.

– Ah, d'accord.

Il ouvre la barrière et je fais entrer le landau dans le jardin. Il doit sortir ses clés pour ouvrir la porte d'entrée, puis il se penche afin de m'aider à hisser le landau sur le perron. *Qu'est-ce que je fiche ici ? C'est le dernier endroit où on devrait venir, la dernière personne que je devrais suivre.* Il me sourit. *Tant pis, ça ira, au moins pour cette nuit.*

Adam

On installe le landau dans le salon. Mia dort, les bras autour de la tête.

– Où est la salle de bains ?

– En haut, devant toi. Je crois que mamie dort.

– Ah bon.

En son absence, je prépare du thé et cherche dans le placard quoi lui donner pour dîner. Je ne trouve qu'un vieux paquet de gaufrettes fourrées et une brique de soupe de tomate.

Elle descend, l'air un peu apaisée.

– J'ai les cheveux dans un état épouvantable. Un vrai hérisson. Pas terrible. Il faudrait que je les coupe.

– Tu peux prendre un bain si tu veux. Méfie-toi, l'eau chauffe très vite.

– C'est vrai ? Je peux ? On n'avait jamais assez d'eau chaude dans le squat.

Elle jette un coup d'œil dans le landau. Je la rassure :

– Ça ira. Je serai là si elle se réveille.

Même si je n'y connais rien en bébés. J'ajoute :

– Tu veux des vêtements propres ? Je peux t'en trouver – chez mamie, pas les miens…

– Non, ça ira. Juste un bain.

– Je te le fais couler.

Je remonte en courant, verse une huile moussante sous le robinet, et la pièce s'emplit d'une bonne odeur chimique. Je fouille dans le placard pour lui sortir notre plus beau peignoir, large et propre.

– Merci, dit Sarah sur le seuil.

Elle m'avait suivi.

– C'est bon. Tu voudras de la soupe ?

– Oui, je meurs de faim.

– Je vais la réchauffer. Tu la prendras après ton bain.

Chacun de nous s'efface pour laisser passer l'autre mais je ne peux m'empêcher de m'arrêter devant elle. Elle sent la ville, la circulation, la crasse. C'est très excitant. Elle se tient si près de moi… Il me suffirait d'un minuscule mouvement pour l'embrasser à la base du cou.

– Merci, répète-t-elle.

Je me rends compte que je la gêne, alors je la laisse tranquille en essayant de ne pas trop penser qu'elle est en train de se déshabiller, qu'elle entre dans l'eau mousseuse, qu'elle s'y allonge, ferme les yeux… Je m'efforce de vaquer à des occupations normales, ouvrir la brique de soupe, en verser le contenu dans une casserole. Je dois m'appuyer au plan de travail. Je la désire tellement que ça me fait mal. *Arrête. N'y pense pas.* Mais je ne peux pas m'empêcher d'écouter les bruits là-haut, sa peau qui glisse quand elle change de position, la douche qui s'ouvre et qui se ferme, le gargouillis de l'eau qui s'écoule dans les tuyaux.

L'eau qui s'écoule dans les tuyaux… *Merde, elle a presque fini ! Elle sera là dans une minute.*

Je me redresse trop vite, ça me donne le vertige. *Prends un air normal. Vite, occupe-toi de cette soupe.*

J'allume le gaz sous la casserole et j'ai juste le temps d'attraper un torchon que je glisse dans ma ceinture pour cacher le devant de mon pantalon. Sarah apparaît, le peignoir enroulé autour de son corps, une serviette enturbannée sur la tête. Elle paraît si jeune, sans maquillage, juste propre et rose… Les jambes roses, les pieds roses, les bras roses, les mains roses. Je ne m'attendais pas à ça. Une vision. Un ange. Je ne peux détacher mes yeux d'elle. Elle ne semble pas remarquer l'effet qu'elle produit sur moi.

– Tu avais raison, observe-t-elle en se frottant la tête avec la serviette. Mes habits étaient crades. Tu crois que je pourrais t'en emprunter d'autres ? Même les tiens…

– Ouais, pas de souci. Je m'occupe juste de ça.

La soupe commence à bouillir et je suis trop content de pouvoir me retourner en bénissant le ciel que les bols soient rangés au-dessus de la cuisinière. Je remplis le sien, le dépose ensuite sur la table.

– Je crois qu'on a pas de pain. Tu voudras des crackers ?

– T'inquiète, ça va comme ça. Tu n'en prends pas ?

– Non merci, pas faim. Je vais te chercher des habits.

Dans ma chambre, je lui trouve un tee-shirt et un pantalon de survêtement qui feront l'affaire. En revanche, pour les caleçons, aucun des miens ne lui ira. Quant à aller fouiller chez mamie pendant qu'elle dort, plutôt me couper la main.

Je descends ce que j'ai pu rassembler. Mia s'est réveillée et Sarah l'a prise dans ses bras pour lui montrer les bibelots de mamie sur la cheminée. Le bébé écarquille les yeux et ses petites mains effleurent la boîte en bois qui trône au milieu. Sarah l'éloigne.

– Ne touche pas à ça, Mia. On regarde avec les yeux, pas avec les doigts. Adam, qu'est-ce que c'est ?

– Les cendres de mon arrière-grand-père. Mamie les emporte partout avec elle.

Sarah recule d'un pas.

– Beurk !

– Tiens, dis-je en lui tendant les habits. Ça devrait t'aller. Pendant qu'on lave les tiens.

Mia a tourné la tête en entendant ma voix et pousse un couinement joyeux qui nous surprend tous les deux. Sans plus y réfléchir, je tends les bras.

– Je peux ?

Sarah est aussi surprise que moi.

– Oui, je crois.

Elle me donne son bébé que je serre contre moi.

– Pose la main sous sa nuque pour ne pas que sa tête tombe en arrière.

Elle me montre comment faire. Le visage du bébé se retrouve tout près de mon épaule, je me penche vers elle.

– Bonjour, toi !

La petite me contemple intensément. J'ai la gorge nouée en revoyant son numéro. Pourquoi un être aussi petit, aussi beau devrait-il mourir ?

Sa menotte m'effleure le visage, du côté brûlé, se crispe un peu et s'enfonce.

– Mia, tu vas lui faire mal ! Là, je la reprends.

Sarah se rapproche, prête à la saisir.

– Non, ça va. Elle me fait pas mal.

Mensonge, son index a trouvé un coin encore ultra

sensible, mais je ne veux pas qu'on me la retire. C'est la première fois que je porte un bébé. Je trouve ça magique. Ou alors c'est parce qu'elle n'a pas peur de voir mon visage : elle se contente de regarder.

Quand je relève les yeux vers Sarah, elle sourit pour la première fois de la journée. D'ailleurs, c'est aussi la première fois que je la vois vraiment contente. Et ça la métamorphose.

– Tu sais t'y prendre, observe-t-elle. Elle t'aime bien. Normalement, elle hurle à tue-tête quand je la donne à quelqu'un d'autre.

– Je suis fait pour.

C'est une plaisanterie mais, quelque part, je me sens un héros. Soudain, nous entendons des pas dans l'escalier et mamie fait son entrée ; elle voit tout de suite le landau, puis Sarah dans son peignoir.

– Seigneur ! Que se passe-t-il, ici ?

À nouveau sur la défensive, Sarah se redresse.

– Bonsoir, lance-t-elle. Je suis Sarah, je viens…

– Vous êtes la fille de l'hôpital. Celle qui a peint la fresque.

– Voici mamie, Val.

Celle-ci ne sourit pas du tout. En me voyant, elle blêmit.

– Laisse ce bébé, Adam. À quoi joues-tu ?

– C'est bon, mamie, elle m'aime bien.

– Laisse-la !

– Arrête.

Elle vient vers moi et fait mine de me la prendre. Effrayée, Mia se cache le visage dans mon épaule.

– Qu'est-ce qui te prend, mamie ? Elle m'aime bien.

– Qu'est-ce qui me prend ? Qu'est-ce qui te prend, toi ? Tu as pourtant vu sa peinture – tu sais ce qui va arriver.

Là, on se tourne tous les deux vers Sarah.

– Je sais, souffle celle-ci. Mais c'est bon, là. Tout va bien.

– Tu veux donc que cette petite lui fasse confiance ? s'exclame mamie. Qu'elle parte avec lui le 1er janvier ?

– Non, bien sûr, soupire Sarah. Je ne sais pas…

– Que fais-tu ici, d'abord ?

Mamie peut se montrer très cassante, quand elle ne fait que cacher sa peur, mais Sarah ne s'en doute pas.

– Les amis chez qui j'habitais ont été arrêtés. Je n'ai plus personne, je n'ai nulle part où aller, mais je peux partir si vous ne voulez pas de moi. Ça ira. On trouvera autre chose.

Elle pose les mains sur le ventre de Mia pour me la reprendre et m'effleure au passage. Elle a la peau si douce ! J'en reçois comme une décharge électrique qui me réveille.

– Mamie, j'ai dit à Sarah qu'elle pouvait dormir ici cette nuit. Je lui laisserai ma chambre et je prendrai le canapé. Juste pour une nuit. J'ai dit que c'était d'accord.

Sur le coup, je ne suis pas certain que mamie va accepter, mais elle finit par reporter son regard sur l'enfant.

– Entendu, dit-elle. Je ne vais pas te jeter à la rue, mais c'est une erreur, je le sens.

Elle se tourne vers moi :

– Et d'abord, comment s'appelle ce bébé ?

– Mia, dit Sarah.

Mamie se rapproche et, malgré les réticences de la petite fille, ne peut s'empêcher de lui caresser la joue.

– N'aie pas peur. Je ne suis pas une méchante fée mais une gentille sorcière.

Sarah

Méchante fée, gentille sorcière, où est la différence ? Ça ne se voit pas aux mains noueuses ni aux cheveux mauves mais aux yeux. Une fois qu'elle les a posés sur vous, c'est comme si elle vous hypnotisait. Vous ne pouvez plus vous détourner tant qu'elle ne l'a pas décidé.

Après avoir laissé exploser sa colère et bien fait peur à Mia, elle essaie de la mettre dans son camp, mais mon bébé ne se laisse pas avoir et s'accroche à moi comme un petit singe, sans la regarder. Alors, Val se rabat sur moi et j'ai l'impression qu'elle voudrait me foudroyer.

– Lavande, observe-t-elle. Mais aussi bleu foncé. Le tout baigné de rose.

– Mamie, maugrée Adam. Commence pas.

– Quoi ? dis-je. Qu'est-ce que c'est ?

– Ton aura, lâche-t-il dans un soupir.

– Mon quoi ?

– Ton énergie cosmique, dit Val. Rose vif, sensible et artiste. Lavande, la double vue. Bleu foncé, pour la peur.

Tout d'un coup, je me sens mise à nu par cette femme

étrange, ratatinée, aux cheveux trop colorés pour son âge, qui semble si bien me connaître.

– J'ai raison.

C'est un constat, pas une question. Je souffle :

– Oui, c'est vrai.

– Sarah, sois la bienvenue dans cette maison.

Et c'est comme si, après les menaces, elle m'enveloppait d'une chaude couverture ; je ne peux pas l'expliquer, mais je ressens physiquement mon soulagement, à croire que cette pièce vient de s'illuminer davantage. Je me sens soudain accueillie comme chez moi, dans un foyer douillet et plein d'amour. Rien à voir avec celui que j'ai connu dans ma famille, mais c'est ainsi qu'on imagine un foyer parfait dans un monde parfait. L'endroit où l'on se sent soi-même, à l'abri de tout. J'ai envie de pleurer, pourtant je me mords les lèvres. J'ai assez pleuré ces derniers temps, ça suffit comme ça.

– Merci, dis-je. Bon, je vais enfiler ces habits.

Je redonne Mia à Adam ; elle commence par se crisper mais, quand elle constate que c'est lui, elle se détend, en toute confiance. Jamais je ne l'ai vue se comporter ainsi avec personne, ma petite fille timide et prudente. Et si mon rêve n'était qu'un moyen détourné de nous rapprocher ? Nous étions destinés à nous rencontrer. Il a découvert la fresque et moi, je l'ai découvert, lui. Et si ce n'était que ça ? Si c'était un avenir heureux qui nous attendait au lieu d'un cauchemar ?

En haut, j'enfile le pantalon et le tee-shirt, et j'y reconnais l'odeur d'Adam que je renifle avec plaisir ; je suis encore plus contente de la porter sur ma peau nue.

Après, nous buvons du thé et regardons un peu la télévision, nous bavardons à propos de Mia. Personne ne parle des dates de mort, ni des cauchemars ou des auras. Adam taquine un peu sa grand-mère qui lui dit de se tenir tranquille avec un clin d'œil. Ils s'aiment bien, ces deux-là, même s'ils ne s'en rendent pas vraiment compte.

Au moment des informations, on se tait pour entendre les horreurs habituelles : inondations, famines, guerres. Menacé de trois éruptions volcaniques simultanées, le Japon procède à des évacuations en masse. À Londres, on annonce une manifestation monstre contre les menaces américaines de guerre en Iran. Faut-il que ce président soit idiot pour aller provoquer un pays dont tout le monde sait qu'il possède des armes nucléaires ! Il n'a donc rien retenu de l'Irak, de l'Afghanistan ni de la Corée du Nord ? À la fin des infos, on nous cite enfin la petite secousse ressentie cet après-midi à Oxford Street. Trois fois rien, paraît-il. S'ensuivent les réactions de quelques témoins. Après quoi, on a droit à une sitcom archi nulle ; on reste devant sans la regarder.

– Je crois que ce sera un gros tremblement de terre, mamie, dit Adam. Ou alors une bombe, une série de bombes.

– Les Japonais ont compris. Ils ne perdent pas de temps.

– C'est les volcans, ils seraient fous de pas évacuer.

– Oui mais toi, tu nous as avertis. Les gens devraient écouter, se mettre en route.

– C'est pas la même chose. Je commence à me demander si je devrais pas accrocher une banderole à la tour de Londres.

– Ce serait comme ma fresque, dis-je. Personne n'y fera attention. On te traitera de fêlé. Il vaut mieux essayer les écrans géants en pleine ville. Il y en a un millier, les gens croiraient que c'est officiel et te prendraient au sérieux. Tu n'as qu'à t'introduire dans leur système.

– Tu as raison ! C'est à moi de prévenir les gens. J'ai qu'à détourner les écrans.

– Tu sais comment faire ?

– Non, mais je connais quelqu'un qui saura, dit-il les yeux brillants. Je vais lui téléphoner.

Je le laisse s'en charger. Mia commence à s'endormir et moi aussi. Adam me prête sa chambre ; même si ça me gêne, j'accepte et installe ma fille dans un tiroir posé au sol, comme dans le squat. J'éteins et ferme les yeux en me demandant où en est Vinny. À l'idée qu'on l'ait jeté en prison, j'ai envie de hurler. Il ne méritait pas ça. Pas lui.

Et voilà que je me retrouve chez Adam. On s'attire tant l'un l'autre. J'ai beau essayer de m'éloigner, je fais tout le contraire. Mais ce n'est pas encore le jour de l'an et, en attendant, je voudrais profiter de cette nuit tranquille, du moins tant que Mia me laissera dormir.

Adam

J'entends ses cris à travers mon sommeil et ils percent mes rêves, me ramènent à la réalité, sons terribles qui me déchirent le cœur. Avant d'être complètement réveillé, je sais déjà qu'ils viennent de Sarah. Je rabats ma couverture et file vers l'escalier que je grimpe quatre à quatre, frappe doucement à ma porte. Elle ne m'entend pas – elle fait trop de bruit.

J'ouvre et entre. Sarah est assise toute droite dans mon lit, les bras tendus devant elle, les yeux ouverts. Et elle crie, elle crie le nom de Mia. Dans son tiroir par terre, celle-ci dort à poings fermés.

– Ça va, Sarah, dis-je depuis la porte. Ta fille est ici, elle va bien.

Sans se tourner, elle semble pourtant m'avoir entendu.

– Non, insiste-t-elle. Elle est là-bas, toute seule. Aide-moi. Aide-moi !

Elle se met à sangloter. Malgré ses yeux grands ouverts, elle n'est pas réveillée – toujours plongée au fond de son cauchemar.

Je m'approche du lit, m'assieds au bord, lui caresse le bras.

– Sarah. C'est qu'un rêve. Il faut te réveiller.

Elle sanglote toujours. J'élève la voix :

– Sarah, réveille-toi ! Réveille-toi, maintenant. C'est qu'un rêve.

Je lui attrape le bras, le secoue un peu. Là, elle se retourne, le souffle coupé.

– Non ! Non, pas toi !

– Sarah, tu es chez moi, tout va bien.

– Adam ? murmure-t-elle en se frottant les yeux.

– C'est moi, Sarah. Tu es ici avec moi. Tu as fait un cauchemar mais tout va bien, là.

Elle laisse retomber ses mains sur le lit.

– J'ai crié ?

Assez fort pour réveiller un mort.

– Ouais, un peu.

– Je dérangeais Vin, aussi, soupire-t-elle. Il a fini par s'y habituer.

– Tu criais qu'elle était « là-bas », Mia. Où est-ce que tu te trouves dans ton rêve ?

– J'en sais rien. Une espèce d'immeuble, une maison, mais elle s'écroule et il y a des flammes et…

Elle se met à respirer lourdement.

– Chut… c'est bon. Pense à autre chose. C'est bon.

– Je suis tellement fatiguée, Adam. Tellement fatiguée, mais dès que je ferme les yeux, tout recommence.

Je me rapproche un peu, sans la toucher. Je suis juste là, si elle a besoin de moi.

– Pas cette fois. Tu vas pouvoir dormir.

– Tu restes avec moi ? Tu me réveilles si ça recommence ?

Je resterai toujours avec toi. Je traverserais la Manche à la nage pour toi. Je marcherais sur du verre brisé.

– Ouais, si tu veux. Pousse-toi un peu.

Je suis allongé à côté d'elle maintenant et elle pose la tête sur ma poitrine.

Battant des cils, elle finit par s'endormir mais pas moi ; je veille sur elle, je me délecte de son contact, de son parfum, des mouvements de son corps contre le mien, de sa respiration. Je voudrais en enregistrer à jamais chaque détail.

J'ai dû m'assoupir parce que, soudain, j'émerge. Sarah est toujours là. Elle a levé la tête et me regarde. En souriant.

– Salut, murmure-t-elle.

– Salut, Sarah.

Je la désire encore et, aussi près d'elle, ça devient presque insoutenable. Je demande d'un ton presque dégagé :

– Bien dormi ?

– Oui. Merci d'être resté là.

Elle s'étire, détendue comme jamais.

On n'a pas cessé de se regarder depuis que je suis réveillé. C'est une sensation intense, intime, magnifique. Elle contemple ma bouche puis revient vers mes yeux. Elle y pense, je le sais. Et moi aussi, d'ailleurs. *C'est maintenant ou jamais. Maintenant.* Je me penche un peu et l'embrasse.

Elle a les lèvres si douces. Malgré ma peau brûlée, mal cicatrisée, elle me laisse faire mais pousse un drôle de soupir, qui tient du grognement et du geignement, ferme les paupières, ouvre la bouche, l'appuie contre la mienne, et je sais qu'elle me désire autant que je la désire.

Son haleine sent encore le sommeil mais je m'en fiche. Je la goûte avec la langue et j'adore ça.

Elle me passe le bras sous la nuque, me câline. Sans cesser de nous embrasser, on se retrouve peu à peu l'un sur l'autre, je lui caresse le bras, descends vers les seins aux bouts tendus sous le fin tissu du tee-shirt, mais aussi humides. Ça me fait un choc de penser qu'elle doit avoir de petites fuites de lait. Ils sont beaucoup plus durs que je n'aurais cru, et tièdes aussi, presque chauds.

– Attention, dit-elle. C'est irrité.

J'écarte vivement la main mais elle la remet dessus.

– C'est bon, mais vas-y doucement.

On s'embrasse encore et elle m'explore le dos du bout des doigts. J'accorde mes mouvements aux siens jusqu'à ce qu'elle s'arrête, les muscles tendus. Moi, j'en veux davantage, il faut que je la connaisse de partout. Je remonte la main le long de sa cuisse… et elle sursaute violemment, essaie de la repousser.

– Non ! crie-t-elle d'un ton affolé.

– Sarah, je croyais que tu voulais…

Elle se dégage de moi.

– Non, pas ça. Excuse-moi. Je croyais que je pourrais, mais je ne peux pas.

Je ne vois pas ce qui a pu changer. Elle me désirait. Elle avait posé elle-même mes mains sur son corps.

– Sarah… ?

– Non, oublie, je ne peux pas. Je ne veux pas. Pas avec toi. Pas avec…

Je me redresse, m'éloigne en marmonnant :

– Pigé, je te dégoûte, comme Elephant Man. C'est clair que tu ferais pas ça avec moi.

Mia s'est réveillée et se met à pleurer. Je regagne la porte tant bien que mal. Derrière moi, j'entends Sarah.

– Non, Adam, ce n'est pas ça…

Mais je n'ai pas envie d'entendre ses excuses. Quel idiot j'ai été de croire qu'il pourrait se passer quelque chose entre nous, et avec qui que ce soit d'autre, d'ailleurs !

Devant l'escalier, je rencontre mamie sur le seuil de sa chambre, les cheveux ébouriffés, les yeux encore plissés. Elle hausse un sourcil étonné.

– Adam ? Qu'est-ce que…

– Pose pas de question. Pas maintenant. Jamais, d'accord ?

Sarah

Je ne peux pas. Je croyais que ça irait, que j'en avais envie mais je ne peux pas. Je ne sais pas si je pourrai un jour. Je sais qu'Adam n'est pas comme les autres. Il tient à moi et c'est réciproque, mais cette impression lorsque j'ai senti son poids sur moi, ses mains sur ma peau, me fait peur. Ce n'est pas logique, ça ne vient pas de mon esprit, qui le désire et apprécie sa présence. C'est inscrit dans mon corps, comme s'il était animé d'une vie propre.

Voilà longtemps que je n'ai plus l'impression d'en être la maîtresse. À la maison, des années durant, il n'appartenait qu'à lui, qui pouvait me posséder quand il le voulait. Maintenant, il appartient à Mia ; par je ne sais quel miracle, il a rempli sa tâche en permettant à ma fille de grandir en lui, en la mettant au monde, en la nourrissant. Je ne m'en croyais pas capable mais c'est arrivé. Mon corps savait.

Un jour, sans doute, il sera de nouveau à moi. Mais comment prédire quand ou ce que je serai devenue à ce moment-là, comment je me sentirai ? D'ici là, Adam en est exclu. Il s'est appelé lui-même « Elephant Man ». Il se croit repoussant, mais ce n'est pas ça. Pas du tout. *Ce n'est pas toi, c'est moi.* Quel cliché ! Pourtant, c'est la vérité. Je n'aurais pas voulu lui faire de mal. Pour qui me prend-il, maintenant ? Une salope, une allumeuse, une idiote ?

– On dirait que je viens de tout gâcher, dis-je à Mia.

Je remballe nos affaires avant de descendre. J'aperçois Adam roulé sur le canapé, les yeux fermés. La télé est allumée mais il ne la regarde pas. À la cuisine, perchée sur un tabouret, Val fume dans une brume épaisse. Pas question de déposer Mia dans une de ces deux pièces. Apparemment, nous n'avons pas notre place ici.

– Je vais la mettre dans le landau, dis-je à Val, et monter chercher le reste de nos affaires.

– Pourquoi ? Où vas-tu ?

– C'était gentil de nous avoir hébergées cette nuit mais il faut que nous cherchions autre chose, maintenant.

– Tu as un point de chute, au moins ?

– Oui, un ou deux. Je vais voir.

Je mens, mais je n'ai pas envie de susciter sa pitié. Je préfère partir maintenant – je n'aurais jamais dû venir, en fait. Nous allons quitter Londres et si on nous repère, il faudra bien faire avec.

J'allonge Mia dans le landau mais elle n'est pas fatiguée et commence à crier.

– Je t'en prie, Mia, sois sage ! Ce n'est pas le moment.

Elle pousse des hurlements mais je l'attache quand même et remonte chercher les sacs. Quand je redescends, Val est à côté de ma fille, à roucouler d'un ton plaintif, ce qui n'arrange rien.

– Voilà, dis-je. On y va maintenant.

Je range les sacs sous le landau, enfile ma veste.

– Personne ne te met dehors, dit Val.

Derrière elle, Adam dort toujours sur son canapé mais je me demande s'il ne fait pas semblant, avec toute cette agitation autour de lui.

– Elle s'en va, Adam ! lui lance Val. Tu ne viens même pas lui dire au revoir ?

Là, il ouvre les yeux, me regarde d'un air indifférent. J'ai l'impression d'avoir détruit quelque chose en lui. Alors j'entre dans le salon. Ça ne peut pas se terminer comme ça.

– Adam, ce n'est pas ta faute. Tu n'y es pour rien, c'est…

Il balance un coup de poing dans le canapé.

– Arrête ! Ne dis pas ça, jamais !

– C'est bon, je m'en vais.

Inutile de chercher à lui parler. Je l'ai tellement exaspéré que je ferais mieux de m'éclipser au plus vite. J'ouvre en grand la porte principale pour pouvoir sortir le landau, je m'arrange pour lui faire descendre le perron. Mia pleure toujours mais je ne peux pas la prendre dans mes bras pour le moment. Je remonte fermer la porte et tombe nez à nez avec Adam. Je ne sais pas ce qu'il va faire – crier, me frapper, m'embrasser. Il déborde d'énergie, je le sens sur le point d'exploser, les poings serrés. Il en lève un vers moi.

– Tiens, dit-il en l'ouvrant.

Sur sa paume apparaissent deux billets et quelques pièces.

– Non.

– Prends ça. Quitte Londres. Il te reste trois jours. Emmène Mia loin d'ici. Loin de moi.

Tout en parlant, il a baissé les yeux. Mais lorsqu'il articule ce dernier « moi », ses yeux se posent sur les miens et, cette fois, ils n'ont rien de mort ni d'indifférent. L'étincelle est revenue, je la reconnais – une lueur de frayeur.

– Prends ça, répète-t-il en posant sa main sur la mienne.

Son contact est si chaud, si tendre. Mon corps réagit instantanément ; je me sens rougir des pieds à la tête et un doux élan me caresse entre les jambes. Je n'ai plus envie de partir. Je voudrais rester et lutter contre ce qui tente ainsi de nous séparer. Je voudrais toucher son visage blessé, l'embrasser, pour qu'il sache que ça m'est égal.

– Qu'est-ce que tu vas faire ?

– Du bruit, pour commencer. Il faut absolument évacuer Londres.

– Tout seul ?

– Ouais, je sais pas, on verra.

On s'éternise là, tous les deux, comme s'il nous restait encore beaucoup de choses à faire, à nous dire. J'ai pris l'argent, mais il n'a pas retiré sa main de la mienne et je n'ai pas envie qu'il la reprenne. Je propose :

– Et si je t'aidais ?

On se regarde encore et, un court instant, je me demande s'il pense à ce que je pense – qu'on est destinés l'un à l'autre, qu'on y arrivera.

Il retire sa main de la mienne, me caresse le visage, comme je l'ai fait une fois.

– Non, balbutie-t-il d'une voix cassée. Il faut que tu t'en ailles. C'est mieux comme ça. Emmène Mia à l'abri.

Il a raison. Je l'ai toujours su. Le seul moyen d'échapper au futur, à mon cauchemar, c'est de m'éloigner le plus possible d'Adam.

– D'accord, j'y vais. Mais je garderai le contact. Et peut-être, quand tout ça sera fini, peut-être qu'on pourra…

Je n'arrive pas à imaginer ce qui pourrait se passer après le jour de l'an. Je ne sais pas à quoi ressemblera le monde, si l'un de nous sera encore vivant. Adam le sait. Il a vu mon numéro.

– Adam… ?

– Oui.

Je me rends soudain compte que je ne tiens pas à savoir si j'ai encore une semaine, un mois ou un an à vivre. Il a juré qu'il ne me le dirait jamais et il a raison, c'est mieux comme ça. Je ne veux connaître ni le jour ni l'heure.

– Sois prudent.

Je me redresse, l'embrasse sur la joue, celle qui porte la cicatrice. Il baisse les paupières tandis que je descends en hâte vers la rue. *Ne te retourne pas. Ne te retourne pas.* Je ne peux m'en empêcher : je jette un coup d'œil par-dessus mon épaule et le vois debout devant la porte. Il a rouvert les yeux et me regarde partir. Il lève un bras pour se passer la manche sur le nez et grimace une sorte de sourire chagrin. Je ne peux pas le voir pleurer. Mieux vaut que je m'éloigne tout de suite.

Adam

Elle s'en va et c'est sans doute mieux comme ça pour nous deux, pour nous tous. J'ai envie de crier « Reviens ! », de lui courir après, de la prendre dans mes bras. Mais, quelque part, je suis content qu'elle s'en aille, parce que, maintenant, elle sera à l'abri et Mia aussi. Et même si elles ne le sont pas, ce n'est pas moi qui leur ferai du mal.

On va y arriver. Ça ne doit pas forcément se terminer comme on l'a vu. On va changer ça.

Je rentre dans la maison, monte m'habiller.

– Où vas-tu ? me demande mamie.

– À Churchill House. Voir quelqu'un pour les écrans.

Elle prend son manteau.

– Non, mamie, reste ici. Je préfère être seul.

Je ne songe plus qu'à ça : la possibilité de changer les événements, de sauver des vies, des centaines, des milliers de vies. Elle garde pourtant son manteau à la main.

– Mamie, j'en ai pas pour longtemps. Je vais voir Nelson et je reviens.

– On dirait que ça se rapproche. Je ne veux pas qu'on

s'éloigne. J'ai déjà commis cette erreur une fois en laissant ton père s'en aller…

Elle tord le manteau entre ses mains, et je ne peux m'empêcher de me jeter à son cou pour la serrer contre moi. À son tour, elle m'étreint, un peu trop fort, un peu trop longtemps.

– Je vais vite revenir.

– Alors à tout à l'heure.

Elle se détourne, non pas pour gagner son tabouret dans la cuisine mais pour aller s'asseoir sur le canapé, devant les informations. Moi, je m'en vais, remonte la rue à grands pas et me demande si je ne cherche pas tout simplement à rejoindre Sarah. Mais elle a disparu de la circulation.

Churchill House n'est qu'à cinq minutes de marche. Arrivé sur place, je m'aperçois que j'ignore à quel numéro habite Nelson. C'est une grande barre de quinze étages et trente appartements par étage. Je sors mon téléphone portable.

– Nelson, c'est moi, Adam.

– Adam ?

– Salut. Je suis en bas de chez toi. Tu me dis où je dois monter ?

– Tu es là ?

– Ouais, je veux te parler.

– Je sais pas, Adam. Vaudrait mieux pas.

– Pourquoi ?

– Tu devrais pas venir ici.

– Nelson, qu'est-ce qui t'arrive ?

– Il s'est passé… des trucs… glauques. On ne devrait même pas se téléphoner.

– C'est pour ça que je veux monter. Pour te parler en tête à tête.

– Je sais pas…

Là, j'en ai assez.

– Arrête tes conneries ! Je monte, même si je dois frapper à toutes les portes. Où tu es ?

Le silence s'éternise, au point que je crois qu'il a raccroché. Jusqu'à ce que :

– 927. Neuvième étage.

– Bon. J'arrive.

L'ascenseur ne fonctionne pas, alors je prends l'escalier, croise trois groupes de gens qui descendent – deux jeunes garçons, une femme avec son gamin et un porte-bébé, et une vieille dame avec son chariot à courses. Ils sont tous marqués au 1er janvier. Sans exception. Cet endroit, cet immeuble va les enterrer vivants.

Les quatre premiers étages, ça va, mais je suis complètement essoufflé quand j'arrive au neuvième. Le numéro 927 est au bout d'un interminable corridor, la porte entrebâillée. Je la pousse et Nelson me fait signe de le suivre, sans se montrer à l'extérieur.

– Entre, souffle-t-il. Vite.

– Salut, Nelson. Content de te voir.

Il paraît à peine m'entendre et referme derrière nous.

– Personne ne t'a vu ? demande-t-il à voix basse.

– Quoi ?

– Personne ne t'a vu entrer ?

– J'en sais rien. Il y avait des gens qui descendaient l'escalier, mais pas sur ton palier. Pourquoi tu parles comme si on était dans une église ? T'as l'air tout nerveux.

– Je suis observé. Ils ne me lâchent plus.

– Qui ça ?

– Sais pas. Le MI5[1], sans doute.

Pas d'éclairage dans l'entrée, les rideaux sont tirés et l'ensemble paraît plutôt miteux, mais je vois quand même son tic plus prononcé que jamais. Il regarde autour de lui, partout, sauf moi.

– Qu'est-ce que tu racontes ?

– Je nous ai mis sur le Paraweb, Adam, comme je t'avais promis, et ça a pris comme un feu de broussailles. Il y a des tonnes de matériel sur le jour de l'an là-dedans. Les gens veulent tout lire, tout savoir. Il y a tellement d'indices maintenant – tu as raison, il va se passer quelque chose.

– Quoi, au juste ? Tu le sais ?

– Non, mais ça pourrait être naturel. Il y a une grande activité sismique en ce moment. Les niveaux de radon montent sans arrêt.

– C'est quoi ?

– Un gaz présent dans les roches de la croûte terrestre. Si son niveau augmente, ça signifie qu'il peut y avoir une activité. Ce type, le professeur, les indique régulièrement sur le Paraweb, mais même cette information a été retirée. Seulement, on ne peut pas nous empêcher de surveiller l'activité des volcans. Tu les as vus, Adam ? On ne parle que de ça aux infos.

– Oui, mais au Japon. On n'a pas de volcans ici.

Nelson pousse un soupir.

– Quoi ? Tu es en seconde ou en première ? Tu as étudié la tectonique des plaques, non ?

Mon esprit vrille comme une machine à sous. La tectonique des plaques, en géographie, au lycée. Ça doit remonter

1. Service de renseignements britannique.

à une vie antérieure. À croire qu'il ne m'en reste rien. Mais je n'ai pas envie de paraître complètement perdu.

– Ouais, c'est clair.

– Le Japon se situe à l'extrémité de la plaque eurasienne.

– Ouais, je sais.

– Donc, s'il se produit quelque chose à l'extrémité d'une plaque, ça peut se répercuter à l'autre extrémité. En Europe – Grèce, Turquie, Italie. Là. Comme un tremblement de terre. Et on a déjà le gaz et la secousse.

– Et le feu ?

Le tic de Nelson lui prend maintenant tout le visage. Il déglutit.

– Le feu arrive après les tremblements de terre. Gazoducs brisés, feux électriques. À San Francisco, en 1906, la ville a brûlé pendant trois jours après le tremblement de terre. Les incendies ont fait plus de victimes que le séisme à proprement parler.

On est toujours dans l'entrée mais je commence à flageoler un peu sur mes jambes. Combinaison fatale – neuf étages à pied plus la fin du monde.

– Nelson, on pourrait pas s'asseoir ?

Je tends la main vers une porte en supposant qu'elle donne sur le salon ou sur la cuisine, mais il me bloque le passage.

– Qu'est-ce qui te prend ?

– On n'entre pas. Il y a ma mère dans la cuisine et mes frères sont là.

– Tu peux pas recevoir d'amis ?

– Non, pas toi. Je ne veux pas qu'ils te voient. J'ai assez de problèmes comme ça.

– Quoi ? Quels problèmes ?

– Ils ont remonté mes adresses en ligne. Ils savent que ça vient de moi. On a reçu de la visite. Le contre-terrorisme, les services à l'enfance, de l'immigration.

– C'est pas vrai !

– Ils sont tous venus à la fois. Comme une invasion de sauterelles. Ils ont interrogé mon père et ma mère. Elle était morte de peur.

– C'est des clandestins ? Ton père et ta mère ?

– Mais non ! Seulement ils sont arrivés il y a vingt ans, quand les cartes d'identité n'existaient pas encore, ni rien, et leurs papiers sont périmés. Ils n'ont rien fait de mal.

– Alors ça va ? Il s'est rien passé ? On vous a juste fouillés.

– Non, ça ne va pas ! Ils ont emporté mon ordi et m'ont donné un avertissement.

– Mais t'as rien fait d'illégal !

– Ah oui ? Complot en vue de susciter la peur.

– Quoi ?

– Loi antiterroriste 2018. Complot en vue de susciter la peur. On pourrait me jeter en prison pour ça, Adam. Jusqu'à dix ans.

Il est à bout de nerfs, ça se voit. À cause de moi.

– Nelson, excuse. Je savais pas.

– Moi non plus. Je ne me rendais pas compte où je mettais les pieds.

– J'aurais pas dû te demander. Je m'en vais. Je te laisse. Juste…

Enfin, il me regarde dans les yeux et ce numéro me frappe encore. 01012027. Foutu numéro. Il ne mérite pas ça.

– Quoi ?

– Juste, promets-moi de t'en aller d'ici.

– Je ne peux pas partir sans ma famille.

– Alors emmène-les.
– Ce n'est pas facile…
– Fais-le, Nelson ! Je t'assure.
– Bon, d'accord, je vais les emmener. Au fait, pourquoi tu venais me voir ?
– Je voulais te demander quelque chose.
– Quoi ?
Je ne peux pas lui parler des écrans géants. Il en a déjà assez fait comme ça.
– Rien. C'est pas grave.
– Si. Sinon tu ne serais pas là.
– Ouais, mais plus maintenant.
– Dis-moi tout, Adam. J'ai déjà tellement de problèmes. Si je peux faire quelque chose pour emmerder ces abrutis qui ont fait peur à ma mère…
– Je me disais qu'on pourrait peut-être essayer de détourner les écrans géants d'infos.
Il sourit.
– Rien de plus facile !
– Mais pas sans ordi.
– Des ordis, on en trouve partout, même en dehors de Londres, paraît-il.
– T'es pas obligé… T'en as déjà assez fait. Occupe-toi de toi, maintenant. Et de ta famille.
– Je suis pas obligé mais j'en ai envie. Ils sont prêts à laisser mourir des milliers de gens. C'est dégueulasse.
– Fais quand même gaffe, mon pote.
Je lui tends un poing qu'il regarde un instant avant de le heurter du sien en s'éclaircissant la gorge. J'ai l'impression que c'est la première fois de sa vie qu'il fait ça et je me demande s'il recommencera jamais.

– Salut, Nelson !

J'entends la porte se fermer derrière moi. Je ne suis pas du genre à prier mais, en remontant le corridor, j'envoie une petite demande vers le ciel gris : *Faites qu'il s'en sorte. Que tout se passe bien pour lui.* Ce sera peut-être le cas, parce que pour un intello, il en a dans le ventre.

Sarah

Je n'ai pas quitté depuis cinq minutes la maison d'Adam quand ils me tombent dessus.

Incroyable : je remonte tranquillement le trottoir, soudain une voiture s'arrête devant moi et me voilà embarquée à l'arrière pendant que quelqu'un installe Mia dans un siège bébé à côté de moi. Après quoi deux personnes s'installent de chaque côté pour nous boucher les fenêtres, on claque les portières et c'est parti.

Le landau et nos sacs restent sur place.

– Qu'est-ce que vous fichez ? Qui êtes-vous ?

Mon voisin ouvre un portefeuille, me montre sa carte.

– Aide à l'enfance. Viv est de la police. Aide familiale.

– Mais vous n'avez pas le droit de m'enlever comme ça ! On est dans un pays libre.

La femme assise à côté de Mia intervient :

– Il fallait bien vous retrouver puisque vous cherchiez par tous les moyens à nous échapper. Vous n'étiez pas à Giles Street. Personne ne savait où vous étiez partie.

– Vous pouvez tracer la puce de Mia. Ce ne serait pas la première fois. Pas la peine de faire tout ce cinéma.

– Nous avions toutes les raisons de la terre. Vos colocataires ont été inculpés de détention illégale de drogues de classe A dans le but de les vendre. Vous avez passé la nuit chez la veuve d'un des plus célèbres voleurs à main armée de Londres, et l'un de ses arrière-petits-fils en exclusion temporaire de son lycée pour agression et soupçonné de complicité de meurtre. Qui sait où vous vous rendiez.

Vue sous cet angle, la situation ne me semble pas trop extraordinaire.

– Où est-ce que vous m'emmenez ?

– Au poste de police de Paddington Green où nous comptons vous interroger sur vos activités à Giles Street. Louise sera placée en foyer d'accueil. On l'attend déjà.

– La placer ? La placer ? Non ! Jamais ! Je veux bien répondre à toutes vos questions – je n'ai rien à cacher. Mais vous n'emmenez pas mon enfant.

– Vous n'avez pas le choix, Sally. Nous avons un mandat. Votre bébé a le droit de vivre en sécurité dans un environnement stable.

– Je la nourris encore.

Silence. Là, je me dis : *Gagné. Ils ne peuvent plus me l'enlever, maintenant.* Jusqu'à ce que la femme reprenne :

– Nous veillerons à ce qu'elle soit correctement nourrie. Ces gens ont beaucoup d'expérience.

Tout d'un coup, je me rends compte, comme si je ne le savais pas déjà, qu'on vit dans un monde froid et cruel, parmi des gens tout aussi froids et cruels.

On croit pouvoir s'en échapper mais c'est une illusion.

On croit pouvoir contrôler sa vie mais c'est une illusion.

On finit toujours par se faire avoir.

La voiture roule à une vitesse soutenue et je suis coincée à l'arrière, incapable de trouver comment leur échapper. Je me laisse emmener vers un endroit où on va me prendre mon bébé.

La voiture finit par quitter la route pour s'engager sur une rampe qui mène à un parking souterrain. Quelque part, je n'arrive pas à croire qu'ils vont oser me faire ça. Pourtant, c'est ce qui se passe.

On nous débarque en plein sous-sol et je demande à serrer une dernière fois mon enfant dans mes bras. Ils acceptent. Mia fait des histoires quand on la soulève de son siège et j'essaie de lui parler :

– Ce n'est pas fini, Mia. On se reverra bientôt, promis.

Mais elle garde les yeux fermés et secoue la tête d'un côté à l'autre. Moi, je n'arrive pas à articuler correctement mes paroles qui sortent hachées, nébuleuses, noyées de larmes. Jusqu'au moment où un bras s'interpose entre elle et moi et la soulève, me l'arrache, littéralement.

J'aperçois deux personnes qui se pressent, l'une emportant le siège, l'autre, Mia. Un flic me dit :

– Par ici, je vous prie.

Il pose une main sur mon épaule pour me faire tourner. J'ai envie de crier : *Ôte ta sale patte,* mais aucun mot ne vient, qu'un cri inarticulé, un rugissement, tandis que je lève la main pour lui griffer la joue ; à son tour, il pousse un cri, suraigu, horrifié, porte la paume sur la quintuple trace sanguinolente que je lui ai laissée. Et je pars en courant.

Dans le parking, un moteur se met en route. La voiture qui emmène Mia. Je me précipite dans cette direction. Ils m'ont vue – les pneus crissent tandis qu'ils accélèrent sur la rampe. Une grille métallique ferme l'entrée, ils sont obligés d'attendre qu'elle s'ouvre. Je peux les rattraper. La grille glisse sur un côté, j'y suis presque. Déjà je touche le coffre ; c'est là que les lampes de frein s'allument, et la voiture repart pour se mêler aussitôt à la circulation d'Edgware Road. J'essaie de la suivre mais je la perds vite de vue. Alors je ralentis, m'arrête, pliée en deux, les mains sur les cuisses pour essayer de reprendre mon souffle.

Derrière moi arrivent cinq ou six flics et il me faut presque une seconde pour m'aviser qu'ils sont lancés à ma poursuite.

J'ai plus d'une centaine de mètres d'avance mais ils se rapprochent vite et soudain, à l'idée qu'ils peuvent me mettre la main dessus, je suis prise d'une rage folle qui m'envoie une poussée d'adrénaline. Je ne sais pas où aller, je sais juste que je ne vais pas rester plantée là. Je repars en courant. Mon manteau me tient trop chaud, alors je l'enlève et le jette derrière moi pour me retrouver tout d'un coup les jambes libres, les pieds battant le pavé et pataugeant dans les flaques. Je dévale des ruelles, traverse un parking découvert, contourne un pub. Pas une fois je ne regarde derrière moi. Je continue à galoper, un pied devant l'autre. Ma poitrine commence à me faire mal, comme si mes poumons allaient éclater, mais je ne m'arrête pas. Je longe un marché, dans des odeurs de chou cru et de hamburgers, pour, finalement, trouver un sentier en bordure du canal, le long du morne ruban d'eaux grisâtres. Cette fois, je regarde autour de moi mais il n'y a plus personne. Au bord du sentier s'entassent des traverses de chemin de fer. Sans hésiter, je me réfugie sur une pile.

Il ne me reste en tout et pour tout que les vêtements que je porte. En emmenant Mia, ils ont volé ma vie. *Salauds !*

Salauds ! Salauds ! Elle seule occupe mon esprit, déjà elle me manque, je voudrais sentir son poids sur mes bras, lui donner ce lait qui m'emplit les seins et qu'elle ne boira jamais. Comment supporter de me retrouver sans elle ? Il faut que je coure, que je bouge – mais je n'y arrive pas. Mes jambes tremblent trop pour me porter où que ce soit. Je ne peux que rester là, seule avec mon désespoir.

Toute seule.

Adam

En quittant Nelson, je ne rentre pas directement à la maison, malgré ma promesse. Il faudrait pourtant que j'aille plier bagages pour prendre le premier car qui m'emmènera loin, avec ou sans mamie. Mais au fond, je ne tiens pas à tout laisser sur les bras de Nelson. Je voudrais essayer autre chose, comme la banderole sur la tour de Londres. Alors je regagne la ville dans un dernier espoir de l'alerter.

Je me retrouve à Oxford Street et c'est là que je perçois une rumeur lointaine. Je suis ce bruit et finis par distinguer une voix déformée par un mégaphone. Les gens se pressent dans cette direction. Au début, je ne comprends pas ce qu'il se dit, et puis je me rends compte que j'aboutis à Grosvenor Square, là où la télé avait annoncé la manifestation.

– Non à la guerre ! Non à la guerre ! Non à la guerre !

Le vacarme se répercute sur les immeubles et dans les rues alentour. Sur la place, ça devient assourdissant. Il y a un flic en uniforme à chaque mètre. Je me mêle à la foule. Le type au mégaphone se trouve quelque part à l'avant – je ne le vois pas mais je l'entends très bien et, brusquement, je sais ce qu'il me reste à faire. Il faut que je le rejoigne, lui arrache son porte-voix. Je ne doute pas un instant que j'y arriverai.

La foule est énorme mais l'atmosphère, chaleureuse ; beaucoup de jeunes, des familles, même des petits enfants et aussi des vieux, plus vieux encore que mamie. Ils sont tous là pour la même raison. Il y a des gens qui croient que si vous êtes assez nombreux à crier assez fort, vous serez entendus.

Je me fraie un chemin parmi eux pour me rapprocher du meneur et je finis par le repérer, l'homme au porte-voix, d'âge moyen, le genre à refuser d'avouer qu'il perd ses cheveux, alors il les aligne sur son crâne et laisse pendre les mèches sur ses épaules. Je me faufile entre dos et épaules jusqu'à me retrouver juste derrière lui. Je pourrais lui arracher son porte-voix sans problème, mais c'est le plan B. J'essaie d'abord le plan A.

Je lui tapote l'épaule. Il se retourne, y regarde à deux fois quand il aperçoit ma brûlure, puis lâche un bouton pour éteindre le mégaphone.

– Ça va comme tu veux, camarade ? demande-t-il.

– Ouais, cool. Tout le monde a le droit de parler ?

Il n'est pas trop sûr. Il n'aime pas la guerre, ni les Américains, ni le gouvernement, mais il aime contrôler la manifestation.

– Je veux faire comme toi, mon pote, dis-je. Je veux changer le monde.

Un sourire illumine son visage.

– Mais certainement. Vas-y, gamin. Tiens, tu appuies sur le bouton rouge et tu le gardes enfoncé jusqu'à ce que tu aies fini de parler. N'aie pas peur. Allez, jette-toi à l'eau, je vais te présenter.

Il se retourne, replace le porte-voix devant sa bouche et appuie sur le bouton rouge.

– Nous avons ici un jeune guerrier pour la paix. Je vous demande d'accueillir chaleureusement…

Il s'arrête, penche la tête vers moi. Je lui murmure :

– Adam.

– … Adam. Écoutons Adam.

La foule pousse des hurlements de joie. Ils ne me connaissent pas mais sont prêts à accueillir n'importe qui – il y a des matins comme ça, des foules comme ça. Je prends le mégaphone qui me paraît plus lourd que prévu, je respire un bon coup, le place devant ma bouche et appuie sur le bouton.

– Non à la guerre ! je crie. Non à la guerre !

Je m'arrête et la foule psalmodie le slogan à ma suite. Je recommence deux fois, jusqu'à ce que je les sente vraiment derrière moi. Le chauve me tape dans le dos puis me tend la main pour que je lui rende son jouet mais je n'ai pas terminé :

– Personne veut de cette guerre ! Pourtant, dans trois jours, Londres va être détruite, toute la ville va disparaître.

D'un seul coup, ils se calment, et j'entends monter quelques quolibets.

– La secousse d'hier, c'était que le début. La suite va être bien pire. Cent fois pire. Il faut évacuer Londres. Avant le jour de l'an.

Les moqueries fusent de partout, et aussi des sifflets.

– Mettez-vous à l'abri. Mettez vos familles à l'abri. Quittez Londres. Aujourd'hui. Maintenant.

Autour de moi, les gens essaient de me faire taire.

– Non !

– Barre-toi !

– Non à la guerre !

Le chauve essaie de me reprendre le porte-voix mais je tiens bon.

– Beaucoup vont mourir ici même. Sauvez-vous. Sauvez vos familles. Évacuez Londres.

D'autres gens me bousculent. On m'arrache le porte-voix et je me défends à coups de coude. Ils se jettent sur moi, au point que je ne sais plus qui je frappe, mais ils en donnent autant qu'ils en reçoivent, et je prends des volées de pieds et de mains. Je me protège le visage avec mes bras, laissant mon corps à découvert, et on finit par me frapper à l'estomac. Le souffle coupé, je tombe en avant.

La violence s'empare de toute la foule. Les gens se pressent pour essayer de m'atteindre, il y a de la panique dans l'air. J'essaie de me relever. Il faut que je leur échappe. Je fonce tête baissée, ce qui n'est pas facile au milieu de cette masse compacte, mais, petit à petit, j'arrive à me dégager.

Devant moi apparaît une rangée de bottes cirées. Je me redresse légèrement pour apercevoir un mur de boucliers.

– Laissez-moi partir ! Je dois leur échapper sinon ils vont me tuer.

Le mur ne bouge pas.

– Laissez-moi partir ! Laissez-moi partir !

Je m'avance, envoie un coup de poing dans un bouclier. Son voisin s'approche de moi. Super, un espace, je vais pouvoir partir par là. Une matraque s'abat sur mon épaule. Je me retrouve par terre. Ils ne continuent pas – pas besoin. Le type recule et le mur se reforme aussitôt. Mon visage s'écorche sur le béton et, durant quelques secondes, je ne sais plus ce qui m'arrive, où je suis, si je suis vivant ou mort. Je devrais bouger, me relever, mais je n'y arrive pas. Je ne sais même plus où se trouve le ciel, où se trouve la terre.

Les gens derrière moi, ceux qui m'ont bousculé et renversé, ont changé de cible. Ils hurlent à tue-tête contre la police.

– Libertés civiques !

– Brutalité policière !

– Fascistes ! Prenez leurs photos ! Enregistrez leur numéro !

De nouveau des mains se lèvent au-dessus de moi, non pas pour me pousser et me frapper comme tout à l'heure, mais pour me soutenir, me rassurer.

– Ça va, camarade ? Tu m'entends ?

J'ouvre lentement les yeux. Une dizaine d'objectifs sont braqués sur moi, avec une masse de visages derrière, un fouillis de numéros.

– On a tout filmé, camarade. Ils ne vont pas s'en tirer comme ça. Quel est ton nom ? Quel âge as-tu ? On va tout passer aux infos de treize heures.

Je ne cherchais pas tant de ramdam. Je voudrais rentrer chez moi, retrouver mamie ; en même temps, leurs paroles pénètrent lentement mon esprit. *Tout filmé. Infos de treize heures.* Je me rappelle alors ce que je fais là.

– Le 1er janvier, j'annonce en fixant la caméra la plus proche, il faut évacuer Londres. Tout va s'effondrer le jour de l'an.

Certains tentent de me faire taire. Ce n'était pas ce qu'ils voulaient entendre, mais je continue :

– Londres est en danger. Hier, c'était qu'un début. Ce sera bien pire. Dix fois pire. Cent fois pire. Des gens vont mourir ici. Allez-vous-en. Quittez Londres.

Je suis filmé alors qu'on m'aide à me relever. On me pose des questions. Qui m'a frappé ? Combien de fois ? Je n'y réponds pas, je m'en tiens à mon discours. J'ai du sang qui me coule le long du visage, dans la bouche mais ça ne m'arrête pas. C'est ma chance. Mon temps est arrivé. Je transmets mon message à la nation. Dieu veuille que la nation m'entende.

Nous sommes assiégés par la police et cela va durer six heures. Personne ne peut plus entrer ni sortir. Ceux qui en ont besoin doivent pisser sur place. Les femmes se font protéger par un groupe d'amies et s'accroupissent. On demande de l'eau : il faudra s'en passer. On demande à pouvoir partir sans histoires, tranquillement : il paraît que nous sommes encerclés pour notre bien, pour notre propre sécurité.

De temps en temps, certains piquent leur crise, se mettent à discuter ou essaient de forcer le barrage de boucliers. Ils reçoivent le même traitement que moi – coups de matraque et de botte les jettent à terre – et le mur se reforme.

Une fois que les caméras se sont éloignées de moi, j'essaie de parler aux manifestants, pas plus de deux ou trois personnes à la fois. Parce que je les aime bien. Auparavant, je ne faisais jamais attention à eux ou je m'en moquais – ces hippies aux longs cheveux qui croient pouvoir changer le monde. Mais maintenant que je les écoute, je me rends compte qu'ils réfléchissent aux choses importantes de la vie – l'avenir de la planète, les populations d'autres pays frappées par la famine, opprimées. Ils s'occupent des autres. Ça me donne l'impression d'avoir vécu jusque-là les yeux fermés.

Je vois beaucoup de 01012027. Je les conjure de s'en aller. Je traverse la foule en répétant sans cesse les mêmes choses.

– Partir ? On ne peut même pas quitter Grosvenor Square.

– Oui, mais dès que ce sera possible, rentrez chez vous, faites quelques bagages et partez.

– Pourquoi tu dis ça ?

– Parce que je le vois. Je vois l'avenir, mon pote.

Ils ne savent pas comment prendre la chose. Certains sont gentils – ils se disent que je suis fou mais que s'ils me laissent tranquille, je m'en irai. D'autres secouent la tête en attendant que je m'éloigne.

– Promettez-moi, dis-je, promettez-moi de partir de Londres.

Quelques-uns promettent. Sans doute parce que je leur ai fait peur, ou pour se moquer de moi. Mais, à mesure que je passe de personne en personne, je me rends compte de qui se laisse convaincre – et aucun n'est un 27. Ça commence à m'obséder. Il faut que j'entende des 27 me promettre qu'ils vont partir. Mais j'ai beau essayer, ça n'arrive pas. De plus en plus contrarié, je dois laisser paraître mon exaspération car les gens commencent à reculer ; mais je ne peux pas m'arrêter. À la fin, c'est quelqu'un d'autre qui m'arrête.

Je suis en train de parler à une femme, jolie, la vingtaine, qui n'a plus qu'une semaine à vivre.

– Allez. Il faut me promettre que vous allez partir. Il ne reste que quelques jours, maintenant. Il faut vous mettre à l'abri. Beaucoup de gens vont mourir ici, vous savez ?

Elle détourne les yeux vers la foule et c'est alors qu'un grand type se détache, qui me dépasse facilement d'une tête, sans un cheveu sur le crâne.

– Elle veut pas te parler, d'accord ? Fiche-lui la paix. Tu lui fais peur. C'est déjà assez moche comme ça ici sans que tu en rajoutes. Tu peux pas la boucler une minute et nous lâcher un peu ?

En d'autres circonstances j'aurais relevé le défi. Mais j'en ai assez pris pour aujourd'hui.

– C'est juste une question de vie ou de mort, dis-je en levant les bras comme pour me rendre. J'essaie de sauver des vies.

Après quoi je me détourne d'eux et regarde derrière la foule le mur de boucliers qui nous cerne toujours.

Il faudra encore attendre longtemps avant qu'ils ne nous ouvrent le passage. Il y a des gens qui s'assoient par terre, parfois dans des flaques qui ne proviennent pas que de la pluie. Les conversations s'interrompent peu à peu, jusqu'à ce que plusieurs centaines d'entre nous, peut-être mille ou deux mille, se posent au sol dans le silence.

Ça se termine sans histoire. Quelques minutes après la tombée de la nuit, la police s'en va. Purement et simplement. Ni annonce, ni recommandation. Tout d'un coup, ils regagnent leurs cars. Je regarde autour de moi. Les gens se relèvent lentement, furieux d'avoir été traités ainsi mais trop fatigués et gênés pour manifester davantage qu'en marmonnant entre leurs dents. Mes jambes sont complètement engourdies. À peine debout, j'ai l'impression qu'elles vont se casser. Je passe de l'une à l'autre pour mieux répartir mon poids et chasser les fourmis de mes pieds.

D'un pas hésitant, je gagne l'arrêt de bus le plus proche mais, au beau milieu de la queue, alors que je n'ai plus que deux personnes devant moi avant de grimper à bord, je fouille dans les poches de ma veste et me rends compte qu'elles sont vides – pas de porte-monnaie, pas de carte de transport. Il semblerait que quelqu'un, dans cette foule de braves gens qui veulent sauver le monde, m'ait dépouillé. J'ai juste gardé mon téléphone portable et vingt pence au fond d'une poche de pantalon. Mais qui appeler ? Mamie ? Elle ne pourra pas me ramener – il va falloir rentrer à pied.

J'ai beau chercher dans toutes mes poches, je ne trouve plus rien et je retarde la queue des passagers. Certains commencent à râler, jusqu'à ce que l'un d'eux m'écarte carrément du passage. Impossible de réagir, ça ne servirait à rien et je n'en ai plus la force. Tout le monde est épuisé. La journée a été longue, ils veulent rentrer chez eux. Comme moi. Alors je m'éloigne de l'arrêt d'autobus et me mets à marcher. J'en ai pour des kilomètres mais je préfère ne pas y penser. Je me contente de mettre un pied devant l'autre, la tête baissée, à travers les rues et les squares. Je ne vois que les pavés et le macadam, des chaussures et des jambes. C'est ainsi que j'ai failli le manquer… ce miracle, l'unique chose qui pouvait encore m'arracher un sourire à la fin de cette éprouvante journée.

Je débouche sur une place où les pieds ne bougent plus. Une véritable foule se masse sur le trottoir. Je finis par lever la tête, histoire de trouver ma route, et je vois alors ce qui les fige ainsi. Un message qui clignote sur un écran géant destiné aux informations officielles, au-dessus d'une rangée de boutiques : « URGENT : ÉVACUEZ IMMÉDIATEMENT LONDRES. ALERTE CATASTROPHE MAJEURE. ÉVACUEZ LONDRES. »

– J'y crois pas, il a réussi !

J'ai envie de sauter de joie mais j'aperçois alors la mine consternée de mes voisins.

C'est là que mon portable se met à sonner. Je le sors pour découvrir que l'avertissement de l'écran me parvient aussi en texto. Et c'est la même chose pour tous mes voisins. Les sonneries retentissent et, tout le long de la rue, je vois les gens qui lisent leur écran.

J'appelle le numéro de Nelson mais tombe sur sa boîte

vocale. Ma voix vibre d'excitation tandis que je lui laisse mon message :

« Nelson, tu es génial. Tu as réussi ! Je sais pas comment tu as fait, mais tu as réussi. Merci, mon pote. Porte-toi bien. »

Brusquement, je vois des gens qui se mettent à courir, qui en bousculent d'autres sur leur chemin. J'étais éreinté en quittant Grosvenor Square, maintenant je me sens pousser des ailes et, à mon tour, je pique un petit galop. Je vais rentrer à la maison, faire nos bagages et, avec mamie, on quitte la maison ce soir.

Sarah

Quelle idiote j'ai été d'enlever mon manteau ! Maintenant, je meurs de froid. Quelque part, je m'en fiche. De toute façon, il ne me reste aucune raison de vivre. Maintenant qu'ils m'ont pris Mia – ils ne me la rendront pas. Elle sera bien au chaud quelque part dans une belle maison propre, placée chez une maman et un papa adoptifs, nourrie au lait maternisé.

Cette idée m'achève. Évidemment que j'ai envie de savoir Mia au chaud, bien protégée. Elle devrait être avec moi mais, puisque ce n'est pas le cas, qu'au moins elle ait le meilleur. Mais en l'imaginant boire au biberon, je suis anéantie. Moi qui l'ai toujours nourrie au sein, je vois soudain se briser ce lien irremplaçable.

Comment ont-ils pu me faire une chose pareille ? Comment ont-il pu nous séparer alors que nous avions physiquement besoin l'une de l'autre ? C'est la chose la plus cruelle qui pouvait m'arriver.

Je descends des traverses pour m'allonger au sol, je me pelotonne, les genoux serrés contre ma poitrine. Je tremble violemment mais ne m'en soucie pas. Peu importe la douleur de mon corps. Celle de mon esprit me tuera – la perte, l'absence de mon enfant, *maintenant qu'elle n'est plus là*. C'est la pire des souffrances qui m'ait jamais été infligée.

J'ai tellement froid que je ne tremble même plus. Mon corps s'immobilise, se raidit. Je devrais bouger, aller ailleurs, n'importe où pourvu que ce soit mieux abrité, un peu plus chaud. Ou je devrais marcher dans la nuit, remuer bras et jambes, faire circuler mon sang. Mais je n'en ai pas envie, j'ai perdu tout bon sens, plus rien ne me fera me lever – le froid m'a privée de mes derniers ressorts – et je reste bloquée sur place.

Les bras croisés sur la poitrine, une main posée sur la nuque, je sens encore mon cœur battre, lentement, faiblement. Je devrais bouger : je ne peux pas. Je devrais m'asseoir : le sol m'en empêche. Je devrais appeler à l'aide : j'ai la gorge sèche et pleine de poussière. Les battements sous mes doigts ralentissent encore. Si je pouvais les compter… mais je ne me rappelle plus les chiffres. Je ne me rappelle pas…

Adam

Ça va plus vite en passant par le canal. C'est plus direct et il n'y a personne, pas à cette heure de la nuit. Je n'ai pas cessé de courir et l'adrénaline coule encore à flots. Certaines parties du chemin sont illuminées par les immeubles qui le longent mais, la plupart du temps, il est plongé dans l'obscurité et je ne vois qu'à quelques mètres devant moi.

En ce moment, je me trouve sur une des parties les plus sombres, pas loin du croisement avec la rue qui mène chez moi. Il y a quelque chose au sol, un tas de vêtements sans doute. Et puis je remarque un pied et quelques centimètres de peau blanche entre une chaussure et un bas de pantalon. J'en ai le cœur serré. Qu'est-ce que c'est que ça ? On dirait un pantin, ou un mannequin de vitrine. Ça fout les boules.

Je m'aperçois que je ne cours plus. Je me suis arrêté d'un seul coup. Je n'ai pas envie de m'approcher de ce truc. Ça fait trop peur.

Arrête ton délire. C'est une poupée en plastique.

Je m'oblige à reprendre mon chemin. Mais cette chose paraît trop vivante. À mesure que je m'en approche, je distingue les bras et la tête, une main sur la mâchoire qui me cache une partie du visage. Revêtue d'un simple tee-shirt, la peau semble très pâle, c'est étrangement satiné pour du plastique.

Mon cœur se serre encore. Un mannequin ne peut pas rentrer ainsi les épaules. Je n'arrive pas à voir quelle pose on lui a donnée. Soudain, je sursaute. C'est un corps. J'ai trouvé un cadavre. Merde ! J'avance d'un pas pour être à sa hauteur. La moitié de la tête est rasée, il ne reste qu'une crête qui court au centre du crâne.

– Sarah !

Je m'étrangle à moitié en criant son nom.

Cette chose, c'est Sarah ! Toute seule, dans la nuit glacée. Aucun signe de Mia.

Elle ne peut pas être morte. Elle porte le 25072075. Les numéros ne changent pas. Si ? Est-elle la preuve que si ?

Je m'accroupis près d'elle pour lui toucher la main. Glacée. Je l'écarte de son visage, l'emprisonne dans mes deux paumes, la porte à ma bouche pour lui baiser les doigts.

– Sarah ! Sarah !

Je répète sans arrêt son nom. Mon souffle forme une fumée dans l'air noir, qui se faufile vers ses doigts. Les yeux clos, elle a l'air si jeune ! Je ne cesse de la regarder, même si les larmes me brouillent la vue, au point que le tracé de sa bouche s'efface. Je cligne des paupières et les gouttes me coulent sur les joues, mais je ne la vois pas mieux pour autant, comme si une brume venait la couvrir.

En fait, la brume est là ! Grave ! Je repose sa main, me penche en avant, dépose un doigt au bord de ses lèvres et sens encore son souffle tiède. Je me débarrasse de ma veste pour l'en couvrir. Je sors mon téléphone de la poche de mon pantalon et compose le numéro des urgences. Rien ne se passe, et je constate alors que ma batterie est trop faible. Je ne peux pourtant pas laisser Sarah ici pour aller chercher des secours – elle est à peine vivante. Je lui passe un bras sous le dos pour la soulever afin de mieux l'envelopper dans ma veste en lui passant les bras dans les manches, comme si j'habillais un enfant. Et puis je la tiens aussi près de moi que possible en lui frottant le corps pour tenter de lui transmettre ma chaleur.

– Sarah ! Sarah ! Reviens.

Elle garde les yeux clos et moi-même je commence à avoir froid. Il n'y a pourtant que quelques minutes que je suis là et je tremble. Depuis combien de temps était-elle là ?

Je la dépose sur mes genoux, la saisis sous le dos et sous les jambes puis me lève lentement, en essayant de ne pas trop tanguer, et finis par trouver mon équilibre. Je me rends parfaitement compte de la présence de l'eau à quelques pas de nous. Sarah n'est qu'un poids mort dans mes bras, avec sa tête qui balance en arrière. Je la redresse un peu, afin de la soutenir sur mon épaule, et je me mets en route aussi vite que possible.

Bientôt, je débouche dans ma rue et, marchant et courant à la fois, je remonte le long du trottoir. Les gens nous regardent mais personne ne m'offre son aide, personne n'essaie non plus de m'arrêter. Ils se détournent et reprennent leurs occupations. Arrivé devant la maison, je trouve la grille et la porte ouvertes et fonce dans le salon. Mamie est là.

– Mon Dieu, Adam, qu'est-ce qui se passe ?

– Pousse-toi, que je la dépose.

Elle me laisse la place sur le canapé.

– Mon Dieu, regarde-la !

– Je sais. Va chercher des couvertures.

Mamie se rue au premier étage et prend la couette de mon lit dont elle revient envelopper Sarah.

– Tu devrais te réchauffer, toi aussi, observe-t-elle. Attends ici.

Elle m'apporte un épais sweat à capuche.

– Je mets la bouilloire en route, ajoute-t-elle. Assieds-toi là, près du feu.

J'obéis sans me faire prier. La télé est allumée mais il me faut un certain temps pour me rendre compte que les images proviennent de Grosvenor Square. Et même là, je ne prends conscience des choses qu'en apercevant un visage – celui d'un garçon aux yeux fous, au visage baigné de sang, en train de crier à la caméra :

– Beaucoup vont mourir ici même. Sauvez-vous. Sauvez vos familles. Évacuez Londres !

– On n'a vu que toi toute la journée, dit mamie en me posant un mug de thé dans la main. Attention, c'est chaud. Je n'ai pas arrêté de te regarder et de me demander quand j'allais te revoir. Ces abrutis vous ont bloqués là-bas toute la journée. La flicaille.

Tout est diffusé : la manifestation, moi assommé d'un coup de matraque. Je sais que c'est moi, je sais que ça s'est produit, mais ça fait drôle de voir ça sur l'écran de mamie. Au début, j'ai une tête à faire peur, la figure ravagée, les yeux exorbités. Et puis le baratin que je raconte – là, j'ai l'air d'un vrai barje. Je dépose mon mug par terre pour me prendre la tête dans les mains en rouspétant.

– Qu'est-ce qu'il y a, Adam ? Tu es souffrant ?

– Non, c'est juste… juste…

Je n'arrive pas à m'exprimer ; c'est trop énorme, trop difficile d'essayer d'y faire quelque chose, trop frustrant d'être moi, piégé dans ce corps, avec ce visage.

– Bois ton thé, tu n'en as pris que la moitié.

Je récupère mon mug et, en me redressant, je jette un regard vers Sarah sur le canapé. Elle est réveillée, du moins elle ouvre à moitié les yeux, et son numéro, son précieux numéro est toujours là. Je repose mon thé, m'agenouille à côté d'elle.

Lui caresse le front.

– Sarah. Tu es à la maison avec nous. Je t'ai trouvée et je t'ai ramenée.

Je ne sais pas si elle m'a entendu. Elle ne dit rien. Le regard vide, elle semble ne rien voir.

– Sarah, ça va maintenant. Tu vas t'en sortir.

Je voudrais qu'elle me réponde, mais elle n'a pas l'air d'entendre et referme les paupières. Et puis ses lèvres se mettent à remuer. Je m'approche pour entendre ce qu'elle murmure enfin :

– Elle est partie. Ils m'ont pris Mia. Elle est partie.

Sarah

Il me faut un certain temps pour m'expliquer. Engourdie par le froid, autant que par ce qui m'est arrivé, je n'arrive pas à m'exprimer. On me fait absorber un bol de soupe et, revigorée par le feu de cheminée, je peux enfin leur dire ce qui se passe. Adam et sa grand-mère écoutent en silence.

Quand j'ai terminé, il m'assure :

– On va la récupérer, Sarah. Promis, juré.

– Ils ne voudront jamais me la rendre.

– Tu es sa maman. Tu es une bonne mère, je t'ai vue avec elle. C'est obligatoire.

– J'ai seize ans. J'ai toujours eu des difficultés à l'école. Je me suis enfuie de la maison. J'ai vécu avec des dealers et je viens de blesser un flic, je l'ai griffé de l'œil au menton.

– Tu avais sûrement de bonnes raisons pour ça, observe Val en allumant une autre clope.

Là, je me dis qu'Adam a bien de la chance de l'avoir. Elle ne me juge pas, ne me dit pas quoi faire.

– Raconte tout à mamie, propose Adam. À propos de ton père.

Je ne peux pas. C'est peut-être la crème des femmes mais je ne la connais pas assez. Pas pour ça. Je fais non de la tête.

– Tu permets ?

J'accepte d'un haussement d'épaules, et il lui dit tout. La cigarette grille toute seule entre ses doigts tandis qu'elle écoute, sans jamais la porter à sa bouche.

– Et Mia… ?

– Mia est de lui, dis-je. Enfin, c'est son père. Mais elle n'est pas à lui et ne le sera jamais. Elle est à moi.

– Ma chérie, dit mamie, va à la mairie. Dis-leur la vérité et n'arrête pas tant qu'ils n'écouteront pas. C'est ton bébé. Elle devrait être avec toi. Nous t'accompagnerons. Nous t'aiderons, pas vrai, Adam ?

– C'est clair.

– Tu peux être certaine qu'on ne te lâchera pas, ajoute-t-elle en nous noyant de nouveau dans un bain de nicotine. On ne va pas laisser gagner ces salopards.

Malheureusement, ce n'est pas si facile. Parce que le lendemain, quand je me rends, accompagnée de Val, au bureau d'information de la mairie et finis par obtenir de rencontrer une assistante sociale, ils appellent la police. Et on m'emmène au poste où je suis accusée d'agression.

Le pire étant qu'ils m'accusent sous mon vrai nom. L'écran de fumée que je croyais avoir créé autour de Mia et moi a vite été dissipé. Ils ont ramassé mon manteau quand je me suis enfuie de Paddington Green et, bien sûr, trouvé ma carte d'identité dans ma poche. Comment ai-je pu être aussi bête ? J'aurais dû la jeter ou la déchirer. Pourquoi l'ai-je gardée ? À quoi pouvait-elle encore me servir ? Est-ce que, quelque part, je croyais retrouver un jour mon ancienne vie ?

Dès lors, ils n'ont pas eu de mal à reconstituer mon parcours, entre la police et l'Aide à l'enfance. Ils ont recollé les morceaux du puzzle : la famille, l'école, Giles Street, Mia, sauf que personne ne sait qu'elle s'appelle Mia. À l'évidence, Vinny et les garçons ne leur ont rien dit. Alors ils continuent de l'appeler Louise et je crois qu'il me reste au moins ça. Son vrai nom. Sa vraie identité.

Entre les interrogatoires et les heures d'attente, je n'ai qu'elle en tête – son visage, mes sensations lorsque je la garde dans mes bras, son odeur, son sourire. Ça me tue de penser à elle mais c'est la seule chose qui me permette encore de tenir.

Maintenant qu'ils me tiennent, ils ne veulent plus me lâcher. Ils ont deux possibilités : une famille d'accueil, un centre pour jeunes délinquants… ou la maison.

– Nous avons prévenu vos parents que nous vous avions trouvée. Ils vont arriver.

J'ai l'impression de sombrer dans un trou noir.

– Non. Non ! Je ne veux pas les voir.

La femme fronce les sourcils. Elle a une cinquantaine d'années et on jurerait qu'elle les a depuis sa naissance.

– Ce sont vos parents. Vous avez seize ans.

– Je me suis enfuie. Vous ne comprenez pas ? Je me suis enfuie à cause d'eux.

– Parce que vous étiez enceinte.

– Non, ce n'est pas ça. Enfin, si, mais pas pour ce que vous croyez.

– Et qu'est-ce que c'est, alors ? Dites-le-moi.

Ça, je ne peux pas. Pas dans cette lugubre salle d'audition, avec cette inconnue. Je ne peux pas lui parler de mon père, de ce qu'il m'a fait. Je sais que c'était un crime et que c'est le moment ou jamais de porter plainte contre ce criminel, mais je ne peux pas. C'est trop personnel.

– Dis-le-lui, Sarah, insiste Val assise à côté de moi.

À quoi bon ? Je me ferme comme une huître. L'assistante sociale continue à poser ses questions, mais je reste silencieuse sans cesser de penser que maman et papa sont dans leur Mercedes noire en train de s'approcher d'ici. Ce qui ne fait qu'ajouter à la pression. Finalement, cette idée déclenche un flot de paroles :

– Je sais que j'ai fait des trucs pas bien. Je sais que je n'aurais pas dû griffer ce policier. Je le regrette. Je suis prête à lui présenter mes excuses, s'il le faut. Ou à lui écrire une lettre. Ce que vous voudrez. Mais on venait de me prendre mon bébé. J'étais hors de moi.

Ils écoutent.

– Il faut que je voie mon bébé. Que je sois avec elle. Si elle va dans une famille adoptive, je pourrais peut-être y aller moi aussi. Comme ça, vous me surveillerez vingt-quatre heures sur vingt-quatre, ça m'est égal. Vous verrez comment je me comporte avec elle. Laissez-moi prouver que je suis une bonne mère, que je l'ai toujours été. Vous ne me croyez pas mais c'est vrai.

Je perçois le ton implorant de ma voix et je m'en veux de ramper ainsi à leurs pieds, mais je ferais n'importe quoi pour récupérer Mia. N'importe quoi.

– Louise est en sécurité maintenant, dit l'assistante sociale, et sa sécurité est notre objectif numéro un. Vous avez mené une vie très… instable. Elle a besoin de stabilité, de train-train. Il est clair que, pendant que nous vous… aiderons, la meilleure solution consiste à la confier à la famille.

– À la famille… ?

– Votre mère et votre père. Les grands-parents de Louise. C'est une option dont nous discuterons avec eux quand ils seront ici.

– Mes parents. Vous êtes fous ?

– C'est souvent la meilleure solution. Quand nos clients, des parents tels que vous, doivent se réadapter, rien de tel que les grands-parents pour les aider.

– Vous rigolez, là !

– Vous avez sans doute eu des relations difficiles avec eux, mais ils…

Je me lève d'un coup et ma chaise tombe à la renverse derrière moi.

– Et moi, je n'ai pas mon mot à dire ?

– Asseyez-vous, Sarah, je vous prie !

Je ne bouge pas.

– Certes, nous allons tenir compte de votre point de vue, mais la décision finale sera prise par le collège des spécialistes de l'enfance, en accord avec les juges pour enfants. Avant tout, nous devons penser à Louise.

– Je ne peux pas rester ici ! Je ne peux pas les voir ! Si vous devez m'enfermer, faites-le tout de suite. Je préfère me trouver au fond d'une cellule qu'ici.

– Nous n'avons pas l'intention de vous enfermer. Vous allez être mise en liberté sous caution pour agression contre l'agent McDonnell, et nous cherchons donc un endroit où vous envoyer, si toutefois vous ne rentrez pas chez vous.

– Je ne veux pas rentrer chez moi. Plutôt crever !

Là, je me rends compte trop tard que c'est le genre de chose à ne pas dire à une assistante sociale. Je me hâte de rectifier :

– Enfin, vous voyez. Je ne vais pas me suicider non plus.

– Je vais la prendre chez moi. Je m'occuperai d'elle.

– Madame Dawson, je ne sais pas…

– Elle n'ira nulle part, elle ne s'enfuira pas sans le bébé. Elle a besoin d'un endroit calme et chaleureux, de bonne cuisine familiale. J'ai l'habitude des adolescents. J'en ai élevé plusieurs.

– Ce n'est pas ça. C'est le père…

– Quoi, le père ?

– Votre arrière-petit-fils, Adam Dawson. Le père de Louise.

Val se mord les lèvres pour ne pas éclater de rire et elle demande en grimaçant :

– Adam ? Non, il n'a jamais…

Mais elle me jette alors un regard. J'écarquille les yeux tout en secouant la tête. Elle hausse un sourcil et rectifie :

– Bon… oui, Adam… et Sarah.

– Il a des ennuis, reprend la femme en consultant l'écran de son ordinateur. Beaucoup d'ennuis.

– Oui, beaucoup. Quel adolescent n'en a pas ? Ça ne l'empêche pas d'être un bon garçon. Adorable avec le bébé. Ne vous inquiétez pas pour lui.

J'imagine qu'il ne doit pas être facile de trouver où placer des adolescents comme moi, parce que, deux heures plus tard, on finit par accepter de me confier à Val. J'ai un tas de feuillets à signer, et elle aussi.

En sortant du poste, nous passons devant une autre salle d'audience. La porte en est restée entrouverte et j'aperçois les deux personnes assises de l'autre côté de la table. Ma mère paraît plus petite et plus âgée que dans mon souvenir, alors que je ne suis partie il n'y a que trois mois. Quant à mon père, il n'a pas changé. Sa vue me rend malade et je dois ravaler la bile qui me monte à la gorge. Il lève les yeux, nos regards se croisent, une seconde. Le sien n'exprime rien, comme s'il ne me reconnaissait même pas ; pas une lueur de tendresse, pas de haine. Rien. Que perçoit-il en moi ? Je ne sais pas et je ne veux pas le savoir. Mais à l'idée qu'il va découvrir Mia, la prendre dans ses bras, j'ai le cœur chaviré.

– Emmenez-moi, dis-je à Val en lui étreignant le bras.

– C'étaient eux ?

– Oui.

– J'aimerais l'écorcher vif pour ce qu'il t'a fait. Tu devrais le dire à ces gens. Ce serait bien qu'ils le sachent.

– Je ne peux pas. Venez. Je vous en prie !

Dehors, je dois m'arrêter pour vomir.

– C'est injuste, ne cesse de répéter Val. Trop injuste !

Je n'arrive pas à répondre, même après m'être un peu nettoyée. Je m'accroche à son bras en attendant le bus. Je suis contente qu'elle soit capable de tant d'enthousiasme – ça fait du bien d'avoir quelqu'un de son côté. Surtout quand c'est Val. Durant le trajet de retour, elle a le tact de ne rien dire sur Adam ; je ne me contrôle pas aussi bien, mais elle comprend tout.

– Val, merci.

– De quoi ?

– De m'accepter chez vous. De me soutenir. De ne pas m'avoir contredite sur Adam. Il fallait que je dise quelque chose : ils avaient trouvé un dessin de lui dans le squat. C'est la première chose qui m'est venue à l'esprit.

– Ça va, souffle-t-elle. Il ferait un excellent père et ce sera un excellent mari le jour venu. Les Dawson, c'est une valeur sûre. Ils peuvent parfois se montrer un peu excessifs, comme mon Cyril, ou Terry, bien sûr, mais le fond est solide.

Ses mains se crispent sur son sac. Elle serait plus heureuse si elle pouvait sortir une cigarette.

– Val ?

– Oui.

– Il sait, n'est-ce pas ? Adam connaît votre numéro, comme le mien et celui de Mia.

– Oui, soupire-t-elle. Le pauvre chou.

– Ça ne vaudrait pas mieux de savoir ?

– Oh non, Sarah ! À quoi ça servirait ? Mieux vaut vivre sa vie normalement, prendre chaque jour comme il vient.

Elle a raison, bien sûr. Mais je ne peux m'empêcher de m'interroger. 01012027. Adam. Val. Moi. Mia. Qui d'entre nous verra le 2 ?

Adam

– Tu assures, Nelson, trop balèze ! Tu assures !

– Toi aussi ; on ne parle que de toi dans les médias. Quarante millions de vues sur YouTube !

Quarante millions ? C'est colossal.

– On fait le buzz, mon pote. On va réussir !

– Faut que j'y aille, Adam. Je voulais juste voir où tu en étais, te dire au revoir…

– Où tu es, mon pote ? À l'abri ?

– Peux pas te dire. Ni parler longtemps – je crois que mon téléphone est sur écoute.

– Tu as quitté Londres, au moins ?

– Pas encore.

– Nelson, va-t'en. Vite.

– Oui, promis. Toi aussi, tu dois partir, non ?

– C'est ce qu'on va faire. Juste deux, trois choses à régler et c'est bon. Nelson ?

– Oui ?

– Merci, mon pote.

– Ça va. On a bien travaillé. On…

La communication se coupe. Je recompose aussitôt son numéro, mais silence, ni messagerie, ni rien.

– C'est ton copain ? demande mamie.

– Ouais, mais on a été coupés.

– Ça arrive parfois.

– Ouais, bon. Il a dit qu'il était sur écoute. Tu crois qu'ils l'ont arrêté ?

– Mais non, c'est juste le téléphone qui ne fonctionne pas. N'en fais pas toute une histoire, Adam.

– J'aimerais pas qu'il lui arrive quelque chose. Il s'est mis en danger pour moi.

– Tu as d'autres choses à penser pour le moment.

Du menton, elle me désigne Sarah, assise comme un zombie sur le canapé, les yeux sur la télé qu'elle ne regarde visiblement pas. Elle n'a plus bougé depuis qu'elle et mamie sont rentrées de la police. On a bien essayé de lui changer les idées, mais elle est tellement déprimée qu'elle répond à peine.

– On va te la ramener, Sarah. Juré. Et s'ils veulent pas te la rendre, tu auras au moins un droit de visite et là on pourra… l'emporter.

Mamie frappe dans ses mains pour me faire taire. Sarah tourne les yeux vers moi.

– Ils ne voudront même pas me laisser la voir. Pas avant des années. Peut-être jamais plus. Et je ne sais pas où elle est.

– On pourrait essayer…

Elle me fusille du regard, alors je ne dis plus rien et me perche sur une chaise en faisant mine de m'intéresser à la télévision. On est sur la chaîne infos, où passent des reportages pris dans des gares routières et ferroviaires autour de Londres. Il y aurait déjà une victime, quelqu'un qui se serait fait écraser par un métro. La panique semble s'emparer de la ville.

– Je voulais pas ça. Il va y avoir des morts si les gens s'enfuient dans le désordre. Ça faisait pas partie du plan.

Soudain apparaît l'image d'un corps ensanglanté évacué sur une civière de la station King Cross.

– Oh non ! C'est pas vrai !

– Ce n'est pas ta faute, dit mamie. Tu n'y es pour rien.

Je me relève.

– Si, c'est ma faute. J'ai lancé ça. À cause de moi, la moitié de Londres veut fuir.

– Les gens doivent faire attention à ce qu'ils font.

Deux pas, et je suis sur mamie.

– Mais tais-toi un peu ! Et si c'étaient les autres qui avaient raison, et si c'était mon cerveau qui déraillait ? Et si j'étais dérangé ? Il va rien se passer du tout le 1er. Sauf que, maintenant, il y a des gens qui meurent en essayant d'échapper à quelque chose qui va jamais arriver !

– Calme-toi, mon chéri, calme-toi.

Plus elle en dit, plus ça m'énerve. Je croyais qu'elle avait compris ; dans ce cas, elle ne me dirait pas de me calmer.

– Arrête avec ça, c'est dans ma tête. Toute cette histoire. Je croyais faire le bien mais ça devient l'horreur. Je voulais pas ça ! Je voulais pas que les gens meurent. Pourquoi ils meurent, hein, mamie ?

Elle s'éloigne de moi, mais je ne peux pas m'empêcher de crier. Il y a tant de rage en moi. Comme si le bouchon avait sauté de la bouteille.

– Je tue des gens, mamie. Je les tue. Je voulais pas…

– Adam, regarde ! Regarde qui est là.

C'est Sarah. Sa voix m'arrête net. En gros plan apparaît la tête du Premier ministre.

– Oh Seigneur, pas lui ! grommelle mamie.

– Chut…

– Il n'a jamais su rien faire. Dieu sait pourquoi les gens ont encore voté pour cet incapable.

– Mamie, ferme-la. Je veux écouter.

Je m'assieds sur le bras du canapé, près de Sarah.

« Peuple de Grande-Bretagne, j'ai pris l'habitude de m'adresser à vous au nouvel an, pour vous offrir une réflexion sur les douze mois passés et envisager l'année à venir. Je vous parle aujourd'hui, un peu en avance sur les autres années, pour lancer un appel au calme. »

Il a le visage rougeaud et son crâne chauve brille sous les spots du studio de télévision.

« Je sais que vous avez entendu la rumeur selon laquelle Londres traverserait une grave crise. Je tiens à vous assurer que c'est faux. »

– Regardez ses mains. Il ne peut pas s'empêcher de les remuer. Il ment.

– Tais-toi, mamie.

« C'est une rumeur pernicieuse répandue par des personnes qui tentent de semer la terreur à travers notre nation. Elles n'y parviendront pas, et je peux vous assurer que nous trouverons les responsables et les présenterons à la justice britannique. Nous avons le système de surveillance le plus avancé du monde, les services secrets les plus efficaces du monde. À titre de garantie, j'ai relevé le dispositif de sécurité du pays au niveau rouge, ce qui signifie que tout le personnel du gouvernement est désormais engagé dans le maintien de toutes les mesures de sécurité possibles.

Je vous recommande de vaquer à vos occupations quotidiennes comme à l'accoutumée. Londres ne risque rien. Vous n'avez pas à quitter la capitale. J'y resterai pour ma part, à travailler au 10, Downing Street comme chaque jour, et j'y serai également demain. Le mieux que vous puissiez faire pour vous, pour votre famille et pour notre pays est de rester calme et de poursuivre votre vie habituelle. Merci. »

L'image revient dans les studios et mamie baisse le son.

– C'est facile pour lui ! s'exclame-t-elle. Tu penses, il a un super abri antiatomique sous son bureau !

– Tu crois que les gens vont l'écouter ?

– Je n'en sais rien. Peut-être ceux qui votent pour lui.

Un million de pensées se bousculent dans ma cervelle.

– Je sais plus si j'ai très envie que les gens s'en aillent, maintenant.

– Tu sais très bien qu'il le faut ! Tu l'as vu. Et Sarah aussi. Vous avez vu tous les deux ce qui va se produire. Vous n'êtes pas fous. Vous avez reçu un don, à vous d'en faire profiter les autres. De toute façon, mon chéri, ça ne dépend plus de toi, maintenant. Tu as lancé la balle et elle roule, quoi qu'il arrive.

– Ils trouveront les responsables, énonce Sarah d'une voix blanche en citant le Premier ministre. C'est nous, ça ?

– Nous et Nelson.

– Qu'est-ce qu'ils vont nous faire ?

Sa question flotte dans l'air et c'est alors qu'on frappe à la porte. Sarah étouffe un petit cri, mamie pousse un juron et je ferme les yeux. Que va-t-il se passer ? Qu'est-ce qui nous attend ? Je voudrais sortir de ce cauchemar.

– Ouvrez ! Police !

– Merde, il faut répondre, Adam ! dit mamie. Va leur ouvrir avant qu'ils n'enfoncent la porte.

Je me lève lourdement, mets la chaîne et entrouvre, juste de quoi apercevoir cinq ou six agents en uniforme.

– Adam Marsh ? demande le premier.

– Oui.

– Veuillez ouvrir.

– Qu'est-ce qu'il y a ?

– Ouvrez, s'il vous plaît.

Je referme, détache la chaîne, m'apprête à leur libérer le passage quand on m'envoie la porte en pleine figure, une main me saisit le poignet et y accroche des menottes.

– Qu'est-ce que vous foutez… ?

– Adam Marsh, j'ai un mandat d'arrêt pour le meurtre de Junior Driscoll, le 6 décembre 2026.

Sarah

Ils l'emmènent sans lui laisser le temps de se retourner. Val les accompagne et je me retrouve seule. C'était déjà assez terrible de me voir privée de Mia quand les autres étaient là, mais c'est dix fois pire toute seule. Je reste hébétée, assise sur le canapé pendant un bon moment, et puis je vais à la cuisine pour y faire un peu de rangement, mais tout est propre et net. Je vide le cendrier de Val dans la poubelle, le lave, l'essuie avec du papier absorbant.

À la télévision, les infos parlent toujours de la même chose : la panique et la paranoïa sur Londres, les gens qui s'en vont, les gens qui critiquent le gouvernement, les congés de la police annulés, l'armée en état d'alerte. Adam n'est plus qu'un sujet secondaire maintenant – il y a plus intéressant, même si on montre son arrestation de temps à autre, emmené par la police au milieu des nains de jardin de Val.

Je laisse la télé allumée et monte dans la chambre. Je me sens tellement inutile ! J'ignore où est Mia. J'ignore ce qui lui arrive, à elle autant qu'à Adam. Je fais les cent pas, me cogne contre les murs, les frappe à coups de poings en hurlant.

Je ne sais pas combien de temps s'écoule ainsi.

Je déraille, je ne sais plus ce que je fais. Je n'arrive plus à m'arrêter. Et puis, j'attrape la chaise près de la porte, l'envoie promener. Le dossier se casse en heurtant le mur. Je continue à tourner en rond, à taper, à crier jusqu'à ce que l'adrénaline baisse un peu ; je me rends alors compte à quel point je suis lamentable, nulle.

Je me laisse tomber au pied du lit, à moitié sur la table de nuit qui me rentre dans le dos mais je suis trop épuisée pour bouger. J'ai la gorge irritée à force d'avoir crié. Tout ça pour quoi ? Qu'est-ce que ça a changé ? Ça ne me rapprochera pas d'un millimètre de Mia. Elle est loin de moi, je ne sais où. Est-ce que je lui manque ? Est-ce qu'elle a remarqué que je n'étais plus là ?

Je cherche quelque chose à faire, ne serait-ce que pour me distraire, pour oublier que je suis moi. C'est une chambre pleine d'objets masculins, des trucs de garçons, posters, tas de vêtements et baskets qui traînent partout. Il y a quelque chose par terre, sous le lit, on dirait un livre. Sans doute du porno – c'est ça que les garçons gardent sous leur lit, non ? Je l'attrape en le faisant glisser vers moi, et un petit frisson me traverse le dos. Ce n'est ni un livre ni un magazine – c'est un carnet. Celui qu'Adam avait avec lui, le jour de la rentrée, au lycée.

Je commence par en essuyer la poussière.

Je sais que c'est à lui.

Je sais que c'est perso.

Je ne devrais pas regarder.

J'ouvre.

Il a une écriture illisible, entièrement liée et qui penche dangereusement vers la droite. Il a tracé des lignes verticales pour faire des colonnes ; il a noté des noms, des dates, des descriptions et d'autres dates. Il y en a des pages.

Je n'en parcours qu'une.

« Junior, 4/09/2026, au lycée, violent, un couteau, l'odeur du sang, la nausée, 6/12/2026. »

Junior. Celui pour lequel on est venu l'arrêter. Adam a décrit sa mort dans ce carnet le 4 septembre, trois mois avant.

C'est de la dynamite. Franchement, je ne sais pas si Adam a tué ce garçon ou pas, mais ceci pourrait le faire condamner.

Je tourne les pages et m'étrangle en lisant le nom sur la colonne de gauche.

« Sarah. »

Adam

Ce n'est pas possible. Il reste deux jours et je suis en prison. Au fond, je savais qu'on finirait par m'accuser de la mort de Junior. Ils n'allaient pas s'en priver. J'ai noté la date de sa mort – sur mon Palm-net, dans l'ordinateur de mon père, dans mon carnet. Elle est là. Je ne peux pas le nier. Et comment leur faire comprendre que, même si j'étais au courant, je n'y suis pour rien ? Qui me croirait ?

Je savais qu'ils m'arrêteraient, mais je ne croyais pas que ça se produirait si vite. Je me voyais plutôt en train d'aider mamie et Sarah à retrouver Mia, de les protéger. J'ai l'impression de les avoir laissées tomber. Elles ne peuvent plus compter sur moi.

Les flics disent qu'ils vont me présenter au juge demain et que, vraisemblablement, je vais me retrouver en détention provisoire jusqu'au procès. Qui sait combien de temps je vais devoir attendre ?

Et voilà les hommes en costard qui reviennent. Juste avant qu'on m'envoie en taule, ils se pointent dans la salle d'audition, le gros et le roux.

– Ce n'était pas malin de vous faire remarquer à Grosvenor Square, dit le gros. Pas malin du tout. Vous voyez la panique que vous avez provoquée, vous et vos amis ! Nous les connaissons : Sarah Halligan, Val Dawson, Nelson Pickard. Nous savons où se trouvent Sarah et votre grand-mère.

Mon cœur se serre et je sens monter l'affolement.

– Mais Nelson, où est-il, Adam ? Où est Nelson ?

Je secoue la tête.

– Vous ne savez pas ou vous ne voulez rien dire ? Vous êtes dans de sales draps. Nous devrions pouvoir… vous aider.

Une lueur d'espoir. Et s'il y avait là un moyen de retourner à la maison ?

– À sortir ?

– Non. Vous êtes accusé de meurtre. Même nous, nous ne pouvons vous garantir ça. Non, mais nous pourrions vous faciliter la vie, vous faire transférer dans un hôpital. Quand on entend des voix, quand on voit des numéros, sans parler de vos antécédents… Votre mère et tout… Nous pourrions recommander de vous faire soigner.

Je détourne les yeux.

– Nous voulons juste savoir où est Nelson, c'est tout.

Je n'aime pas ce que j'entends et j'ai peur pour Nelson, je m'en veux de l'avoir entraîné là-dedans.

– Je sais rien, dis-je en fixant le type. Nelson est un héros qui vaut dix fois mieux que vous. Il a convaincu les gens de partir. Vous, vous avez rien fait ; vous saviez et vous avez rien fait. Vous pouvez m'arracher les ongles, je dirai rien.

– On ne fait pas ça chez nous ! s'esclaffe l'autre. Pitié !

Ils échangent un regard amusé. Ils doivent trouver ça drôle. J'ai envie d'effacer leur air réjoui, de les voir partir à tout jamais.

– Je sais pas pourquoi vous perdez votre temps ici, dis-je en les regardant l'un après l'autre dans les yeux. Vous devriez vous-même être sur les routes. Il vous reste pas beaucoup de temps.

Le plus âgé se rembrunit :

– C'est une menace ?

– Pas une menace, mon pote, je dis juste ce que je vois.

Il fait grincer sa chaise en se levant, se dirige vers la porte.

– Emmenez-le, lance-t-il au flic qui attendait dehors. Emmenez-le !

Sarah

Val rentre juste après minuit. Elle paraît épuisée, les yeux gonflés, la bouche serrée.

– Ils l'ont déféré. Ils vont l'envoyer dans un centre pour jeunes délinquants à des milliards de kilomètres d'ici. Dieu sait comment je vais pouvoir lui rendre visite !

Je l'aide à ôter son manteau et branche la bouilloire. Le carnet est sur la table de la cuisine. Elle ne semble même pas le voir, trop concentrée sur la cigarette qu'elle allume avec un briquet presque vide. Elle appuie dessus à plusieurs reprises, l'air de plus en plus féroce.

– Allez ! grogne-t-elle, la cigarette collée au coin de la bouche. Allume-toi, bon sang ! Pourquoi tu ne t'allumes pas ?

– Il y en a un autre quelque part. Là, tenez…

J'en trouve un neuf sur le micro-ondes, l'allume et le tends vers le bout de sa clope. Elle agrippe le vieux avec une telle vigueur qu'elle va finir par l'écraser. Je le lui prends doucement et le dépose à côté du carnet d'Adam. Alors seulement, elle voit ce que je voulais lui montrer.

– Où as-tu trouvé ça ?

– Sous son lit. Je ne fouillais pas, je suis juste tombée dessus.

– Tu sais ce que c'est ?

Ses iris noisette se fixent avec méfiance sur les miens.

– Oui.

– Tu l'as regardé ?

Impossible de lui mentir. Elle lit en moi comme dans un livre ouvert.

– En partie.

Assez. Trop. Mon numéro. Celui de Mia.

– Et vous ? j'ajoute.

– Non. Je ne veux pas savoir. Enfin si, mais non.

Je sais exactement ce qu'elle veut dire.

– Sarah, jette-le.

– Pardon ?

– Il faut s'en débarrasser. Adam a assez d'ennuis comme ça. Ça n'arrangera rien s'ils trouvent ça. Tiens…

Elle me tend le nouveau briquet.

– C'est à Adam ! je proteste. C'est personnel.

– Il y a quelque chose dedans au sujet de ce garçon, Junior ?

Violent, un couteau, l'odeur du sang, la nausée, 06122026.

– Oui. Oui, en effet.

– Alors vas-y. Brûle-le, Sarah. Je sais qu'il a tué personne. Il me l'a dit et je le crois. Je pense qu'ils ont relevé certaines choses dans son ordinateur, mais ça, ça pourrait l'envoyer en prison, à la potence. La peine de mort s'applique à partir de seize ans. Encore quelques mois et il sera bon. Mon petit garçon ! Mon beau petit garçon !

Je lui prends le briquet, regarde autour de moi. La poubelle est en plastique, ça n'ira pas. Je ne peux pas sortir à cause de la presse qui fait le pied de grue dans la rue. Pas besoin de public, encore moins d'une caméra qui me filme en train de détruire une preuve. Il va falloir faire ça dans l'évier.

D'une main, je tiens le carnet au-dessus, de l'autre, je passe la flamme sur un coin. Ça prend tout de suite. Je le garde aussi longtemps que possible puis je le lâche dans l'évier. Avec Val, on regarde les pages se recroqueviller jusqu'à ce qu'il n'en reste qu'un tas de flocons noirs.

– Et voilà. Merci, Sarah !

Si seulement je pouvais me laver le cerveau aussi facilement que les mains ! Mais ces dates sont imprimées à jamais dans mon esprit, comme elles le sont depuis si longtemps dans celui d'Adam – ces dates de mort, ces numéros, le mien, celui de Mia.

01012027.

Oh.

Mon.

Dieu !

Adam

Au fond du tribunal, trois mecs en costard siègent derrière une espèce de bureau sur une estrade – deux hommes et une femme, celle-ci au milieu, apparemment le chef. Elle porte une veste rouge vif et des lunettes à la sévère monture noire.

D'autres bureaux s'alignent en face de celui des juges et, derrière, une cloison basse sépare deux rangées de chaises. Il y a là un type avec un bloc-notes, et aussi mamie et Sarah.

Je ne m'attendais pas à les voir. Ça ne me serait jamais venu à l'esprit.

Je n'ai pas envie qu'elles me voient ainsi.

Je n'arrive pas à les regarder.

Mamie lève la main, me fait un signe, mais je détourne la tête et passe devant elle.

On me montre un siège à côté de mon avocate. Elle me sourit tandis que je m'assois, me serre un peu le bras.

– Ça va ?

Je suis trop sidéré pour répondre. Dire que ça m'arrive à moi !

– Bien, dit Veste rouge, commençons.

Un mec mal fringué se lève pour me poser des questions : Nom ? Adresse ?

Je marmonne mes réponses, puis ils lisent l'acte d'accusation.

Meurtre.

Ça discute encore, je ne sais même pas de quoi.

– Incarcération… renvoi… audience préliminaire.

Ensuite, tout le monde se lève, les gardiens reviennent et m'emmènent. Qu'est-ce qui va m'arriver, maintenant ?

Mon avocate se penche vers moi :

– On se revoit à Sydenham. Demain ou après-demain. On pourra se parler.

– Sydenham ? C'est où ? Qu'est-ce qui se passe ?

– Un centre pour jeunes délinquants. Vous y resterez jusqu'à votre procès. Faites profil bas. Pas de bêtise. À demain…

Mamie se penche par-dessus la barrière quand on m'entraîne devant elle. Le gardien l'empêche de me toucher en me poussant en avant si bien que je manque de trébucher.

– Adam ! crie-t-elle.

Pas le temps. On me fait déjà descendre l'escalier qui mène à ma cellule. Là, on m'ôte mes menottes, puis la porte claque et j'entends les pas du gardien s'éloigner à travers le corridor.

– Qu'est-ce qui se passe ? Qu'est-ce qui m'arrive ?

Je tape sur la grille. On m'a dit que j'allais être transféré ailleurs et pourtant je me retrouve ici.

Les pas s'arrêtent.

– Du calme. On vous emmènera dès qu'un véhicule sera libre. C'est le chaos à Londres, aujourd'hui. Alors vous vous asseyez bien sagement et vous la fermez.

Comment m'asseoir bien sagement ? Le temps passe. Je sens dans ma tête les secondes qui s'écoulent, un compte à rebours inéluctable. L'horloge du tribunal indiquait onze heures et demie. Encore un peu plus de douze heures et c'est le jour de l'an. Que font mamie et Sarah en ce moment ? Qu'est-ce que je vais bien pouvoir faire, enfermé ici, dans cette putain de cellule ?

Sarah

La Saint-Sylvestre. Avec Val, on passe la matinée au tribunal correctionnel et l'après-midi au téléphone. J'appelle l'Aide à l'enfance pour tenter d'apprendre où est Mia. Val discute avec la police, puis avec l'avocate d'Adam, et toutes les personnes possibles. Nous avons chacune l'impression de nous adresser à des murs. Chaque fois, on nous répond qu'il y a des procédures à suivre et que ça prend du temps.

J'apprends ainsi que je vais être entendue « dans le courant de la semaine prochaine ». Demain étant férié, il n'y aura que le personnel de garde pour les urgences.

– Mais c'est une urgence !

– Votre fille est en sécurité. On s'occupe bien d'elle. À la rentrée, nous vous appellerons pour une audition, sans doute la première d'une longue série. Nous devons nous faire une idée de votre personnalité, de votre situation, de votre expérience en tant que parent. Soyons réalistes, il ne faut pas viser d'examen de votre cas avant début février, qui sera suivi d'une prise de décision de l'attribution de la garde quelque temps après.

– Quelque temps ? Je dois voir ma fille maintenant. Demain. Je ne peux pas attendre.

– Malheureusement, ça ne marche pas comme ça.

– Je ne peux pas la voir ? Juste la voir ? Même s'il y a quelqu'un d'autre à côté ?

– Nous pourrons envisager un droit de visite provisoire après votre première audition.

– Dites-moi au moins où elle est.

– En sécurité.

– Je vous en prie !

– Votre fille est en sécurité. Nous reprendrons contact après le 1er janvier.

Là-dessus, la communication est coupée. Point barre. Tenez-vous tranquille. Ne bougez pas pendant deux jours. Ne bougez pas pendant que le monde s'écroule autour de vous. Ne bougez pas pendant que Londres part en ruines. Je regarde par la fenêtre de la cuisine. La nuit est tombée, les immeubles s'allument autour de nous, chaque lumière laissant supposer qu'il y a quelqu'un dans l'appartement. Et beaucoup restent éteints. Je parie que des tas de gens sont déjà partis.

Val n'a pas davantage de chance que moi dans ses tentatives de joindre Adam ou de le faire sortir de ce centre pour jeunes délinquants où on l'a expédié. Je m'appuie à la porte pendant qu'elle parle et je me rends compte que ça ne se passe pas bien ; quand elle raccroche, elle laisse échapper une bordée d'injures dont moi-même je pourrais être fière.

– Ils ne veulent même pas me laisser le voir, Sarah, pas avant deux semaines ! C'est un gamin. Il va devenir fou, là-dedans. Je le connais. Il va se tracasser pour toi et pour Mia, et pour moi. Il a son caractère. Ça pourrait mal tourner.

– Qu'est-ce qu'on peut faire ?

– Je n'en sais rien, ma chérie. Je n'en sais rien.

On se réchauffe de quoi dîner, mais ni elle ni moi ne mangeons grand-chose. Après quoi, on s'installe devant la télé, qui passe des informations aux bêtisiers de l'année puis aux prétendus « divertissements », enregistrés il y a des semaines dans des studios équipés d'énormes horloges à l'arrière-plan.

– C'est vrai que c'est la Saint-Sylvestre. L'année dernière à cette heure-ci, j'étais toute seule…

– J'étais chez moi. Chez mon père et ma mère.

Mieux vaut ne pas approfondir le sujet, nous n'y tenons pas trop.

– Tu veux boire quelque chose ? propose-t-elle. Moi oui.

– Je n'ai pas trop l'habitude de boire.

Elle déguerpit dans la cuisine et revient avec deux verres remplis d'un beau liquide sombre, une bouteille coincée sous le bras.

– Une goutte de Xérès, annonce-t-elle en m'en tendant un.

– Ah, merci.

Je le renifle et sa seule odeur me prend à la gorge. Je serre le verre entre mes mains, bien décidée à ne pas avaler une seule gorgée de ce dangereux breuvage. Quant à Val, elle n'hésite pas. Je lui demande :

– On ne devrait pas se préparer pour demain ?

– D'après toi, qu'est-ce qui nous attend ? Un tremblement de terre ? Une bombe ? En principe, il faudrait se réfugier dans le métro, c'est ce qu'ils faisaient pendant la Seconde Guerre mondiale.

– Alors on va y aller ? Y camper pour la nuit ?

– J'aime pas trop. Je me sens oppressée là-dedans. Et si on ne pouvait plus en sortir ? Je préfère tenter ma chance ici, quitte à me cacher sous la table. Et toi, que vas-tu faire ?

Je préfère tenter ma chance. J'ai vu son numéro dans le carnet d'Adam. Et le mien aussi. On va s'en sortir, Val et moi. Alors peu importe où on se trouvera quand ça se produira – *on survivra.*

Tandis que pour Mia, c'est autre chose. Mia n'a plus que quelques heures à vivre. Ma fille. Mon bébé.

– Il faut que je trouve Mia.

Val se verse un autre verre de Xérès, regarde le mien auquel je n'ai pas touché et repose la bouteille.

– J'y ai pensé, répond-elle. Je parie que tu sais où elle est.

– Pardon ?

– C'est dans ton cauchemar, ta vision. Tu l'as vu mille fois. Ne me dis pas que tu n'as pas repéré de détails. Raconte-moi un peu ça.

– Il n'y a que des flammes, du feu partout, un bâtiment qui s'écroule sur nous. On est pris au piège. Adam est là. Il me la prend des bras. Il l'emporte dans le feu.

– Ça, c'est ce qui arrive, mais où êtes-vous ? Réfléchis, Sarah, réfléchis. C'est dans ta tête.

Elle me regarde intensément, m'incite à me rappeler. Je la fixe et ses yeux me plongent au plus profond de moi-même.

– Réfléchis, Sarah, réfléchis. Ferme les paupières. Qu'est-ce que tu vois ?

Adam

Pas moyen de sortir d'ici. Impossible de m'échapper par la porte ou la fenêtre. Ma seule chance viendra pendant le transfert.

Quand on m'a amené ici, j'avais les mains menottées devant moi et je me trouvais dans un fourgon parmi d'autres détenus. J'aurais du mal à tabasser un gardien et à m'enfuir les mains liées. Est-ce que mes camarades se joindraient à moi ? Le meilleur moment serait plutôt avant de me retrouver enfermé dans le véhicule, lorsqu'on me sortira d'ici. Je fais les cent pas dans ma cellule en me disant qu'il faudra y aller à coups de coude, de genou et de pied – je pourrais faire pas mal de dégâts. C'est la solution. Si je vais jusqu'à Sydenham, ce sera fichu. Je passerai le jour de l'an coffré, impuissant, coincé dans une cellule. Sans rien voir ni entendre, sans savoir ce qui se passe. Peut-être écrasé par les murs. Ma dernière demeure, une putain de prison. Pas question. Je ne me laisserai pas faire.

On m'a ôté ma montre et ma ceinture, je ne sais donc pas combien de temps il me reste avant qu'ils viennent me chercher. Dans les dix ou douze heures, sans doute, parce qu'on m'a apporté deux repas, si on peut les appeler comme ça, et parce que mon petit coin de fenêtre s'est assombri depuis un moment déjà.

Pourtant, les choses ne se passent pas comme prévu. Cette fois, je suis seul, menotté à un gardien, un gros lard d'une dizaine d'années de plus que moi avec un début de moustache. En plus, deux gardiens montent à l'avant et on se retrouve bloqués dans le fourgon sans que j'aie rien pu faire. Le moteur démarre et on est partis.

Merde, merde, merde ! J'ai raté ma chance. Qu'est-ce que je vais faire, maintenant ? Je lui demande :

– Quelle heure il est ?

– Minuit moins le quart.

– Putain !

– Ça te gêne ? Tu vas rater une soirée ? Moi aussi. Avec cette saleté d'ambiance, on nous a chouravé tous nos congés.

– Pourquoi ils font ça ?

– Tu sors d'où, toi ? D'une grotte ? Toute la ville est devenue folle. Les rues sont encombrées de gens qui veulent s'en aller et les autres, ceux qui restent, voient ça comme en 1999. On a installé un hôpital de campagne à Trafalgar Square pour y entasser les ivrognes. Les gens ici sont tous dingues !

– J'irais bien les retrouver. Vrai, mon pote, il faut que je sorte de là.

Il me jette un regard interloqué et je capte son numéro. 1er janvier. Je suis menotté à un gars qui va mourir dans les vingt-quatre heures. Toutefois, je ne capte aucun autre détail, là, c'est le noir absolu. Bizarre.

– Commence pas avec ça, me répond-il.

– C’est important. Il faut que je retrouve ma famille.

– Pas ce soir, mon gars. Tu pars pour Sydenham, point. On traverse le fleuve, on y sera dans un quart d’heure. Personne ne sort de ce fourgon.

– Il s’arrête pas à des feux ?

– Rien. Pas de pause clope. Pas d’arrêt pipi.

– Et si je te tape dessus ?

– D’abord je te le rendrai, ricane-t-il, si fort que tu ne sauras même pas ce qui t’arrive. Question d’entraînement. Ensuite, il y a une caméra de surveillance, là-haut. Les collègues à l’avant voient tout ce qui se passe ici. Tu commences à dérailler et ils mettent la sirène, accélèrent pied au plancher et on te dépose au premier poste de police où tu te prends la dérouillée de ta vie.

Sauf que là, ils devraient bien ouvrir les portières.

– Franchement, ajoute-t-il, ça vaut pas le coup. Ça risque juste d’empirer ta situation et…

Je serre le poing aussi fort que possible, m’éloigne et le frappe en pleine tempe. Il vacille avant de sortir une matraque de sa ceinture.

– Sale con ! crie-t-il en la balançant vers moi.

Mais je suis déjà debout et je lui envoie un coup de pied dans l’entrejambe. Il se plie en deux, j’en profite pour lui arracher sa matraque avant de le frapper derrière la tête dans un craquement sinistre. 01012027. Il est plus de minuit ? C’est moi qui le tue ?

Je jette la matraque et pose la main sur sa nuque, à la recherche d’un pouls. Il est toujours vivant.

C’est alors que l’alarme retentit, assourdissante, et on se trouve tous les deux catapultés vers le fond alors que le fourgon prend une brusque accélération. Il faut que je trouve la clé de ces menottes. Le gardien s'est effondré, la tête entre les genoux. Je le pousse par terre et me mets à fouiller ses poches. Rien.

La matraque a roulé à l'autre bout. J'essaie de la récupérer en tendant le bras et celui de mon gardien par la même occasion, tâtonnant du bout des doigts jusqu'à ce que je parvienne à les fermer sur le manche. Ensuite, je m'agenouille et soulève le poignet du gardien vers le bord du banc. J'en éloigne la main autant que possible et balance un coup énorme sur la chaîne de la menotte qui se cabosse mais ne se casse pas.

– Merde ! Merde !

Le fourgon fait des embardées, je perds l'équilibre et ma tête frappe le sol, puis on est projetés de l'autre côté. Ce truc est d'un instable…

– Arrêtez !

Je me mets à crier, même si je sais qu'ils n'en tiendraient pas compte au cas où ils m'entendraient par-dessus la sirène.

– Arrêtez-vous, bordel !

Je rampe vers l'avant en entraînant Gros lard avec moi et tape sur la porte de la cabine à coups de matraque.

– Votre collègue est blessé ! Il faut l'emmener à l'hôpital.

Je suis propulsé contre le banc alors que le fourgon bascule encore, sauf que, cette fois, il ne se redresse pas. La sirène toujours hurlante, on verse sur le côté, avec le sol qui forme maintenant un mur latéral et mon gardien qui m'écrase et m'empêche de respirer. Un tonneau, et c'est moi qui me retrouve au-dessus de lui. Dans un fracas épouvantable, le sol – à moins que ce ne soit un côté ou le plafond – me heurte le menton et m'envoie dans les limbes.

Sarah

Je ferme les yeux. La télé claironne le compte à rebours :

– Six, cinq, quatre…

Je ne vois rien. Je n'arrive pas à me concentrer.

– Trois, deux, un…

L'horloge de Big Ben retentit dans le salon.

– Bonne année !

Dehors, les feux d'artifice éclatent, transformant Kilburn en champ de bataille.

– Réfléchis, Sarah.

Les flammes crépitent derrière et devant moi. Je ne trouve pas Mia. Je ne la vois plus. Le bâtiment craque de toutes parts. Mon Dieu, c'est le toit qui s'effondre ! La chaleur est insupportable. La peinture du pommeau de l'escalier s'effrite. Le pommeau. *Le pommeau.* Avec ses courbes délicates accrues par les innombrables mains qui s'y sont accrochées lorsque les enfants s'amusaient à sauter les trois dernières marches. Les enfants. Mes frères et moi.

J'ouvre les yeux.

– C'est chez moi. Elle est chez mes parents. Ils la lui ont confiée.

Val me fixe toujours aussi intensément, de ses iris qui sont comme des océans de force et de compassion.

– Alors on y va. On va la chercher. Viens, Sarah, il ne faut jamais remettre au lendemain ce qu'on peut faire le jour même !

– Maintenant ?

– Tout de suite. Le temps d'aller chercher mon sac à la cuisine.

C'est là que, dans un petit « plop », la télé s'éteint. La maison est alors plongée dans le noir.

– Bon Dieu, ça ne va pas recommencer !

Les feux d'artifice continuent un moment, plus éclatants que jamais, et puis finissent par s'éteindre. L'obscurité soudaine a quelque chose de sinistre. Je me tourne vers la fenêtre derrière Val.

– Oh non !

– Ça va ?

– Moi oui. Mais regardez le ciel !

L'électricité éteinte, il n'y a plus de reflets pour nous empêcher de voir le ciel. Les tours forment des masses sombres, entourées de folles nuées ; des rubans de lumières vertes et jaunes palpitent dans l'air, passent devant nos yeux avant de disparaître puis de revenir.

– Nom de…

– C'est fantastique, Val. Qu'est-ce que c'est ?

– Aucune idée, ma chérie. Je n'ai jamais rien vu de tel. Tu as remarqué autre chose ?

– Quoi ?

– Ce foutu chien qui a cessé de glapir.

Elle a raison. Toute la journée, on a entendu ces interminables « yip, yip, yip », et maintenant il se tient tranquille. Tout est tranquille.

– Estimons-nous heureuses.

Nous goûtons un instant ce silence, jusqu'à ce que s'élève un hurlement à la mort.

– On a parlé trop vite, j'ai l'impression. Quelle plaie, cette bestiole ! Norma n'avait pas toute sa tête quand elle a pris ce satané carlin.

C'est alors que retentit l'explosion la plus puissante que j'aie entendue de toute ma vie et le sol se cabre sous nos pieds, m'envoyant valser dans les airs au point que je ne reconnais plus le bas du haut tandis que mes oreilles s'emplissent de chocs, de craquements, de détonations, et que ma tête heurte un objet rigide qui éclate dans un flash rouge puis plus rien.

Adam

D'un côté, je suis tout humide et j'ai froid. Je m'assieds en frissonnant. Au-dessus de moi, le ciel explose ; des fusées éclatent comme des obus de mortier et les étoiles retombent en pluie. Je vois les couleurs se refléter devant moi – je me sens cerné. Comme sur un champ de bataille. *La nuit des feux de joie, c'est toujours comme ça*, me dis-je. Mais je me reprends : *On n'est pas le 5 novembre, mais la nuit de la Saint-Sylvestre. Il est minuit passé. On est le 1er janvier.*

Je pose les mains au sol pour me soutenir. Un bracelet de métal me tombe du poignet. Un bracelet ? Je n'ai jamais porté aucun bijou. Ma main glisse sur un dépôt gluant et je m'aperçois qu'il y a de la boue sous mes doigts. Je suis au bord d'une rivière, l'eau n'est pas à plus d'un mètre ou deux.

Je regarde autour de moi. Une autre fusée déchire le ciel et illumine le fourgon renversé près du mur, la cabine écrasée, les portes arrière ouvertes.

Je me relève tant bien que mal en tressaillant de douleur à chaque mouvement. J'effectue quelques pas en direction du véhicule. Sa sirène s'est tue. Une forme attire mon attention non loin de là. Une personne, un corps. Mon gardien. L'autre moitié des menottes est toujours à son poignet, la chaîne brisée par l'impact.

– Désolé, mon pote.

Je ne trouve rien d'autre à lui dire.

Je trébuche sur le sol détrempé près du fourgon. Deux autres corps gisent à l'intérieur. Les airbags se sont bien gonflés mais ne les ont pas sauvés pour autant.

Je me détourne.

Où est-ce que je me trouve ?

Je bute sur un obstacle froid, abrupt – le muret du fleuve – et décide de le suivre en me risquant sur je ne sais quel débris échoué sur la berge. J'atteins un petit escalier et m'écroule dessus, la respiration courte, en essayant de reprendre mes esprits.

Le feu d'artifice s'arrête, il ne reste que quelques lueurs dans le lointain, mais l'eau scintille de vert et de jaune. Jamais vu ça. Je lève les yeux pour découvrir des rubans de couleur qui flottent à travers le ciel.

– Nom de…

Alors retentit la plus forte explosion que j'aie entendue de toute ma vie et le sol se cabre sous mes pieds, m'envoyant valser dans les airs. Je me retrouve dans l'eau jusqu'aux chevilles. Le ciel est plein de couleurs chatoyantes et c'est la seule lumière qui reste encore.

Tout le reste a disparu.

La ville entière est plongée dans l'obscurité.

Et le silence. Pas de circulation, pas de sirènes, rien que quelques cris qui se font écho sur le fleuve.

Autour de moi, l'eau se retire, m'entraînant un peu avec la gadoue. J'ai l'impression d'être charrié sur le sol, comme si j'allais disparaître, avalé par le lit de la Tamise. On se croirait au bord de la mer, à Weston, quand les vagues arrivent et s'en vont en aspirant le sable sous vos pieds au point de vous faire perdre l'équilibre.

L'eau est complètement partie, maintenant. Il ne reste que de la boue, plus de fleuve. Je repars en direction du muret. Si on a traversé le fleuve, il faut que je regagne l'autre rive pour arriver chez mamie. Sauf que, maintenant, il n'y a plus d'eau. Je pourrais passer à pieds secs. Pas besoin de pont. Je retourne sur mes pas mais, bientôt, une petite voix me ramène vers Weston.

Les vagues viennent et s'en vont.

L'eau n'a pas fait que disparaître. Il n'y a pas de bonde d'écoulement dans la Tamise. C'est un fleuve. Un fleuve à marées. Il est parti mais va revenir.

Tout d'un coup, ma tête est pleine des 27 que j'ai vu mourir noyés, les poumons emplis d'eau, impuissants.

Je reviens encore sur mes pas, en essayant de courir, cette fois, mais la boue est tellement poisseuse que j'ai l'impression de me mouvoir au ralenti. Sur ma gauche, j'entends un bruit, une rumeur, un grondement. *Allez, vite, vite !* Je me pousse à accélérer, soulevant un pied puis l'autre. Il faut que je retrouve cet escalier, que je sorte de là et grimpe au plus vite, que je me mette à l'abri.

Mais trop tard. Je regarde par-dessus mon épaule. Je ne vois pas mais j'entends. Des tonnes d'eau qui foncent vers moi, un monstre qui se déchaîne à travers ce lit. Je m'arrête, aspire une goulée d'air mais ça me tombe dessus avant que je ne sois prêt, ça me heurte avec une telle violence que mes pieds quittent le sol. Je ne peux que fermer la bouche et les yeux tandis que mon corps est emmené comme une poupée de chiffons. L'eau me porte jusqu'à ce que ma poitrine explose. Je ne peux plus me retenir. Il faut que je respire. Que j'ouvre la bouche.

Je ne peux pas.

Il le faut.

Sarah

J'ai mal partout, pas seulement au crâne. Je ne sais pas où je suis. Je crois que je suis allongée sur le ventre. Je peux remuer les bras mais pas les jambes. J'ai des trucs dans la bouche, des cheveux, du duvet ou je ne sais quoi, qui me coincent la langue et m'étouffent. Prise d'un haut-le-cœur, j'essaie de cracher.

Une voix geint dans l'obscurité :

– Adam ? Adam ?

C'est Val. Elle est vivante et pas loin de moi, pourtant je ne la vois pas.

J'essaie de lui répondre mais ma voix n'est qu'un murmure.

Mes jambes sont prises sous je ne sais quoi. Je me retourne, tends les bras dans leur direction en cherchant à tâtons ce qu'il y a là. Je ne vois rien, mais on dirait un fauteuil, pas trop lourd, juste assez mal positionné pour que j'aie du mal à le déplacer d'où je suis. Je pose les deux mains dessus et pousse. Ça bouge un peu et j'essaie de remuer les jambes jusqu'à ce que je parvienne à m'asseoir normalement.

Encore une poussée et s'ensuivent un grincement puis un craquement ; cette fois, mes jambes sont libres. Mais affreusement douloureuses, comme si on y avait enfoncé des aiguilles longues comme le bras.

Je ne peux m'empêcher de crier. En tout cas, ma voix est revenue.

– Qui est là ? lance Val d'un ton râpeux.

– C'est moi, Sarah.

Un silence, puis :

– Qui êtes-vous ? Que faites-vous dans ma maison ?

– C'est moi, Val. L'amie d'Adam. Sarah. C'est moi.

– Qui que vous soyez, pourriez-vous m'aider à me lever ? Je me sens comme un insecte tombé sur le dos.

On dirait qu'elle n'est pas à plus de deux mètres de moi. Je ne fais pas confiance à mes jambes, je préfère ramper jusqu'à elle. Sous moi, un tas de choses s'écrasent dès que je fais un mouvement. Tous les bibelots de Val se sont brisés dans leur chute, tous ses souvenirs. J'essaie de ne pas trop y penser alors qu'ils se brisent sous mon poids.

Bientôt, ma main touche quelque chose de souple.

– C'est toi, Adam ?

– C'est moi, Sarah.

– Sarah.

Elle articule lentement, comme pour alimenter son esprit, sa mémoire.

– Sarah avec le bébé, dis-je. Sarah qui peint.

– Sa-rah.

On dirait que la lumière lui revient.

– Sarah avec le bébé.

– Oui, c'est ça.

– Oh, mon Dieu, je me rappelle… Où est Adam ?

– Je ne sais pas, Val. On l'a mis en prison, vous vous souvenez ?

– Oh merde ! Mon petit garçon. Mon beau petit garçon !

– Vous pouvez bouger ? Vous êtes blessée ? Il faut qu'on sorte d'ici.

La bâtisse grince et soupire autour de nous.

– Val. Vous êtes blessée ?

– Non. Je sais pas. Aide-moi.

Nos mains se rencontrent dans l'obscurité, les siennes osseuses et fébriles, qui s'accrochent aux miennes comme si elles n'allaient plus jamais me lâcher. Nous parvenons à nous mettre debout. J'insiste :

– Il faut s'en aller.

– D'accord, ma chérie. Où est la porte ?

– Pas besoin de porte, Val, on n'a qu'à marcher.

– Que veux-tu dire ?

– Le devant de la maison s'est écroulé, Val.

– Ne dis pas de bêtises. On a eu droit à une petite secousse, c'est tout. On est toujours là. La maison aussi.

– Oui, mais la moitié a disparu. N'arrêtez pas de marcher.

Bras dessus, bras dessous, nous nous frayons un chemin parmi les débris. Une demi-lune est apparue au-dessus de nous, qui nous donne assez de lumière pour distinguer les formes des ombres. Dans la rue, quelqu'un vient d'allumer une lampe torche et la braque quelques secondes dans notre direction, le temps pour nous d'apercevoir un tas de gravats à la place de la façade, qui emplit à peu près tout le jardin. Il nous faut grimper dessus pour sortir.

Le rayon de lumière s'éloigne et on continue à l'aveuglette. On se dégage de ce qui a été une maison. Une partie du muret du jardin est restée debout, on s'installe dessus pour regarder de quoi on a émergé.

L'air est plein d'épaisse poussière mais, quand le clair de lune perce les nuages, on voit ce qui s'est passé. Toutes les façades de la rue se sont écroulées et on se croirait devant une rangée de maisons de poupées dont on voit l'intérieur. Je pousse un soupir :

– On a de la chance de s'en être sorties.

– Ouais, marmonne Val. Quelle chance !

Quelque chose remue à mes pieds et, le temps d'y jeter un coup d'œil, je pousse un cri.

– Qu'est-ce que c'est ?

Je m'attends à voir sortir un pied ou un bras mais ce n'est pas humain. C'est une petite chose noire qui gigote dans tous les sens et pousse une sorte de couinement. Je m'éloigne du mur pour m'accroupir devant, tends la main vers un tas de poussière, finis par palper comme de la fourrure tiède. La chose réagit, lève la tête et, dans un rayon de lune, j'aperçois une orbite vide.

– C'est un chien, Val.

– Un chien ? Celui de Norma ?

Je lui caresse le dos. Il respire avec difficulté. Il semble complètement aplati au sol, les pattes écartées. Je lui souffle :

– Viens, viens là.

Je m'éloigne un peu, claque des doigts. Il s'extirpe à l'aide de ses pattes de devant, tel un soldat en train de ramper sur le ventre. Ses pattes de derrière traînent lamentablement au sol.

– Ses pattes sont cassées.

Val vient s'agenouiller à côté de moi.

– Montre-moi ça.

Elle passe la main sur le chien.

– Il s'est brisé le dos. On devrait le dire à Norma. Où est-elle ?

La maison de la voisine ne ressemble plus qu'à une coque vide. Au contraire de celle de Val, même son toit s'est effondré. Il n'en reste rien.

– Manquait plus que ça ! s'exclame Val.

Je ne vois pas son visage, mais son intonation me suffit.

– Pauvre Norma ! Adam nous l'avait dit. Il nous avait prévenus de ce qui nous attendait. Je l'ai toujours cru mais je n'aurais pas pensé que ce serait à ce point… Il va falloir l'achever. On ne peut pas le laisser comme ça. Sarah ?

Elle veut que je tue ce chien. Ça me fait dresser les cheveux sur le crâne.

– Je ne peux pas, Val. Ne me demandez pas ça.

Elle se penche et je l'entends fouiller parmi les débris, se redresser, quelque chose à la main.

– Entendu. Bon chien, bon chien.

Dans la semi-obscurité, elle lève les bras au-dessus de sa tête puis les abat d'un coup. Un bruit sourd et c'est tout. Elle ne dit rien mais ramasse le cadavre avant de se diriger d'un pas chancelant vers les restes de la maison voisine.

– Qu'est-ce que vous faites ?

– Je vais l'enterrer là où il devrait l'être, avec Norma.

Je la rejoins et, ensemble, nous empilons pierres et briques au-dessus du chien. Ensuite nous revenons vers le muret et nous asseyons.

– Merci, dit Val.

Elle me saisit la main à tâtons et on reste ainsi, en silence, pendant un moment. Je suis tout engourdie. Je n'arrive pas à saisir ce qui vient d'arriver. Le calme régnait mais, maintenant, la nuit s'emplit de bruits : sirènes, cris. Il y a des gens dans la rue qui hurlent, qui appellent désespérément à l'aide, et je me demande tout d'un coup si la personne qui garde Mia n'est pas en train de crier elle aussi. Sont-ils piégés quelque part, ou à l'abri ? Et ma petite fille, pleure-t-elle ou dort-elle encore ? À moins qu'elle ne soit déjà morte ? Son numéro est imprimé dans mon esprit, celui que j'ai lu dans le carnet d'Adam. 01012027. Aujourd'hui. Là. Il est peut-être déjà trop tard.

– Val, il faut que je trouve Mia. Rien ne compte davantage pour moi, maintenant.

– Mia, le bébé.

– Oui. Il faut que j'aille la chercher.

– Bien sûr. On devrait partir maintenant. Seulement... seulement...

– Quoi ?

– Je ne veux pas partir sans la boîte de Cyril.

Cyril ? La boîte de Cyril ? J'ai envie de hurler. Elle s'inquiète pour les cendres d'un type mort il y a des années alors que, quelque part dans Londres, mon bébé a tant besoin de moi !

– Val, s'il vous plaît, laissez tomber. On ne la trouvera jamais dans ce tas de ruines. Je vous en prie, il faut que j'aille chercher Mia !

– C'est tout ce qui me reste de lui.

J'ai l'impression que ma tête va exploser. *On s'en fiche ! Il est mort.* Mais elle ne s'en fiche pas.

– Val, je crois que c'est trop risqué de retourner là-dedans. De toute façon, vous ne le trouverez jamais, pas dans le noir.

– Le jour va bientôt se lever. On pourrait rester jusque-là.

J'essaie de garder mon calme mais ma colère monte de seconde en seconde.

– Val, il faut vraiment que j'y aille.

– On n'ira pas loin dans l'obscurité, mieux vaut marcher à la lumière du jour…

Je regarde la rue. Avec le clair de lune, elle n'est pas complètement noire. Je m'engage un peu sur le trottoir et m'aperçois trop tard qu'il n'existe plus : mon pied s'enfonce, glisse dans le vide, il faut que je m'accroche à quelque chose, que je revienne en arrière. Alors que je prends appui sur la cuisse restée au sol, mon autre pied retrouve la terre ferme. Je pousse un cri.

Val apparaît subitement.

– Sarah ? Sarah ? Qu'est-ce qui s'est passé ?

Elle trouve mon épaule, sa main osseuse m'attrape.

– Je suis tombée dans je ne sais quoi.

Elle m'aide à me hisser à la surface.

– Ne pars pas, Sarah. Ne pars pas tant qu'il ne fait pas jour.

À l'autre bout de la rue, quelqu'un hurle.

– Ma femme ! Elle est là-dedans. Au secours !

Le cœur battant, je comprends ce qu'il me reste à faire, et ça me tue.

– Restez ici, Val. Je vais essayer d'aider ces gens et, dès qu'il fera jour, on récupérera Cyril et on s'en ira.

– Je peux les aider moi aussi.

Et voilà, on ne part plus. On s'approche tant bien que mal des voisins de Val, on les aide à écarter pierres, briques et poutres et, à nous tous, on parvient à sortir la femme des décombres de sa maison. Elle n'est pas trop blessée, juste en état de choc. Encore en pyjama et robe de chambre, son mari s'assied à côté d'elle sur le trottoir ; il lui prend la main.

Nos yeux s'habituent à la faible lumière, à tel point qu'on s'aperçoit à peine de l'arrivée de l'aube, quand le ciel passe du noir au gris. Trop occupée par mes fouilles, je me suis soudain redressée et là, j'ai regardé autour de moi.

– Oh, mon Dieu, Val ! Oh, mon Dieu !

– Qu'est-ce qu'il y a ? Tu as trouvé quelque chose ?

– Non. Regardez.

À son tour, elle se lève, pose les mains sur ses hanches, s'étire. Et puis elle contemple la rue ; un long sifflement lui échappe.

– Bon Dieu de bois !

Les maisons autour de nous sont effondrées, mais ce n'est pas ça qui nous met dans cet état. C'est la chaussée, ou plutôt le trou au milieu, celui dans lequel j'ai failli tomber. Dix mètres de large et cent, deux cents, trois cents mètres de long, comme s'il venait d'être ouvert à la surface de la terre par le plus grand couteau du monde.

Et ce couteau me déchire également, pourtant je me dis que je ne peux pas rester ici une minute de plus. Ma fille est là-bas, dans cette ville sens dessus dessous.

– Val, s'il vous plaît, on s'en va !

– Oui, Sarah, tout de suite. Je fais juste un saut à la maison. J'en ai pour une minute.

– Non, vous voyez bien que c'est dangereux.

Sans m'écouter, elle entreprend pourtant de retourner chez elle. Je la rattrape.

– Asseyez-vous là. J'y vais.

– Tu sais ce que tu recherches, au moins ? Une boîte en bois. Elle était sur la cheminée.

– Je sais. Je vais la retrouver.

À grand-peine, je me fraie un chemin parmi les éboulis, non sans trébucher à plusieurs reprises, ni me tordre une ou deux fois la cheville. Le mur du fond du salon est toujours debout et le plafond, toujours posé dessus. Je repère aussitôt la cheminée encore accrochée d'un côté tandis que l'autre s'est écroulé, ce qui la fait pencher vers le sol comme un toboggan. Le tapis a disparu sous une masse de meubles et de bibelots cassés. Tout est recouvert de poussière. Je me penche et entreprends de remuer les débris.

Le plafond craque, envoie une masse de poussière devant moi.

– Tu as trouvé ? me lance Val.

Je ne réponds pas. J'ai déjà les doigts égratignés pour avoir participé toute la nuit aux tentatives de sauvetage du quartier. J'y ai acquis une certaine expérience et je constate tout de suite que cette recherche est inutile. Je ne veux pas m'avouer vaincue mais chaque grondement du bâtiment me fait frémir d'effroi. Je n'ai pas envie non plus d'être enterrée ici.

– Viens ! me crie-t-elle. Laisse tomber. Tant pis.

Je ne la trouve pas. Alors que je me redresse pour m'en aller, un objet attire mon attention, blanc, brillant, coincé sous un cadre. Je m'accroupis pour l'examiner de plus près – un petit cygne de porcelaine, intact, sans une égratignure. Je le glisse dans ma poche et sors du salon pour la dernière fois.

Val vient à ma rencontre, me pose une main sur le bras.

– Je croyais que tout allait tomber sur toi. Je ne me le serais jamais pardonné. Quelle vieille égoïste je fais, parfois !

Derrière moi, la bâtisse craque encore.

– On ferait mieux de s'éloigner, dis-je.

On s'en va jusqu'à la rue. Là, enfin, je peux m'expliquer :

– Désolée pour Cyril. Mais j'ai au moins trouvé ça. Il n'est pas cassé.

Je sors le cygne de ma poche. Elle le caresse du doigt.

– On l'a acheté pendant notre lune de miel, dit-elle tout attendrie. Une semaine à Swanage, sur la côte Sud. Il tenait une forme, mon Cyril ! À la fin de la semaine, je ne pouvais plus marcher.

Elle a dû sentir ma gêne car elle part d'un rire un peu gras qui se transforme en quinte de toux.

– Trop de détails ?

Je préfère ne pas répondre.

– Merci, en tout cas, ajoute-t-elle. Ça aussi, ça compte pour moi. Dommage pour la boîte, quand même.

– Ce ne sont que des cendres, Val. Ce n'était plus lui.

Comme si c'était le genre de chose à dire par les temps qui courent…

– Je le sais, ma chérie. Mais je lui avais confié la garde de huit mille livres en même temps.

J'en reste bouche bée.

– Huit mille ? Vous aviez dévalisé une banque ?

– Pas moi, ma chérie, Cyril. De l'argent pour les jours difficiles, comme il disait.

– Vous voulez que j'essaie encore ?

On se retourne toutes les deux et, quelque part au fond, retentit un lourd craquement. Sur le toit, la cheminée oscille un peu puis le tout s'effondre, écrasant le premier étage dans le salon. Les débris sautent dans tous les sens. Instinctivement, je couvre Val de mes bras. On a l'impression que c'est une bombe qui explose. Nous sommes aspergées de poussière. Je garde la tête baissée et les yeux fermés un long moment. Quand je les relève, c'est pour constater que la maison n'est plus qu'un tas de gravats.

Val est pâle comme une morte.

– Tu aurais pu être dedans…

– Non, puisque j'en suis sortie.

Je la rassure en lui serrant le bras, mais moi-même je tremble de tous mes membres. À son tour, elle m'étreint, me balance doucement d'un côté à l'autre. Puis elle recule un peu, m'essuie le visage pour en ôter la poussière.

– Viens, Sarah ! On a un bébé à retrouver, non ? Allez, ma chérie. On s'en va. On va la chercher.

Adam

Ma tête atteint la surface à l'instant où je respire. J'avale un mélange d'air et d'eau qui me fait tousser, me donne la nausée.

Je replonge, mais cette fois exprès, et je nage vigoureusement, non sans éternuer et cracher avant d'aspirer de longues goulées d'air ; ça m'aide à flotter et je me mets sur le dos, la tête à l'air, et continue de respirer. Dans le ciel, les lumières vertes et jaunes ont presque disparu pour faire place à la demi-lune qui éclaire les silhouettes sur le rivage. J'ignore où je me trouve, combien de temps j'ai passé sous l'eau, mais je sens que je suis encore emporté par le courant.

Les eaux restent très puissantes. Je n'ai pas le choix. Je ne peux que me laisser entraîner. D'ailleurs, je commence à y prendre goût ; c'est alors qu'une vague latérale me frappe et me fait de nouveau couler. Au passage, mes bras se cognent à un obstacle, mon tee-shirt se déchire sur une pointe aiguisée, mon pied heurte quelque chose et s'y coince, mes jambes m'attirent à contre-courant et je suis immobilisé sous les flots furieux.

J'essaie de toucher mon pied mais dois remonter d'abord prendre une goulée d'air ; puis je replonge pour comprendre que ma chaussure est prise dans une balustrade. L'eau est si violente qu'elle sape mon énergie. Je sais que je m'affaiblis. Je remonte respirer, replonge et, cette fois, parviens à glisser les doigts à l'arrière de ma basket. Mon pied ne veut pas en sortir mais j'ouvre la chaussure et, enfin, me voilà libre. Aussitôt, le courant m'emporte de nouveau.

S'il y avait une balustrade, c'est que les eaux ont envahi les rues, donc elles sont certainement moins profondes ici qu'au milieu du lit. Ce qui me donne une chance de m'en sortir. Je nage de nouveau vers le fond. Au début, ça me paraît inutile mais j'ai vite l'impression que ça remue moins en dessous. Je me fraie un chemin – *continue, continue* – jusqu'à ce que, du bout des doigts, je touche le fond. Je cesse de nager et pose les pieds à terre. Ici, l'eau ne m'arrive pas aux genoux. Ça remue toujours mais plutôt doucement, ce qui me permet de m'asseoir sans être balayé sur place.

Ma poitrine se soulève avec effort. Je n'arrive pas à croire que j'ai réussi. Je me suis évadé. Je suis vivant. Si je devais mourir aujourd'hui, c'était l'occasion ou jamais pour la Faucheuse, moi qui n'ai même pas obtenu mon brevet des vingt-cinq mètres à l'école. Tout le monde se fichait de moi : « Les Noirs savent pas nager. » Je ne me serais jamais cru capable de ça.

J'essaie de me lever pour sortir complètement de l'eau, seulement mes jambes ne me portent plus, alors je me traîne sur le derrière, avant de me mettre à ramper. Je heurte une petite masse qui s'éloigne en flottant, ombre sur l'eau aux deux mains blanches éclairées par la lune. Je finis par n'avoir plus que quelques centimètres sur les pieds et parviens enfin à me mettre debout et à marcher.

Il ne me faut pas trop longtemps pour comprendre où je me trouve. Au bout de dix minutes j'aperçois la grande roue de Londres, ou plutôt sa silhouette noire toujours dressée contre le ciel. Ça me fait penser à maman.

Ne va pas à Londres. Ne laisse pas mamie t'y emmener.

Où est-elle maintenant, ma mère ? Est-ce qu'elle me regarde ? Est-ce qu'elle était avec moi pour me donner cet élan qui m'a permis de sortir du fleuve ? On a oublié ce qu'elle disait, mamie et moi. Mamie parce qu'elle n'en fait qu'à sa tête, moi parce que j'ai rencontré Sarah et que je voulais l'aider. On a oublié ce qu'elle nous a dit et maintenant on en subit les conséquences, encore que j'ignore totalement ce qui arrive à mamie et Sarah en ce moment. Au fond de moi, je suis certain qu'elles s'en sont tirées puisque je connais leurs numéros. Je sais qu'elles survivront à tout ça. Ce qui ne m'empêche pas d'avoir peur pour elles. Je me mets à courir, je traverse les rues sombres pour tenter de rentrer à la maison.

Ça me prend des heures. Il faut que je retraverse le fleuve, et la moitié des ponts de Londres a disparu. La police empêche les gens de passer par le Vauxhall Bridge parce qu'il n'est pas sûr, mais je fonce à travers le cordon, leur échappe en prenant mes jambes à mon cou et me retrouve sur l'autre rive.

L'aube se lève quand j'arrive à proximité de notre rue, mais là je n'en crois pas mes yeux. La moitié de la chaussée a disparu pour faire place à un trou énorme de plusieurs centaines de mètres. Les maisons se sont effondrées. Il me faut un certain temps pour repérer celle de mamie, ou ce qu'il en reste, la façade écroulée, le toit effondré, si bien qu'on n'en voit plus que les murs latéraux. Quelques nains gisent dans le jardin, les quatre fers en l'air, comme des petits cadavres.

– Oh non !

Comment auraient-elles pu survivre si elles étaient à l'intérieur ? Et où auraient-elles pu se trouver, sinon ? Je ne comprends plus. Je voyais en elles des survivantes. Je croyais que Sarah représentait mon avenir.

Mes jambes ne me supportent plus. Je m'effondre au sol, ferme les paupières. Ce n'est pas juste. Pas juste.

– Elles s'en sont sorties, vous savez.

– Quoi ?

Levant les yeux, j'aperçois un vieil homme en pyjama et robe de chambre. Il aperçoit les menottes à mon poignet mais n'en dit rien.

– Votre grand-mère et une fille. Elles sont sorties avant que le toit ne s'effondre.

– Vous êtes sûr ?

– Absolument. Elles nous ont même aidés, ma femme et moi. De vraies héroïnes.

La nouvelle me balaie comme une autre lame de fond, me coupe à nouveau la respiration.

– Il y avait un bébé ? Elles avaient un bébé avec elles ?

– Non. Elles étaient juste deux.

– Elles sont parties où ?

– Là, je ne sais pas, désolé. Elles sont parties il n'y a pas longtemps. Vingt, trente minutes. Elles n'ont pas dit où elles allaient.

Vingt minutes. Ce n'est rien. Je peux les rattraper. Les retrouver. Si je savais où elles allaient. *Réfléchis, Adam. Réfléchis.* Je referme les paupières, j'essaie de me concentrer sur Sarah, sur ce qui a pu se passer dans sa tête. Si elles n'avaient pas Mia avec elles, rien ne compterait plus à ses yeux que de la retrouver. Alors où est-elle ? Où est Mia ?

Les parents de Sarah étaient au poste de police le jour où on l'a accusée d'agression. Elle les a vus. Ils peuvent très bien avoir emmené Mia ce jour-là si l'Aide à l'enfance la leur a confiée. Pourquoi l'en aurait-on privée ? Belle maison à Hampstead. Belle voiture. Belle vie.

– Ça va, mon garçon ? demande M. Pyjama.

Je suis crevé. Si je m'allongeais sur ce trottoir, je m'endormirais aussitôt.

– Ouais. Ouais, super. J'ai deux dames qui m'attendent.

– Ah ! *Cherchez les femmes !** Bonne chance, mon garçon.

Il m'adresse un clin d'œil et s'en va.

J'ai mal partout, les bras en miettes, le poignet écorché, la cheville tordue et qui vire au bleu, les poumons en feu. Mais c'est mon pied qui me lâche maintenant. Je me penche pour regarder son état : la plante est maculée de bouts de briques, de pierres, de verre, d'échardes. À mesure que je le nettoie, je suis glacé de découvrir qu'il porte de profondes coupures.

Jamais je n'arriverai à Hampstead. Il me faut une chaussure. Je repère un rideau encore attaché à sa tringle au beau milieu des gravats. J'escalade comme je peux le monticule, déchire le tissu pour m'en faire des bandages. J'ai les mains qui tremblent mais pas question de m'arrêter maintenant. Je tâche de maîtriser mes gestes pour bien envelopper cheville, talon et orteils, de façon à former une sorte de botte que je ferme par un joli nœud devant. Génial. Je me lève pour voir ce que ça va donner. Ça fait toujours mal mais beaucoup moins qu'avant.

---

* En français dans le texte original.

Je me remets d'abord à marcher, puis je pars au pas de course, je m'éloigne de la maison où papa a grandi, ma maison à moi aussi pendant un certain temps. Il n'en reste rien, mais ça m'est égal parce que ce sont ses habitants qui comptent et que les trois personnes qui comptent pour moi n'y sont plus.

Mais je vais les retrouver, même si c'est la dernière chose que je fais sur cette terre.

Sarah

On traverse Londres mais ce n'est plus la ville où j'ai grandi. Rien ne ressemble à ce que j'en connais, pas même les bruits, car, si on entend régulièrement retentir des Klaxon ou des alarmes, des sirènes dans le lointain, le grondement de la circulation a disparu. Ce ronron qui vous accompagne au coucher et qui vous réveille le matin… il me manque.

Ma tête me joue des tours. À mesure que nous progressons, j'ai l'impression de me retrouver dans les rues que je connaissais, avant d'être prise de vertige par un espace imprévu, parce que là un immeuble s'est effondré, ou parce que le trottoir a disparu sous un tas de gravats. On tombe sur deux autres crevasses dans la chaussée, l'une qui coupe à travers la rue, formant un gouffre trop large pour l'enjamber, si bien qu'on doit chercher un autre chemin.

Partout, les gens appellent à l'aide. Des troupeaux de gens se rassemblent dès qu'ils trouvent la moindre raison d'espérer : familles, voisins, inconnus s'entraident pour sauver les survivants. Ils forment des chaînes qui se passent pierres et lattes. Nul signe de la police ni des pompiers ou même de l'armée. Pas par ici, à Kilburn. On nous a abandonnés. Si on ne se débrouille pas seuls, ce sera la mort.

Parfois je voudrais les aider, mais il est près de huit heures du matin et rien ne compte d'autre que Mia, nous sommes d'accord là-dessus, Val et moi.

Le premier incendie apparaît quelques rues plus loin. Des appartements en feu au-dessus d'une rangée de boutiques. Deux silhouettes apparaissent à la fenêtre du dernier étage, piégées par le brasier du dessous. Dans la rue, les gens ont entassé des cartons et tout ce qu'ils ont pu trouver et leur crient : « Sautez ! »

Nous voyons les silhouettes enjamber la fenêtre et, main dans la main, se jeter dans le vide. Elles atterrissent sur ce matelas improvisé, mais celui-ci s'avère insuffisant : elles demeurent immobiles, le cou brisé. Nous sommes restées plus longtemps que nous n'aurions dû, à regarder les gens recouvrir les deux cadavres des étoffes qui devaient servir à amortir leur chute. Alors nous reprenons notre chemin, silencieuses, éperdues d'horreur.

Les rues débordent de gens. Tous ceux qui ont pu s'en sortir par leurs propres moyens l'ont fait. Il ne reste personne à l'intérieur, pour le peu d'« intérieur » qui existe encore dans des bâtiments peu fiables. Certains habitants errent sans but, d'autres se sont assis au bord du trottoir, la tête dans les mains. La plupart se joignent à l'effort de sauvetage en répondant aux appels et aux cris qui retentissent çà et là.

Bien sûr, tout le monde ne sert pas l'intérêt général : certains préfèrent se servir tout court. Nous passons devant de nombreuses boutiques à la vitrine brisée, pas seulement par la nature – les barres de fer et autres battes de base-ball auront fait le reste. Les gens entrent et sortent comme en pleins soldes. Sauf que personne n'achète. Ils s'emparent de ce qui leur tombe sous la main.

Je ne cesse de consulter ma montre. Nous n'avons parcouru que deux kilomètres et il est déjà neuf heures et quart. Je m'arrête encore.

– Val, ça ne sert à rien. On n'arrivera jamais à temps. Qu'est-ce qu'on va faire ?

– Tu veux continuer sans moi ? Tu iras plus vite.

C'est bien ce que je voudrais mais ça me semble ingrat.

– Pas vraiment. Je ne veux pas aller là-bas toute seule.

C'est là que j'ai une idée lumineuse :

– Val, vous savez faire du vélo ?

– Évidemment, cette blague ! J'ai été jeune, moi aussi.

Il y a des Vélogratos partout dans Londres, et j'en vois justement une rangée au bout de la rue. Certains sont un peu détériorés mais on en trouve encore beaucoup d'intacts.

– C'est parti ! dis-je en me précipitant dans leur direction.

J'ai un peu de monnaie dans la poche et je m'apprête à glisser une livre dans la fente quand Val, derrière moi, pousse un glapissement de volatile effarouché. Je fais volte-face. D'autres gens se sont mis à crier et soudain retentit un coup de tonnerre, non pas dans le ciel mais sous nos pieds, tout autour de nous, et je vois alors ce que certains avaient aperçu de loin – une vague qui dévale la route. Non pas d'eau, c'est la route elle-même qui ondule comme un serpent ! Pas le temps de courir se réfugier où que ce soit : j'attrape Val et la jette au sol, juste avant que nous soyons soulevées par cette montagne russe. Je pousse un cri quand un objet me heurte le dos. Tout ce qui n'est pas scellé se met à tanguer comme un bateau dans la tempête : voitures, bicyclettes, personnes.

Autour de nous, les fenêtres éclatent, les vitres explosent et les immeubles eux-mêmes, ceux qui avaient résisté au premier tremblement de terre, commencent à s'effondrer.

– Restez à terre ! je crie. Ce n'est pas fini.

En fait, si. Le mouvement s'arrête aussi vite qu'il est arrivé. Ça n'aurait donc duré que quelques secondes ? Le bruit résonne encore et j'attends qu'il se soit apaisé avant de rouvrir les yeux et de lever la tête. À côté de moi, Val fait de même et se détend peu à peu.

– Oh putain ! s'exclame-t-elle.

Au moins, elle n'a pas perdu sa voix. Je lui demande :

– Ça va ?

– Oui, je crois. Et toi ?

– Je ne sais pas.

Je suis tellement sonnée, non pas physiquement mais dans ma tête. Je ne sais pas si je vais pouvoir continuer. Je ne sais même pas si j'ai raison de faire ça.

– Allez, Sarah, on a une petite fille à récupérer ! Mia nous attend.

Les larmes me montent aux yeux quand elle prononce le nom de Mia.

– Hé, regarde-moi ! On va y arriver. On peut changer les choses. Mais pas ici. Il faut la retrouver.

– Et s'il valait mieux rester loin d'elle ? Si Adam ne va pas là-bas, ni moi, peut-être que son avenir changera et son numéro aussi. Je l'ai lu, Val. Dans le carnet d'Adam.

– C'est aujourd'hui ?

Comment le sait-elle ?

– Vous avez dit que vous ne l'aviez pas regardé.

– Non, mais il me l'a dit.

– Il vous l'a dit ! Je n'y crois pas ! Il a juré qu'il ne révélerait jamais les numéros des gens.

– C'était après l'avoir rencontrée la première fois. Il était tellement secoué en rentrant à la maison que ça lui a échappé.

– Peu importe, de toute façon. La fin de Mia, je l'ai vue dès le jour où j'ai été enceinte, comment ça se produisait…

– Sauf que ça ne se passera pas comme dans ton cauchemar, parce que Adam n'est pas là. Donc, c'est déjà différent. Quoi qu'il arrive, Sarah, il faut que tu y ailles. C'est ta fille. Je n'étais pas là pour Terry et je le regrette plus que…

On est maintenant toutes les deux au bord des larmes.

– Allez, Sarah, on y va.

Elle se relève en geignant et je me demande si c'est à cause de ses douleurs habituelles ou si elle est blessée. Les dents serrées, elle s'en va prendre un vélo.

– Guide-moi, dit-elle. Je te suivrai.

Il nous faut à peu près une demi-heure pour arriver à Hampstead et, à mesure que nous approchons, je sens mon optimisme revenir. Malgré mes craintes, je constate que, par ici, les maisons n'ont pas trop souffert. Il y a même des rues totalement intactes. Si on ne tient pas compte de quelques carreaux cassés par-ci par-là, de branches qui gisent en travers de la chaussée, on pourrait presque imaginer que le séisme n'est pas passé dans le coin. Presque.

Alors je l'aperçois – la colonne de fumée qui s'élève par-dessus les toits à quelques rues d'ici. Je me fige, interdite.

– C'est… ? demande Val en s'arrêtant à côté de moi.

– Je ne peux pas… j'articule en portant une main à ma bouche. Je n'y arriverai jamais.

– Allez, dit Val une main sur mon épaule. C’est ta fille.
– La maison… mes parents…
– Je serai là, avec toi. On y est presque.
Je déglutis.
– D’accord. On y va.

Adam

Je suis tout près d'elles. Si j'étais un chien, je reniflerais leur odeur. Dommage de ne pas en être un – parce que je saurais alors si je suis sur la bonne piste.

Le doute m'envahit, je crains de courir dans la mauvaise direction, de m'éloigner de l'endroit où je pourrais intervenir, un endroit dont je n'ai pas idée. Mieux vaut ne pas y songer. J'ai pris une décision – je m'y tiens.

En arrivant chez mamie, je n'ai rien compris parce qu'il faisait encore trop noir. Maintenant, à la lumière du jour, ce tremblement de terre me prend la tête. Tout ce complexe si grand, si solide – cette ville entière – n'est plus qu'un tas de ruines. Avec ces immeubles écroulés, on voit un ciel immense sur Londres. Aujourd'hui il fait beau, le premier jour de soleil depuis des semaines. Cette lumière a quelque chose de dérangeant. C'est déjà assez difficile de trouver son chemin sans être en plus ébloui.

Je garde les yeux baissés et ne m'occupe pas des groupes de gens ici et là, des cadavres oubliés en pleine rue. Il y a trop de tragédies ici. Je les ai vues venir, elles m'occupent l'esprit depuis des mois, et elles étaient vraies. Tout ça était vrai. Je devrais sans doute en être content ? Ce que j'ai tenté de dire aux gens s'est bien produit. J'avais raison, non ? Mais ça ne me réjouit pas pour autant. J'en ressens toute l'horreur, qui me traverse jusqu'aux os. Je me sens vide, inutile. À quoi ont servi mes avertissements ? Les gens sont tout de même morts, des centaines et des centaines de gens. Et il en meurt encore autour de moi.

Seulement je ne m'arrêterai pas pour autant, je ne veux pas abandonner. De temps à autre, je lève la tête, à la recherche de mamie ou de Sarah. J'approche de son quartier. Certaines maisons semblent en bon état et je commence à me dire que ça va marcher. Je vais les trouver, elles et Mia, et peut-être qu'elles vont s'embrouiller avec les parents de Sarah et peut-être que mamie va leur dire sa façon de penser… c'est là que je vois la fumée, une colonne noire qui s'élève dans le ciel bleu.

Et je me rappelle…

Le cauchemar de Sarah.

Les flammes.

La chaleur.

La terreur.

Je m'arrête, les mains sur le visage. Les flammes, la chaleur, je connais. Je sais ce que ça fait. Je transpire mais, au fond, je suis glacé d'effroi.

La fumée s'élève et je me dis : *S'il y a un endroit où je ne devrais pas être, c'est bien là. Je ferais mieux de partir et peut-être que Mia sera sauvée.* Mais ce serait de la pure lâcheté. J'ai peur du feu, de la mort. Pourtant, je sais que je dois y aller. Sarah l'a vu, elle a eu la vision de ce qui doit être. Je suis là-bas, avec elle, dans son cauchemar. Elle est terrifiée. Elle me hait. Je lui prends Mia et je l'emporte.

Sauf que je n'ai pas l'intention de faire de mal à quelqu'un. J'y vais pour sauver Mia. Je déteste les numéros. Je veux les changer, les effacer. J'en mourrai s'il le faut mais j'y arriverai.

Sarah

Tout ce que je désire, depuis l'instant où on me l'a prise, c'est revoir Mia. La tenir dans mes bras.

Dès que je vois la fumée s'élever par-dessus les toits, je sais qu'il s'agit de ma maison et je me retrouve plongée dans mon cauchemar. Voilà un an qu'il m'occupe l'esprit en boucle tandis qu'au-dehors, dans le monde réel, la vie ne cessait de me harceler : *Voici ta fille, voici Adam, ça vient, ça se précise.* Maintenant, je sais que tous deux se confondent, rêve et réalité, futur et présent, pourtant difformes, inattendus. Je suis là avec Val. Mais pas d'Adam. Cependant, avec ou sans lui, il va falloir que je le fasse. Je vais devoir entrer dans mon cauchemar.

J'en ai l'estomac retourné.

Je ne sais pas si Mia est vivante ou morte. Je la sens vivante, mais je ne fais sans doute que prendre mes désirs pour des réalités. Je connais son numéro, maintenant. J'ai lu sa condamnation à mort.

Je nous vois, Val et moi, rouler vers la maison comme dans un film… ou dans un rêve. Les muscles de mes jambes se tendent à mesure que je pédale. Mes mains saignent et me font mal mais je m'agrippe sans plus rien sentir. L'air s'emplit de l'odeur âcre de la fumée – des bâtiments qui brûlent, des meubles qui brûlent, des gens qui brûlent. On n'entend que des bruits d'incendie, pas de circulation, ni d'avions, juste le crépitement des flammes et les cris d'êtres qui souffrent.

Je n'ai pas le temps de me dire qu'il faudrait que j'entre seule, ni de remarquer que la rue n'a pas changé, à part deux arbres et un lampadaire qui gisent en travers de la rue. Les grilles de la maison sont ouvertes.

La charpente en feu crache sa fumée noire vers le ciel dans une succession de petites détonations. Je lâche ma bicyclette dans l'allée principale et cours au milieu de la foule qui s'est assemblée devant la maison ; j'aperçois Marty et Luke parmi eux, assis au milieu d'une forêt de jambes. Je plonge à leurs côtés, sur le gravier.

Au début, ils n'ont pas l'air de comprendre que c'est moi. Il est vrai que je me suis à moitié rasé le crâne, et que mon départ remonte à plusieurs mois.

– Luke, Marty, c'est moi, Sarah.

Deux paires d'yeux inspectent mon visage et, tout d'un coup, Marty se jette à mon cou pendant que Luke se met à pleurer. Je leur demande :

– Où sont maman et papa ?

– À l'intérieur.

– Il y a aussi un bébé ?

– Oui, répond Marty, celui qui vivait avec nous. Elle arrête pas de pleurer.

– Elle est à l'intérieur ?

– Oui.

– Où ? En haut ? En bas ?

Il n'a pas l'air de savoir. Je contemple la maison. La grande chambre s'est écroulée sur la salle à manger.

– Ils étaient devant ? Dans le salon ?

Quelqu'un me tape sur l'épaule. Je lève les yeux et aperçois une femme, Mme Dixon, qui habite un peu plus bas dans la rue.

– Sarah ? C'est vous ?

Elle me dévisage comme si je débarquais d'une autre planète.

– Oui, c'est moi. Je reviens.

– Où étiez-vous… ? Vos parents… vos parents…

Alors qu'elle désigne la maison, une explosion retentit et une fenêtre saute, vitres, encadrement et tout.

– Reculez. Reculez, tout le monde !

– Madame Dixon, dis-je, pourriez-vous prendre les garçons avec vous, les emmener dans la rue ? C'est trop dangereux ici.

Elle se rembrunit.

– Bien sûr, mais où allez-vous… ?

La façade brûle, alors je cours à l'arrière, vers la cuisine, en me protégeant le visage de la chaleur. Je jette un coup d'œil par la porte vitrée et aperçois un homme allongé face contre terre.

C'est mon père. Je le sais.

– Qu'est-ce que tu as vu ? demande Val soudain à côté de moi.

– Rien. Il y a quelqu'un là-dedans. Par terre.

– Seigneur !

– Val, ne restez pas là. Allez vous mettre à l'abri.

– Je n'irai nulle part. Je veux t'aider.

Je n'ai pas le temps de discuter. J'essaie la poignée de la porte de la cuisine mais c'est fermé de l'intérieur. J'attrape un pot de fleurs que je jette à travers la vitre. Puis je passe la main, tourne la clé et entre.

Papa gît au sol, immobile. Je me penche, pose la main sur sa nuque. Froide. Je cherche quand même un pouls. Rien. Il est mort. La cuisine est sens dessus dessous mais rien ne laisse deviner par quoi il a pu être frappé. On dirait qu'il est juste tombé là.

Même mort, il me fait encore peur. Je m'attends à le voir soudain ouvrir les yeux, à m'attraper la main en criant…

Arrête, Sarah. Arrête ! Laisse-le. Il est mort. Où est Mia ?

Val se tient derrière moi.

– Il est… ?

– Oui.

Je me dirige vers le corridor et crie :

– Il y a quelqu'un ?

L'entrée est encombrée de débris tombés du plafond. Impossible d'atteindre le premier étage.

Je mets les mains en porte-voix et appelle encore.

Pas de réponse, que le craquement des poutres, le grésillement des cendres qui tombent devant nous. Val est arrivée derrière moi et elle crie aussi. Je me retourne :

– Chut ! Écoutez.

– C'est trop dangereux, Sarah. Il faut sortir d'ici.

– Vous ne l'entendez pas ?

Elle tend l'oreille.

– Non, Sarah, désolée, je n'entends rien.

Un énorme craquement résonne près de nous, suivi du fracas angoissant de poutres qui se cassent. Nous nous accrochons l'une à l'autre en nous protégeant la tête.

Je pousse un cri quand un objet énorme me heurte l'épaule. Les bruits semblent venir de partout à la fois, éclats, grondements, giclées de poussière et de gravats. Quand enfin ça se calme, j'ouvre les yeux une fraction de seconde, jette un coup d'œil derrière l'abri de mon coude. Je ne vois presque plus rien dans l'entrée. Le plafond s'est à peu près entièrement écroulé, emportant la rampe et la moitié de l'escalier. L'avant de la maison est en feu mais l'arrière aussi, maintenant. Il y a des flammes tout autour de nous. Je me redresse un peu, regarde en l'air et aperçois le ciel à travers le trou du plafond ; ce courant d'air attise les flammes qui dansent en rugissant au-dessus de nos têtes.

– Oh merde ! s'exclame Val. Il faut sortir d'ici, Sarah !

Ses cheveux se couvrent d'encore plus de poussière et de cendres qui lui souillent le visage, les cils.

– Je l'ai entendue, Val.

Elle lève la tête vers le toit, me regarde d'un air effrayé.

– Je ne crois pas. Tu aimerais juste l'avoir entendue…

– Parce que, d'après vous, je ne saurais pas reconnaître la voix de ma fille ?

– Si, mais…

– Elle est vivante, quelque part. Je le sais.

Elle me pose les mains sur les épaules.

– La moitié de cette maison a déjà disparu. Elle pourrait être n'importe où.

– Elle n'est pas loin. Je l'ai entendue. Je ne peux pas la laisser. Elle a besoin de moi.

– Ce n'est pas prudent. Il faut sortir de là.

– Pas moi.

– Sarah, dit Val en désignant les gravats qui encombrent le salon, si elle est là-dessous on ne pourra jamais l'en sortir. Il faut s'en aller tant qu'il en est encore temps.

Une lourde détonation résonne au-dessus de nos têtes.

– Je t'en prie, Sarah.

Derrière nous, le chemin par lequel nous sommes arrivées est envahi de flammes jaunes et orange qui grimpent jusqu'au plafond de la cuisine. Mais, au milieu, surgit une ombre aux contours difficiles à distinguer, un homme qui marche parmi les flammes.

Mon père. Mon père est là.

C'est impossible. Il est mort. Je l'ai vu. J'ai senti sa nuque glacée. Ce n'est pas lui, c'est…

– Adam, souffle Val. Oh, mon Dieu, c'est Adam !

Elle tombe dans ses bras alors qu'il émerge de la fournaise. Il paraît différent, comme vieilli. Je cligne des yeux en voyant mon cauchemar se réaliser. *L'inconnu au visage brûlé me prend mon bébé et entre dans les flammes.*

Mon bébé. Mon bébé. Où est-elle ?

– Tu n'as que quatre pas à faire pour sortir des flammes, crie Adam pour se faire entendre. Sors de là, mamie. Je suis là, maintenant. Je m'en occupe.

Elle s'accroche à son bras, ses grands yeux noisette interrogeant le visage sombre.

– Mamie, pas d'histoire. Vas-y ! Quatre pas et tu es dehors. On arrive.

– Bon, d'accord. Adam… ?

– Pas maintenant. Vas-y. On se voit dans une minute.

Les mains sur ses épaules, il la pousse doucement vers la sortie. Elle lui jette un dernier regard et la voilà partie en trottant dans la cuisine ; on ne voit bientôt plus que sa silhouette, comme pour lui à son arrivée, puis elle disparaît.

– Adam…

Là, je m'arrête, parce que je viens de l'entendre à nouveau – ce faible cri, quasi animal – et Adam aussi. Je le vois sur son visage.

Un cri étouffé, à côté, tout près. Nous nous ruons en même temps vers le cagibi sous l'escalier. Ma main se pose la première sur la poignée ronde ; ça me brûle mais je l'ouvre en criant et je porte ma manche sous mon nez à cause de l'odeur insupportable de vinaigre, d'alcool et d'excréments.

Il fait sombre dans ce cagibi et mes yeux doivent s'habituer à l'obscurité, mais bientôt je les vois. Mia vivante, rose, qui se tortille dans les bras de ma mère. Un côté du visage de Mia est éclaboussé de sang, mais ça ne vient pas d'elle. C'est une large blessure sur le crâne de maman, qui lui entaille aussi le visage. Le sang a giclé sur mon bébé et maman ne l'a pas essuyé parce qu'elle ne sait pas qu'il est là. Les yeux grands ouverts, elle me regarde, sans rien voir. Elle est morte.

Je rampe vers elles. Il y a du verre partout sur le sol, des bouteilles brisées avec leur contenu ; whisky, gin, marinade. Les éclats me coupent à travers mon jean comme autant de lames de rasoir, m'ouvrent le genou, le mollet. Je me penche, prends doucement Mia des bras de maman.

Et je me mets à fredonner :

– Ça va, là, je t'ai récupérée.

Je la tiens contre moi, je me penche pour pouvoir lui embrasser le visage, sentir sa chaleur, sentir son odeur de bébé. Elle est rouge comme une tomate, ses vêtements sont humides, sa couche, trempée et elle empeste. Mais peu importe, je respire ces odeurs avec bonheur car ce sont les siennes.

Ma petite fille.

Ma vie.

Vivante, dans mes bras.

Adam

Sarah plonge dans le cagibi. Je ne vois pas ce qui se passe. Je crie.

– Elle est ici ? Tu l'as ?

Là-haut, les poutres en feu sont si brûlantes que j'ai l'impression qu'elles me touchent. Je m'efforce de garder mon calme, de réfléchir, de rester maître de moi-même, de prendre les bonnes décisions, mais j'ai déjà entendu ce bruit. Mon corps n'a pas oublié cette incandescence, ma peau me hurle : *Tu connais. Arrête ! Va-t'en ! Va-t'en !* Je suis baigné de sueur. Chaque craquement, chaque mouvement au-dessus de ma tête me fait frémir. *Ça y est. Ça s'écroule.*

– Sarah !

Je crie mais ma voix émet un hurlement de terreur.

– Sarah ! Tu l'as ? Amène-la vite !

J'entends les pleurs de Mia et plonge alors dans l'obscurité de ce petit espace. Il y en a, du monde, là-dedans – Sarah, Mia et la mère.

Celle-ci est morte, le crâne à moitié écrabouillé.

Sarah tient dans ses bras une Mia encore en larmes mais, au moins, bien vivante.

– Vite, Sarah, faut sortir de là, maintenant !

Je m'efface pour la laisser passer quand une sorte de sifflement vibre au-dessus de moi. Je lève les yeux juste à temps pour apercevoir une poutre qui tombe droit sur nous.

– Putain !

Je me jette dans le cagibi, heurtant au passage la mère. Elle tombe à la renverse et Sarah crie alors que la poutre en flammes heurte le sol à un mètre de mon pied.

– Oh, mon Dieu, mon Dieu !

Je me retourne pour constater que la poutre s'est couchée en travers de l'entrée et nous envoie de violentes flammes tandis que d'autres débris tombés du toit prennent feu à leur tour.

Sarah n'arrête plus de crier. Dans ce minuscule espace, elle fait autant de bruit que Mia. Nous sommes piégés à l'intérieur par un mur de feu, il fait de plus en plus chaud et, bientôt, la porte s'embrasera à son tour pour communiquer l'incendie au cagibi. Orange, jaune et blanc. C'est éblouissant, mais je ne peux m'empêcher de regarder. Il y a un visage dans les flammes. *Junior recule en chancelant, les mains plaquées sur le ventre et je tombe, tombe, tombe. Les flammes m'encerclent. Elles rongent ma peau, me grillent.*

Une première flamme vient lécher la porte. Je m'écarte, marche sur du verre brisé jusqu'à heurter Sarah qui hurle maintenant dans mes oreilles.

– Sarah ! Arrête ! Tu fais peur à Mia.

Ses cris s'articulent :

– Le feu ! Il est là. On est pris au piège.

– Je sais.

– Qu'est-ce qu'on va faire ?

Devant nous, l'entrée du cagibi évoque la porte d'un four. Ce serait de la folie de vouloir passer par là. Je n'ai plus qu'à lui tourner le dos, à entourer Sarah et Mia de mes bras et à les étreindre jusqu'à la fin. Je n'ai plus qu'à leur dire que je les aime, plus qu'à fermer les yeux à jamais. On trouvera quatre cadavres ici.

– Adam ? Adam ?

Elle m'interroge du regard. Je n'ai aucune réponse à lui donner. Je n'ai pas de solution et je suis aussi terrifié qu'elle. C'est alors que son numéro m'apparaît de nouveau et me rappelle ce qu'il signifie. On va vieillir ensemble. Elle va s'en aller paisiblement. Nous ne sommes pas destinés à mourir ici. Le numéro de Sarah, je n'ai aucune envie de le voir changer. Je m'y suis raccroché dès l'instant où je l'ai vu. Je m'y raccroche encore aujourd'hui.

– Il faut traverser le feu.

C'est notre seule option.

– Je ne peux pas. Je ne peux pas.

– Je sortirai d'abord, pour voir ce qu'il y a derrière. Ensuite, dès que je te le dirai, tu viendras. On va s'en tirer ensemble.

Elle ne crie plus, elle pleure, pousse de longs gémissements suraigus.

– On va y arriver, Sarah. Je te le jure.

Je sais l'effet que ça va faire. J'y suis déjà passé.

Ne réfléchis pas. Ne réfléchis pas. Vas-y. Tout de suite !

Je m'écarte d'elle, pose la main au bas de la porte. La peinture explose. Je me redresse et tâche de sortir en me courbant au maximum. La touffeur me coupe le souffle. Il semblerait qu'on soit bel et bien encerclés de flammes.

Je sais que l'avant de l'entrée est bloqué, donc notre seule chance resterait le chemin par lequel on est arrivés, la cuisine, là par où est partie mamie. Le feu est tellement proche que je ne vois pas ce qui se passe derrière. Est-ce que le plafond de la cuisine s'est effondré aussi ? Pas le temps de vérifier. Mes cheveux commencent à griller. Si je ne bouge pas, je vais cuire sur place.

– Sarah, il faut y aller tout de suite !

De son coin encore sombre, elle me jette un regard d'animal traqué mais ne bouge pas.

– Je ne peux pas.

– Mamie est passée. Ça ira. Il faut y aller tout de suite. Viens !

Elle s'avance sur les genoux, Mia serrée contre elle. Je la saisis par les épaules pour l'aider à se relever. Elle a les yeux rouges et s'efforce de les garder ouverts malgré l'éblouissante lumière et la chaleur intense.

– Oh, mon Dieu ! Je ne peux pas !

Elle s'accroupit.

– On y est en quatre pas. Quatre.

– On n'y arrivera pas. Oh, mon Dieu !

– Pas le temps de faire des histoires.

Je suis penché sur elle, je lui fais un rempart de mon corps et j'ai la peau du dos qui brûle.

– Donne-moi le bébé. Donne-moi Mia.

Elle me jette un nouveau regard et les flammes se reflètent dans ses yeux ; au milieu de ce chaos, il y a soudain cet instant de calme entre nous. On sait tous les deux qu'on se retrouve au beau milieu de son cauchemar.

Ça y est.

Voilà comment ça se déroule.

Elle hésite une seconde, deux secondes. Le dos de mon sweat est en feu, je le sens.

– Sarah ! Donne-moi le bébé !

Elle me passe Mia qui se met à gigoter dans mes bras, mais je la tiens bien.

– Vas-y, maintenant.

Elle s'écarte de moi. Un quart de seconde, son corps forme une silhouette noire dans les flammes et puis disparaît. Mia pleure. Moi aussi. Je croyais connaître la douleur. Je croyais connaître la terreur. Je me trompais.

La voici, la douleur.

La voici, la terreur.

Je plaque Mia contre mon corps, je l'entoure, je la protège de mes bras.

Elle a aussi chaud que moi et, alors que je la tiens, je sens son corps se figer, je vois ses yeux chavirer. Ses membres se convulsent.

Mia. Mia ! Pas maintenant. Pas aujourd'hui. Accroche-toi, Mia, accroche-toi !

Je la serre tant que je peux et fonce dans le feu.

Sarah

Il dit qu'on n'a que quatre pas à faire. Un, deux, trois, quatre. Je les compte mentalement tout en m'éloignant de lui et de Mia. Mon esprit les hurle alors que la chaleur s'empare de mon corps. J'avance, paupières closes.

Un, deux, trois, quatre.

Je les rouvre, mais je suis encore au milieu des flammes qui font rage autour de moi. Il a menti ! Il m'a menti ! Je lui ai fait confiance et il m'a trompée et, maintenant, il est là-bas, avec elle ; je ne les reverrai jamais.

Je me retourne. Il faut que je revienne sur mes pas. Je n'aurais jamais dû lui laisser Mia. La chaleur me force à fermer de nouveau les yeux et, au lieu de ma fille, je vois Adam, ses iris noirs qui me fixent. Je sens son visage, la première fois que je lui ai caressé la joue, alors qu'il avait encore la peau si douce. Adam. Le garçon qui est venu me chercher une fois, deux fois, trois fois. Qui m'a emmenée chez lui. Qui m'a donné son lit. Qui est resté à Londres quand il aurait dû s'enfuir. Qui m'a embrassée.

C'est là que quelqu'un me prend la main et m'entraîne, des doigts osseux qui serrent les miens.

– Par ici. Encore quelques pas.

Je garde les yeux clos et me remets à marcher. Le sol est tellement jonché de débris que je bute sans cesse sur des obstacles, mais je lève les pieds en essayant de les enjamber, de les contourner – sans jamais rouvrir les paupières.

Soudain, la chaleur s'évanouit. Le rugissement a disparu de mes oreilles. Je suis de l'autre côté, dans la cuisine.

Il y a un espace libre, là où se trouvait le corps de mon père, et un passage qui mène directement à la porte. Des gens se précipitent, des mains tapotent mes vêtements en feu et on me conduit au-dehors. Des voix me lancent des questions. L'air frais m'emplit les poumons, obligeant la fumée à en ressortir.

J'essaie de me débarrasser de ces mains, de ces voix. Je veux retourner à l'intérieur, retrouver Adam et Mia. Il faut que j'aille les chercher.

Les voix s'exclament soudain en chœur :

– Regardez !

Je me retourne et Adam sort de la cuisine dans un sillage de feu, les vêtements et les cheveux embrasés.

– Oh, mon Dieu !

Le voilà entouré de gens. Je ne le vois plus derrière ce mur de dos, de jambes et de pieds. Je hurle :

– Adam ! Adam !

Le mur s'écarte et je l'aperçois, allongé à terre, enveloppé des pieds à la tête. On le fait rouler sur lui-même. Et, à travers tout ce bruit, tous ces cris, tous ces appels, mes oreilles captent la voix que je voulais entendre, la voix qui m'est si chère qu'elle fait partie de moi. Mia. Elle pleure. Elle est vivante.

Je traverse la foule, me fraie un chemin pour constater qu'ils ouvrent la couverture dont ils avaient enveloppé Adam. Dans un silence soudain apparaissent sa tête, ses épaules, sa poitrine. Allongé sur le côté, il me tourne le dos. Tous ses cheveux ont disparu à l'arrière de sa tête et ses vêtements ont complètement brûlé, révélant une peau couverte de cloques, liquéfiée.

Il ferme les yeux mais son visage, ses bras paraissent en meilleur état. C'est son dos qui a tout pris et il garde Mia serrée contre lui. Elle a les membres raides, bizarres. Je m'impose doucement.

– Laissez-moi.

Je la soulève avec tendresse et, dès que je la tiens, je sens son corps se détendre. Ses pleurs s'apaisent et, dans un dernier sanglot, elle s'arrête, ouvre les yeux.

– Mia. Mia !

Elle me contemple de son regard bleu, si bleu.

– Mia, tu es sauvée maintenant. Tout va bien. Tu es sauvée.

– Elle va bien ?

La voix d'Adam n'est qu'un murmure. Lui aussi a ouvert les yeux.

– Oui, dis-je. Elle est en pleine forme. Regarde. Tu l'as sauvée.

Je l'approche de son visage pour qu'il la voie mais il referme les paupières.

– Peux pas, souffle-t-il. Peux pas regarder.

– Mais si ! Elle va bien.

Mia tend les bras vers lui en gazouillant. Le fin duvet de sa peau a légèrement roussi mais, en dessous, la chair reste rose, saine, parfaite. Elle lui effleure la joue et il rouvre les yeux.

– C'est pas vrai ! souffle-t-il.

– Qu'est-ce qu'il y a ?

– Mia.

En articulant son nom, il se met à pleurer.

Adam

L'épreuve ne l'a pas tuée. Elle est affaiblie mais elle va bien et elle a retrouvé les bras de Sarah, qu'elle n'aurait jamais dû quitter.

Il y a juste une petite différence qui m'en bouche un coin. Que je ne saisis pas.

J'essaie de chasser mes larmes en clignant des paupières, car je ne veux pas cesser de contempler son visage, ses yeux.

– Ça va, répète Sarah. Elle est en pleine forme. Tu l'as sauvée.

On dirait bien que oui. C'est ce qu'il semblerait. Et pourtant. Pourtant…

Elle est tout près de moi, sa menotte sur ma joue. Elle ne sourit pas. Elle me regarde, solennellement, plus calme, maintenant, et nous nous fixons l'un l'autre.

J'ai entendu parler du concept de « vieille âme » sans vraiment savoir de quoi il retournait. Maintenant, je crois que je saisis. Il y a quelque chose d'intemporel chez l'être qui me dévisage. Elle n'a peut-être qu'un mois, pourtant elle en a vu beaucoup. Elle sait. Elle comprend.

Son visage, c'est la dernière chose que je vois avant de tomber dans les pommes, et il m'accompagne tandis que je sombre et divague, il flotte devant moi et dans ma tête. En moi, il change de couleur, passant au noir et blanc, puis au négatif quand l'ombre devient lumière et la lumière, ombre. Il se retourne comme un gant, ses traits se divisent puis se rassemblent en dépit du bon sens pour m'obliger à les recomposer. C'est un jeu. Je sais que ce n'est rien qu'un jeu mais, avant tout, je veux la voir reprendre son vrai visage. Je veux qu'il revienne à sa forme originelle. Les éléments doivent se coordonner dans l'ordre. Si je n'y arrive pas, tout tournera mal. Si je n'y arrive pas, je pourrais bien en mourir.

Il y avait du bruit tout à l'heure – des flammes qui crépitaient, sifflaient et grondaient dans le bâtiment en feu, des pleurs et des cris.

Plus de bruit, maintenant, juste un silence qui résonne comme un cri.

Sarah

C'est comme un film. Un film catastrophe. Je suis dedans, en même temps je le regarde, tandis que les événements se déroulent autour de moi.

La maison est complètement embrasée maintenant. On n'en sauvera rien. Dans le jardin, les gens forment des groupes autour d'Adam, autour de Mia et moi. Tout ce qu'on voit dans un jardin de banlieue chic est toujours là : deux balançoires, un portique, un trampoline. Le corps de papa gît à un mètre d'un ballon sauteur, mon ballon, qui est revenu ensuite aux garçons. Il tourne vers moi sa figure grotesque, ses yeux fous et son sourire figé de ballon.

Le visage de papa est recouvert d'un manteau que quelqu'un lui a déposé sur la tête, mais ses mains et ses jambes dépassent.

Face à lui, je me demande ce que je devrais ressentir. Pour l'instant rien. Pas encore. C'est juste un cadavre sous un manteau. Je suis nettement plus bouleversée quand je pense à maman, affaissée dans le cagibi sous l'escalier. Les flammes ont dû la dévorer maintenant, l'incinérer. C'est trop horrible, insupportable.

Je lui dois tant ! Quoi qu'il se soit passé quand j'étais à la maison, elle a ensuite sauvé Mia. Même morte, elle la protégeait encore.

Merci, dis-je en mon for intérieur. *Je t'aime, maman.*

Vrai ? Cette femme qui a détourné les yeux ? Est-ce que je l'ai aimée ? Est-ce que je l'aime ?

Les flammes rugissent comme un animal féroce, envoient des cendres incandescentes et de la fumée haut dans le ciel. Je tends le cou en essayant de voir où tout ça se termine mais je n'y arrive pas.

– On le perd, dit quelqu'un.

Ces paroles me ramènent sur terre. C'est Adam. Ils parlent d'Adam.

Il est toujours allongé sur le côté, mais ses yeux sont clos, maintenant. La peau de son dos et de ses épaules s'est éclaircie – brûlée à blanc par le feu.

– Il est en état de choc.

Toutes ces semaines, tous ces mois dans mon cauchemar, je me désespérais pour Mia. Mon affolement, ma terreur se concentraient sur elle. C'était ce qui me hantait. J'étais sûre qu'elle allait mourir.

Je n'aurais jamais cru que ce serait Adam.

– Ne pars pas, Adam. Ne pars pas.

Il ne réagit pas. Ses yeux ouverts restent fixés sur un seul objectif et son visage se détend. Il est presque parti.

Je pose doucement Mia sur le sol puis prends le visage d'Adam entre mes mains et je m'allonge à moitié devant lui pour lui faire face.

– Adam. Regarde-moi. Regarde-moi maintenant.

Ses yeux sont ouverts mais il ne me voit pas. La communication ne s'établit pas.

– Adam, je t'en prie !

Je me penche, l'embrasse doucement. Sa bouche sent la fumée. Il ne répond pas à mon baiser.

– C'est fini, dit quelqu'un.

– Non ! Non, ce n'est pas possible !

Je m'étends davantage et lui embrasse les yeux. Comme je recule, mes larmes tombent en pluie sur ses cils.

Adam

Je détestais voir les numéros. Ils me faisaient peur. Je ne savais pas pourquoi j'avais reçu ce don, cette malédiction. Pourtant, c'est un numéro qui me sauve en ce moment. Celui de Sarah.

Je suis dans un tunnel, un long souterrain obscur, mais il y a de la lumière au bout ; de la lumière, de la chaleur et quelqu'un qui m'attend. Maman. Elle n'a pas changé – enfin, elle est comme avant sa maladie. Elle me tend les mains et je me dirige vers elle mais nos doigts ne se touchent pas. Elle sourit, et ça fait du bien de la voir. Je n'aurais jamais cru ça. Elle me parle mais ses lèvres ne remuent pas. J'entends ses pensées.

– Qu'est-ce que tu fais ici, mon chéri ? Ce n'est pas ton heure.

J'entends aussi d'autres voix, qui crient, qui pleurent, mais à des kilomètres d'ici.

– C'est fini.

– Non ! Non, ce n'est pas possible !

Et là, quelqu'un s'est rapproché de moi, tout près, et

j'ouvre les yeux, mais je ne vois rien. Juste la lumière et, quelque part, la lumière, c'est maman et elle est la lumière. C'est tout ce que je veux voir. Elle m'a tellement manqué !

Un liquide m'éclabousse les yeux. Ça pique. Je cligne des paupières et voici qu'apparaît un autre visage. Sarah. Son numéro m'inonde, c'est comme si je la voyais pour la première fois. Je n'en reviens pas qu'il soit si facile de quitter ce monde, baigné d'amour et de lumière. Pourtant, je sais que je resterai là, avec elle, que je la tiendrai dans mes bras. J'en fais partie, je fais partie de sa vie. Alors je ne peux pas m'en aller maintenant, il faut que je reste.

Le tunnel a disparu, maman a disparu, mais c'est bon. Il m'a suffi de la voir.

Sarah

Il cligne des yeux. Une fois, deux fois. Puis il me regarde.

– Adam. Reviens. Reviens-moi.

À cet instant, pendant une fraction de seconde, il me revient. Je voudrais tellement le garder ! Cette sensation est si puissante qu'elle en devient douloureuse, mais je sais que je ne peux rien faire d'autre que regarder. Je n'ai plus d'autre objectif que mes yeux fixés dans les siens, ses yeux fixés sur les miens. Tout le reste disparaît. Il n'y a plus que nous. Nous l'avons pour nous, cette minute, cette seconde.

– Reviens-moi, Adam. J'ai besoin de toi.

Sa bouche remue maintenant. J'ai du mal à capter ses paroles.

– Je t'aime, Sarah.

– Je t'aime aussi. Je t'ai toujours aimé, seulement j'avais peur.

– J'ai peur, là…

Il essaie de dire autre chose, luttant pour trouver la force d'articuler.

– Chut ! dis-je. Ne t'inquiète pas. Tu me le diras plus tard.

– Les numéros… murmure-t-il.

– Ne t'inquiète pas… On verra ça plus tard.

– Mais Sarah, tu comprends pas.

– Quoi ? Qu'est-ce qu'il y a ?

– Le numéro de Mia…

Je me fige. Son numéro était aujourd'hui. *Oh, j'hallucine, j'hallucine !* Je me penche encore, colle mon oreille à sa bouche. Il parle tout bas. Une liste de numéros. Je ne capte pas.

– Adam ? Adam, qu'est-ce que tu dis ?

– Le numéro de Mia, lâche-t-il d'un murmure quasi inaudible. Il a changé.

– Attends ! Tu veux dire qu'elle va vivre ?

– Je sais pas. Je pige pas.

– Pourquoi ? Si ce n'est pas aujourd'hui, alors c'est qu'elle s'en tire, non ? Dis-moi, Adam. Dis-moi. Dis-moi le numéro de Mia !

– 02022054. Le même que celui de mamie. Faut que je lui dise. Où elle est ? Où est mamie ?

Je me redresse, inspecte la foule de visages qui nous observe. Elle doit être dans les parages, pourtant non. Je me penche dans tous les sens, essayant de distinguer quelque chose à travers toutes ces jambes et les autres, derrière.

C'est alors que je comprends – que je ne l'ai plus vue depuis qu'Adam l'a dirigée vers la sortie, à travers les flammes. Elle n'était pas dans le jardin quand j'ai émergé, pourtant je l'ai entendue dans le feu, j'ai senti sa main me guider. Non ?

– Sarah.

Adam me regarde, encore et toujours dans les yeux.

– Sarah, où est mamie ?

Sarah

Il ne veut pas l'abandonner dans les décombres. Il est blessé, grièvement blessé. Il faudrait le transporter à l'hôpital afin de faire soigner les brûlures de son dos, mais il refuse.

– Elle est là-dedans, dit-il en désignant la maison. Mamie est là-dedans. Je vais nulle part.

S'il en avait la force, il y rentrerait lui-même, seulement les flammes sont trop intenses et puis Adam est épuisé. Il vient juste de s'en tirer. Lui autant que Mia.

Pas de pompiers pour éteindre les flammes, juste un troupeau de voisins qui regardent brûler la maison sans pouvoir rien faire. Un à un, ils finissent par s'éloigner pour regagner leur propre demeure en plus ou moins bon état, ou pour chercher de l'aide à leur tour. On reste dans le jardin – Adam, Marty, Luke, Mia et moi – on regarde et on attend. On attend que les dernières flammes s'éteignent, que la colonne de fumée diminue avant de disparaître. On passe la nuit dehors, à quelques mètres des braises encore vives.

Au matin, il apparaît clairement que notre entreprise est vaine. Toute la maison s'est écroulée, réduite à un tas de cendres, de bois calciné et de métal… et, quelque part, d'ossements humains. Ceux de ma mère et ceux de Val.

Adam ne peut quitter du regard ces ruines fumantes.

– Adam, dis-je. On ne peut pas.

J'ai envie de m'en aller. De le faire soigner. Pendant la nuit, de nouvelles cloques sont apparues sur la peau de son dos. Il dit qu'il ne souffre pas, mais il me suffit de le voir pour avoir mal. Je me demande comment on peut survivre à de telles brûlures. Néanmoins, j'en suis bien contente. C'est vrai ce qu'on dit : on ne se rend compte des trésors qu'on possédait que quand on les a perdus. Et j'ai failli perdre Adam. Je crois même que je l'ai perdu. Il est parti et il est revenu.

– Elle nous a quittés, dis-je aussi doucement que possible. Je suis désolée.

– On peut pas la laisser là.

Soudain, je me retrouve à Carlton Villas, avec Val devant les décombres de ce qui avait été sa maison. Elle ne voulait pas s'en aller, mais j'ai réussi à la convaincre. Et maintenant, je vais devoir convaincre Adam de s'en aller.

– On ne peut plus rien faire pour elle, dis-je. Il faut trouver un médecin. Tu en as besoin.

– Pourquoi ?

Il ne se rend pas compte des blessures qu'il a. Il ne les voit pas, il n'en mesure pas l'étendue. Mais voilà qu'il ajoute :

– Pourquoi elle est morte, Sarah ? Comment son numéro a pu changer ?

– Je ne sais pas. Val croyait que tu pouvais les changer. Elle me l'a dit, et je pense que c'est ce que tu as fait, Adam. Je ne sais pas combien de gens ont quitté Londres à temps, mais ils doivent être des centaines, peut-être des milliers. Tu les as sauvés. Et tu as sauvé Mia.

Là, il me regarde.

– Je sais pas pour les centaines ou les milliers. Je sais pas ce qu'ils portaient comme numéros, mais Mia… Mia, c'est différent. Et tu le savais.

– Oui, je l'avais vu dans ton carnet.

– J'avais tout faux. Les numéros que je voyais étaient faux.

– Non, tu les as vus, mais ils ont changé. Tu les as changés.

Il se détourne et ses yeux s'emplissent de larmes.

– Je voulais sauver Mia, mais j'aurais jamais… jamais…

Il n'a pas besoin d'achever sa phrase. Je sais. Il n'aurait jamais voulu faire de mal à sa mamie.

– Sarah, c'est moi qui ai fait ça ? Je l'ai tuée ?

– Bien sûr que non ! Tu as sauvé des gens, tu…

Je m'interromps. Il me fixe encore, d'un regard torturé. J'ai envie de trouver les mots pour le réconforter. Mais il y a certaines choses pour lesquelles personne ne peut rien faire. Des moments où on ne peut pas dire n'importe quoi.

– Adam, je ne sais pas, je ne comprends pas pour ces numéros. Je ne vois pas comment ça se passe. C'était peut-être toi. Ou Val. Elle voulait rendre service. Elle t'aimait tellement, Adam !

– Je la détestais, Sarah. Je la détestais… mais je l'aimais en même temps. Je lui ai jamais dit.

– Tu n'avais pas besoin. Elle le savait.

– Tu crois ?

– Évidemment.

Il secoue la tête, regarde ailleurs.

– Adam, tu as sauvé des milliers de vies. Tu es un héros.

Il ne veut plus me voir pour le moment. Il ne répond pas. Mais une larme coule et glisse le long de sa cicatrice.

Adam

On reste des semaines à Londres, d'abord dans l'hôpital de campagne installé en plein Trafalgar Square, et puis, dès que je suis déclaré hors de danger, que mes brûlures commencent à guérir, dans le camp de Hyde Park. Je ne sais pas ce qu'on attend. Sans doute que les choses reviennent à la normale. Mais, à mesure que passent les jours, puis les semaines, rien ne paraît changer, à part les files d'attente qui s'allongent et notre ration alimentaire quotidienne qui diminue.

La nuit, la ville reste plongée dans l'obscurité. Le réseau national est encore interrompu. On a bien des groupes électrogènes, mais il faut éteindre à vingt-deux heures, après quoi c'est le noir complet jusqu'au lever du jour.

On est cinq dans la tente, mais j'ai l'impression qu'on est cinq cents après chaque nouvelle nuit que les garçons ont passée à se disputer et à pleurnicher. Ce n'est pas leur faute. Toutes ces choses que Sarah voyait régulièrement dans ses cauchemars nous sont tombées dessus à tous, et même les enfants vivent encore avec. Surtout les enfants. Quand un garçon se met à pleurer, il réveille l'autre qui s'y met à son tour, et nous voilà tous réveillés. Sarah fait de son mieux, mais ce n'est pas elle qu'ils réclament au cœur de la nuit, c'est leur mère. Sarah ne saura jamais autant les rassurer.

Moi aussi, je fais des cauchemars. Je revois sans cesse les mêmes choses – une mince silhouette qui s'éloigne devant moi dans les flammes. Je ne peux pas l'atteindre. Elle ne m'entend pas crier. Elle ne se retourne jamais. Je dois juste rester là, à regarder les flammes l'emporter.

Entre les garçons et Mia, Sarah dort à peine. À vrai dire, Mia ne pose aucun problème. Elle ne pleure pas. Elle tète et dort et tète encore. On aurait pu croire que, dans une telle situation, ce serait le bébé de trois mois qui sèmerait le plus de pagaille, mais c'est l'enfant la plus facile que je connaisse : calme, tranquille, contente de tout. Quand je commence à m'affoler, quand je n'en peux plus, je la prends dans mes bras et je me sens de nouveau humain.

Les soldats qui veillent sur le camp commencent à rationner l'eau et je comprends alors qu'il est temps pour nous de partir.

– Où va-t-on aller ? demande Sarah.

– Sais pas. Dans un coin où on peut cultiver sa nourriture. Pas loin d'une rivière, pour avoir toute l'eau qu'il nous faut. Pas loin d'une forêt pour avoir de quoi faire du feu et nous tenir chaud.

Elle soupire.

– Tu veux t'installer à la campagne. Il n'y a rien là-bas, Adam. On va mourir de faim. Mourir.

– Parce que tu appelles ça vivre, ici ? En plus, le choléra s'installe dans le camp. On nous le dit pas mais il paraît que trois personnes en sont déjà mortes. Il faut tirer les gosses de là, Sarah. On est pas bien, là.

Elle se rembrunit, serre Mia plus fort.

– Les numéros des garçons, ils sont mauvais, Adam ? Qu'est-ce qu'ils ont comme numéros ?

Ma gorge se noue. On n'a plus jamais parlé des numéros. J'ai tenté de les supprimer de ma tête, je ne regarde plus personne, je n'y pense plus parce que, quand ça m'arrive encore, ça me prend la tête. Et voilà qu'ils reviennent maintenant, qu'ils me sautent à la figure.

– On s'en fiche des numéros, Sarah !

Sans le faire exprès, je crie.

– On peut pas s'y fier. Ils changent. Un mauvais numéro peut en devenir un bon. Un bon numéro peut en devenir un mauvais.

Elle me pose une main sur le bras, me caresse.

– C'est bon, Adam. C'est bon. Calme-toi. On va s'en aller. On va partir d'ici.

J'essaie de reprendre le contrôle de ma respiration, d'arrêter de me balancer d'arrière en avant.

– Pardon, Sarah. Je voulais pas m'énerver. C'est juste… juste…

– Je sais. Je sais, souffle-t-elle. Il est trop tard pour partir aujourd'hui, mais c'est d'accord pour demain.

Au matin, on emballe les quelques affaires qui nous restent.

– Tu crois qu'on a raison ? me demande Sarah juste avant de quitter le camp.

Elle a les yeux cernés et son visage s'est amaigri. Pourtant, elle est encore très belle. Je ne peux pas m'empêcher de la regarder alors qu'elle m'interroge du regard, et son numéro m'emplit de nouveau la cervelle ; tout d'un coup, j'ai envie que ce soit vrai. Son numéro signifie espoir, amour et lumière. Son numéro me donne envie de croire que tout ça finira bien.

Je lui prends le visage entre les mains, l'embrasse doucement.

– Ouais, Sarah. On a raison. Tout ira bien, tu verras.

J'ai envie d'y croire. De toutes mes forces.

On jette un dernier regard derrière nous et puis elle installe Mia dans le porte-bébé, tend les mains aux garçons ; je ramasse nos bagages et on s'en va.

Que vont devenir Adam, Sarah et Mia ?
Découvrez-le dans le tome 3
d'*Intuitions*...

INFINI

Février 2029

La fillette s'assied par terre. Depuis le temps qu'elle explore la forêt, ses jambes sont fatiguées, elle ne veut plus marcher. Et puis c'est bien, ici. Avec toutes ces pierres, ces feuilles et ces brindilles autour d'elle, il y aurait de quoi construire un nid pour les oiseaux ou une maison pour les souris. Elle a les doigts occupés – à ramasser des choses, à les disposer, à les arranger –, et son esprit aussi est occupé. Elle griffonne des traces dans la terre avec un bâton, des lignes et des cercles, et sa bouche remue alors qu'elle fredonne la chanson accompagnant ses dessins sur le sol.

Elle entend les motos avant de les voir, un bourdonnement en arrière-plan qui devient ronflement, puis vrombissement. Elle se bouche les oreilles. Elle qui n'avait jamais vu de moto de sa vie, voilà qu'elle en rencontre trois grosses, noires, rapides, crachant d'obscurs sillages de fumée.

– Des dragons, murmure-t-elle en écarquillant ses yeux bleus.

Les monstres ralentissent. S'arrêtent. Ils grondent moins fort à présent, sans rugir, mais ils sont trop près. La fillette reste pétrifiée. Elle les voit. Peuvent-ils l'entendre ? Le dragon du devant ôte un morceau de sa tête. Il y a un homme dedans. Il inspecte les arbres de chaque côté de la route qui traverse la forêt. Un instant, leurs regards se croisent.

Il a le teint blême, mais ses couleurs sont sombres, comme ses vêtements et son dragon. Un tourbillon de gris, de mauve et de noir. La fillette n'aime pas ces couleurs. Elle n'a jamais vu de couleurs comme ça sur les gens. Et elle n'aime pas qu'il la regarde, avec ses yeux foncés presque noirs qui lui font mal.

Elle ferme les siens, vivement, se cache le visage sur les genoux.

– Vous avez vu quelque chose, chef ?

– Juste une gamine. On y va.

Sa voix est grave et sèche.

Le grondement des dragons retentit de nouveau, et les voilà repartis.

La fillette risque un regard entre ses cils. Rien ne reste du passage des dragons qu'un nuage de poussière, qui flotte un moment, puis s'en va. Lentement, elle se détend, se penche en avant, ramasse une brassée de brindilles et de feuilles, effaçant ses dessins dans la terre. S'il y a des dragons par ici, elle va devoir bâtir un grand nid pour mettre les oiseaux et les souris à l'abri, et même assez grand pour l'accueillir elle aussi. Elle entasse encore plus de matériel autour d'elle, s'y blottit et ferme les yeux. Et puis elle attend que les rêves arrivent – les couleurs et les images qui la porteront vers le sommeil.

Elle se réveille quand elle entend appeler son nom.

– Mia ! Mii-aa ! Où es-tu ? Mii-aa !

Elle ne bouge pas. Elle veut voir si son nid est bon, si on ne la trouve pas. Elle aime jouer à cache-cache.

La voix se rapproche. La fillette se recroqueville, se cache de nouveau le visage sur les genoux. C'est amusant, ce jeu.

Elle entend les pas qui écrasent les broussailles. Plus près, encore plus près…

– Mia ! Te voilà !

Il y a des pieds juste à côté du nid. Mia tourne un peu la tête, lève furtivement les yeux. La femme n'a pas l'air content. Elle a la peau qui fronce entre ses yeux bleus. Ça ne plaît pas à Mia. Elle veut la voir sourire et rire. Mais ses couleurs sont les mêmes que tous les jours, une brume de bleu et de lilas autour d'elle, couleurs qui ne signifient qu'une chose : maman.

Mia replonge la tête sur ses genoux. Elle ne veut pas que maman lui crie dessus.

Sarah se penche pour l'attraper, la soulève toujours pelotonnée sur elle-même, la serre dans ses bras.

– Mia, tu ne dois pas t'éloigner comme ça ; il faut que je puisse te voir. Tu m'écoutes ?

Mia met son pouce dans sa bouche.

– J'étais inquiète. J'ai cru… j'ai cru t'avoir perdue. Je ne suis pas fâchée.

Mia ôte son pouce de sa bouche, lève les yeux, jette les bras autour du cou de sa maman. Tout va bien. Il n'y aura pas de cris ni de larmes, cette fois-ci.

– Dragons, dit-elle. Moi vu dragons.

Sarah regarde la route. Elle a entendu des motos quelques minutes auparavant.

– Tu veux dire des motos ?

Elle s'écarte de la chaussée, s'enfonce dans la forêt.

– Dragons, répète Mia. Bruit.

– Tu as aussi vu des ours et des loups ? ajoute Sarah en souriant.

Mia fait non de la tête.

– Dragons, répète-t-elle avec plus de conviction.

– Dans ce cas, il vaut mieux regagner le camp. Les dragons n'oseront pas approcher du feu. On y sera en sécurité.

Mais Mia ne se sent pas en sécurité, même pas serrée contre maman.

Les dragons qu'elle a vus émettaient leur propre fumée. Un feu ne pourrait leur faire peur, se dit-elle. Ils adoreraient ce feu.

Mieux vaut se cacher. Mieux vaut se construire un nid et s'y cacher de l'homme avec plein de couleurs sombres autour de lui.

Remerciements

Je tiens à remercier toute l'équipe de The Chicken House et de Scholastic – vous m'avez permis de réaliser mes rêves et toute ma vie en a été transformée ; Barry, Imogen, Rachel, Elinor, Chrissie, Nicki, Claire et Esther, ainsi que mes collègues qui m'ont tant inspirée. Merci également à Mary et Becky, journalistes hors du commun, et à Steve pour tes extraordinaires maquettes de couverture. Merci à mes parents, Shirley et David, à mes beaux-parents, Ann et Peter, à tous mes parents et amis pour avoir partagé mon plaisir. Merci à Ali et Pete qui représentent davantage pour moi qu'aucun livre ne saura jamais le faire, même s'ils m'éloignent parfois de vous. Merci à mes amis de l'assemblée de Bath et du Nord-Est Somerset, ainsi que de la mairie de Keynsham, qui ont pris au sérieux ma seconde vie « secrète » et m'ont soutenue. Et, enfin, merci à tous ceux qui ont lu *Intuitions* et pris le temps de me dire qu'ils avaient aimé… je n'aurais jamais imaginé à quel point cela me toucherait.

Imprimé à Barcelone par :

BLACK PRINT

Composé par Nord Compo Multimedia
7, rue de Fives, 59650 Villeneuve-d'Ascq

Dépôt légal : septembre 2013
ISBN : 979-10-224-0024-4
POC 0040